साक्षी

डॉ. प्रेम शंकर द्विवेदी 'भास्कर'

KAVYA
PUBLICATIONS
MAKING AUTHOR A BRAND

Publisher:

SDR INNOWAYS INDIA PVT. LTD.
667, Rajaward, Kulpahar, Mahoba - 210426

Imprint:
KAVYA PUBLICATIONS
Abhinav R.H.4, Awadhpuri, Bhopal - 462002

Centre
Kavya Publications
(Maxel Electronics) 8, 3rd floor DSIDC Shed SCHEME-1
Okhla phase -2, Delhi - 20.

Mob. : 7905266820, 9918801353
Website: www.kavyapublications.com
E-Mail: editor@kavyapublications.com

ISBN : 978-93-95482-36-3
Price : 399/-
Year : 2024
Edition : First

This book is printed at MTL and published by author Ajay Agrawal, CEO of SDR Innoways India Pvt. Ltd. Kulpahar Mahoba with its imprint and centre, Kavya Publications Delhi.

“शाश्वत मन में प्रणय की परिकल्पना से पूर्व आत्मसात करने का चित्र बनता है, किन्तु यहाँ ऐसा कुछ नहीं, कारण है, प्रेम का शनैः-शनैः पल्लवन, पुरूषत्व वह नहीं’ जिसमें धैर्य, क्षमाशीलता का परिबोध न हो, तुम जिस पुरूषत्व को जानती हो वह वासना एवं कामुकता है ....क्षणिक आत्मतोष हेतु चरित्र-रत्न को ऐसे पंक में न ढकेल दो......दीप! कि जीवन ही नर्क हो जाय।”

“पाप-पुण्य,अपराध और उचित-अनुचित पर अधिक विचार कायर करते हैं, मेरी आत्मा जो कहती है वही करती हूँ। आत्म-तृप्ति ही पुण्य है, सुख का साधन है अपराध वह है जिसे नहीं करना चाहिए, किन्तु कभी-कभी अनचाहे में हो जाता है। ”

“रूप-गुण और पुरूषार्थ, नारी इन्हीं गुणो से सम्पन्न पुरूष को आत्मदेव बनाना चाहती है प्रथम दृष्टि में ही तुम्हारी उल्लास सम्पन्न हँसी मेरे हृदय-तन्तु को झंकृत कर गयी थी।”

दोष कहाँ नहीं’ वह तो प्रकृति के मूल सिद्धान्तो से जुड़ा है, जहाँ ज्ञान है वहाँ भी दोष, जहाँ अज्ञान है वहाँ भी,किसी में प्रत्यक्ष तो किसी में अप्रत्यक्ष........।”

“हार तो कायर और अकर्मण्य स्वीकार करते हैं पुरूषार्थी हारकर भी जीत के लिए प्रयत्न करता है।”

“किसी भी परीक्षा को उत्तीर्ण करने के लिए विषय के प्रति समर्पण की भावना होनी चाहिये, जिसका मुझमें अभाव था। मेरा जीवन उस रेगिस्तान सदृश्य है जिसकी मरीचिका में लोग भ्रमित होते रहते हैं। जिसे आप देख ही रहे हैं।मित्र! सिर्फ इतना ही कहूँगा कि पारिवारिक सुख हेतु विश्वास में जीना और रहना सीखना होता है अविश्वासी कभी सुखी नहीं रहता।..”

(इसी अपन्यास से)

समर्पण

नित मेरे जीवन-पथ पर
जी भर आशीष लुटाते हैं;
बादल से वे मानस तल पर
ज्ञान-ज्योति बरसाते हैं।

पितातुल्य प्रसिद्ध नारायण
जी को पाकर मन गर्वित है;
देव तुल्य उनके चरणों में
यह सृजन मेरा अर्पित है।।

'भास्कर'

-: एक :-

"मेरा भी सजा सँवंरा हँसता-खेलता परिवार था। चहल-पहल युक्त खुशहाल गाँव और गाँव के लोगों की समृद्धि शायद प्रकृति से न देखी गयी। वह प्रकृति का नग्न-नर्तन, खुला अन्याय नहीं तो क्या था? जिसने मुझे शुष्क एवं एकाकी जीवन पथ के उस मोंड़ पर खड़ा कर दिया है, जहाँ अतीत की कोमल, सजीव यादें, वर्तमान की सवेग-अश्रु-धाराओं, चीत्कारों के मध्य अदृश्य हो चुकी हैं। मेरे सँजोये हुए भावनाओं के घरौंदे, पानी के बुलबुलों की भाँति ओझल हो चुके हैं। मेरा जीवन सागर में फँसे उस नाविक की भाँति हो चुका है जिसमे जीवन-लालसा का मोंह चाह कर भी भंग होने लगा हो,और मन पीड़ा की तमसाच्छन्न गुहा में बन्द, कैद पक्षी की भाँति हो चुका है, हृदय अनुभूतियों की छुवन से छटपटा तो सकता है किन्तु कुछ कह नहीं सकता।"

भूकम्प की भीषण त्रासदी से छीनकर कौन ला सकेगा मेरे माता-पिता और प्राण-प्रिया साक्षी को? अंजार, बचाऊशहर, एवं कांजीग्राम को किलकारियों, खुशहालियों का मधुमास कौन लौटा सकता है? कौन पोंछेगा उन मासूमों की आँखों के आँसू और उनमें से कौन बचा है रोनें वाला, सुदूर तक लाशें ही लाशें हैं, लाशों के अम्बार पर इक्का-दुक्का रोने वालों में मैं भी हूँ। यह जानते हुए कि मृत्यु ही पूर्ण सत्य है फिर भी मन नहीं मानता, क्योकि मेरी संवेदनाओं के मूल्यहीन धरातल पर मोंह-माया-ममता और कल्पनाओं का साम्राज्य है।मेरा जीवन सार्वभौमिक सत्य की चिता पर अहर्निश जल रहा है। मैं और मेरा आत्मबल स्वयं अबूझ पहेली सा बनता जा रहा है,क्या मैं फिर कभी वापस आऊँगा, इस उजड़े हुए

कांजीग्राम में? क्या बापू का न्याय-पंचायतों का निष्पक्ष-निस्तारण फिर कभी देखने को मिलेगा? साक्षी के साथ प्रणय-क्रीड़ा के सुखद दिवस,रजनीगन्धा सी महकती रात, जिसकी गोद में हम बढ़े, पढ़े-लिखे, खेले-कूदे छब्बीस जनवरी की उस मनहूस सुबह को कौन जानता था? गाँव के गाँव साफ हैं-भुज, काडंला पोर्ट, गाँधी-धाम, अंजार, बचाऊ और मेरा कांजीग्राम...इस गाँव की मिट्टी में मेरे बचपन की खुशबू है, पूर्वजों की ढेर सी यादें यहीं बिखरी हैं। बचपन के दिनों में हम साक्षी के साथ पाठशाला जाते........बरसाती-मौसम में भींगने का कुछ अजीब सा सुख था। गाँव की गलियों, कूचों में हमने दादा की अगुली थामें चलना सीखा था।धरती पर लिख-लिख कर वर्णो का ज्ञान मिला था, रंगो भरा पर्व होली,टोलियों-टोलियों का नायक बना हुआ मैं अच्छे-अच्छों को छकाता और रंगो से सराबोर कर देता था। साक्षी से रंग खेलने का कुछ अजीब सुख था।

युवक गाड़ी में बैठा अतीत से वर्तमान तक के दृश्यों को सोचता रहा,उन लाशों के अम्बारों के अनेक दृश्य उसके आत्मबल को झकझोर रहे थे, क्या पुनः कभी दीपावली और नवरात्रि का त्यौहार उत्साह से मनाया जायेगा?‘’मेरे समग्र प्रश्नों का उत्तर कौन देगा? प्रकृति या मानव ..? मानव के नाम पर तो लाशें थी और प्रकृति विनाश के पश्चात् स्वयं के कृत्य पर क्षुब्ध मौन और शान्त थी।”

गाड़ी गतिशील थी, युवक अतीत की कोमल यादों में खोया था। प्रत्येक बातें जैसे कल की हों,उसके मानस-पटल पर क्रमशः धारा-वाहिक कड़ी की भाँति आती रही थी। उसे जो कुछ याद आता गया वही कथा के रूप में आगे विस्तृत होती गयी है।

-: दो :-

प्रकाश विचारों के उधेड़-बुन में निमग्न था। तरह-तरह के भाव मानस- पटल पर उमड़ रहे थे। कितने लाड-प्यार में बीता था बचपन, दिन भर खेल खिलौनों के साथ खेलना, मिट्टी से बने पहियों की गाड़ी के साथ दौड़ना, सुदूर गँवई विद्यालय जाना और छुट्टी होते ही साथियों के साथ भागते हुए

घर आना। चोरी छुपे बेर, नीबू, अमरूद, जैसे फलों का तोड़ना, रसीले गन्ने को छुपकर तोड़ना, चूसना इत्यादि। रंगीन खुशियों भरे वे दिन...कहाँ खो गये. .....? काश..! कोई लौटा सकता मेरा वह मूल्यवान सुखद बचपन,बाल-कल्पनाओं के बहुरंगी शीश महल, हरियाली-खुशहाली से परिपूर्ण पूर्व का कांजीग्राम जहाँ आमों के बड़े-बड़े बगीचे थे। पेड़ों से आच्छादित अमराई की मंजरियों से गाँव गमक उठता था। बसन्त काल में एक अजीब सी मस्ती इस गाँव में उतर आती थी। बूढ़ों में भी उन्माद जागृत हो उठता था। मेरा गाँव प्राकृतिक दृष्टि से स्वर्ग से कम न था। संध्या की लालिमा सुदूर जलनिधि की लहरों पर नृत्य करती हुई अलौकिक लगती। अनन्त-रश्मियों की नौका पर आरूढ़ अँधेरा जब श्याम-वर्णी पर्वत-मालाओं के शिखरों पर उतरता तो अजीव सी मनोहारी शोभा होती थी। इन्हीं प्राकृतिक कारणों ने मेरे पिता पं० दीन दयाल शास्त्री को समय से पूर्व ही सेवा-निवृत्त होने हेतु प्रेरित किया था। वे पाँच वर्ष पूर्व ही नौकरी छोड़ कर घर चले आये, तब मैं तेरह वर्ष का था। पूँछने पर वे यही कहते कि पुत्र विछोह सह्य न होने से नौकरी छोड़ना पड़ा। माँ-बाप की इकलौती संतान होने से मुझे कुछ अधिक ही लाड -प्यार मिला था।

पिता जी शाम को सोने से पूर्व मुम्बई-प्रवास और नौकरी आदि से सम्बन्धित अनेक घटनाएँ सुनाते थे। जब हममें से कोई सो जाता तो कथा बन्द हो जाती थी। सोमवार की रात थी, आकाश में मेंघ-सेनाएँ आपस में द्वन्द कर रही थी। जाड़े की रात और ऊपर से बरसात, अजीब सा मौसम था। मेरे अनुरोध पर पिता जी आज भी कहानी सुना रहे थे उन्होंने बताया कि जब मैं फ्रेन्ड्स काटन मिल में सेवारत था उन्हीं दिनो साथ काम करने वाले पं० श्रीव्रत से धीरे-धीरे निकटता बढ़ी। एक समय ऐसा आया कि हमे एक दूसरे को देखे या मिले बगैर चैन नहीं पड़ता था। फिर दोनों साथ ही रहने लगे, पाँच वर्ष तक श्रीव्रत ने मेरी ऐसी सेवा की जिसे मैं आजन्म भुला नहीं सकता। हम दोनों फैक्ट्री के काम में मशगूल थे। तभी पोस्टमैंन ने श्रीव्रत को तार पकड़ाया। दोनों एक ही लीड़ पर कार्य कर रहे थे। उन्होने तार देते हुए कहा-पढ़ो,क्या लिखा है? तार में उसकी पत्नी की बीमारी की सूचना थी। कम्पनी से छुट्टी मिली और वह घर चला गया। करीब सातवें दिन पत्नी के साथ पुनः मुम्बई लौट आया। अब छोटे से कमरे में रहने में कठिनाई होने लगी। मैने दूसरा कमरा ले लिया। जिस दिन वहाँ से जाने लगा तो श्रीव्रत को

मेरा जाना अच्छा न लगा, मैंने उसे समझाते हुए कहा-भैया..! दूरी मन की होती है। मैं दूर होकर भी करीब हूँ। यहाँ परिवार के साथ रहना उचित न था। वह मुझे पकड़कर खूब रोया, मैं भी रोने लगा।ऐसा प्रेम तो भाई-भाई में भी नहीं दिखाई देता। अब वह प्रायः भोजन लाकर मेरे कमरे पर छोड़ जाता। जो मुझे पसन्द न था। क्योंकि काम से लौटने पर पैदल ही मेरे घर तक आना-जाना होता। मैने उसका और एहसान लेना उचित न समझा कई बार तो कहा भी कि श्रीव्रत इतनी परेशानी क्यों उठाते हो। मैं स्वयं भोजन पकाना जानता हूँ। किन्तु वह मेरी बात पर चिढ़ जाता और कहता आप चाहते हैं कि परिवार घर छोड़ दूँ ?

रात्रि के बारह बजे होंगे।मैं गहरी नींद में सो रहा था। द्वार पर दस्तक हुई और मैने पूछा कौन-श्रीव्रत? हाँ भैया,पत्नी को अस्पताल में भर्ती कराना पड़ा है, उसे बच्चे का दर्द है। भले आदमी, ऐसी स्थिति में तुम्हे उसके पास होना चाहिए और तुम यहाँ दौड़े आये हो? वह कुछ न बोला,उसको जो वेतन मिलता वह खाने-पीने दवा-दर्पन भर का होता, मैने डाक्टर से कहा-" पैसों की चिन्ता न करते हुए अच्छी दवाइयाँ दें। श्रीब्रत की आँखों में झाँककर देखा जो एहसान से नम और झुकी थी।

ईश्वर से श्रीब्रत की खुशी न देखी गयी, प्रातः तीन बजे एक पुत्री को जन्म देकर उसकी पत्नी चल बसी, बेचारा श्रीव्रत खूब रोया और मैं भी स्वयं को सँभाल न सका, और सीने से लगाकर रोने लगा। कितना बड़ा पहाड़ टूटा था उस पर, वह दिन-दिन गुम-सुमबैठा रहता। खुश-मिजाज श्रीव्रत टूटता चला गया । करीब सप्ताह भर बाद पुत्री अस्पताल से घर आयी नन्हीं सी बच्ची के पालन-पोषण का भार पिता के कन्धे पर आ पड़ा। पुत्री को छोड़ कर नौकरी पर जाना उचित न था। वह दिन भर उसी की देख-रेख में लगा रहता, एक दिन मैने कहा श्रीव्रत लाख चाहते हुए भी बाप माँ नहीं बन सकता..न ही मातृत्व सुख का बोध करा सकता है । बेहतर होगा कि दूसरा विवाह कर लो, उसने कहा-भैया! यह मुझसे न होगा मेरी पत्नी देवी थी, दूसरी न जाने कैसी होगी, वह मेरी बेटी को मानेगी या नहीं, मैं नौकरी भले ही छोड़ दूँ किन्तु दूसरा विवाह नहीं करूँगा।

उन्होंने पुत्री की सेवा-सुश्रुषा हेतु एक आया को रखा। सच है कि आया कभी माँ जैसी नहीं हो सकती, न जिम्मेंदारी ही समझ सकती है, तभी

तो तीन माह में तीन-तीन मुसीबतें आ खड़ी हुई। प्रथम माह पत्नी के जेवरों और कपड़ों की चोरी, संध्या समय श्रीव्रत काम से वापस आया। आया उसके लिए चाय बनायी और बोली-'मालिक घर पर काम है इसलिए जल्दी जाऊँगी। बेटी को उसे सौंप वह चली गयी। श्रीव्रत ने सोचा - बेटी को दवा दिला दूँ, दो दिन से उसे खॉसी आ रही थी, संदूक से कपड़े निकालने हेतु भीतर गया, अरे! संदूक का ताला तो खुला है, उसे लगाना तो नहीं भूल गया था, वह आगे बढ़ा पसीना माथे से चूने लगा था, वह झटके के साथ संदूक खोला तो जमीन खिसकती नजर आयी, पत्नी का जेवर गायब था। ये जरूर आया का किया धरा है मैं उसे जेल की चक्की न पिसवाया तो नाम बदल दूँगा। श्रीव्रत सीधे उसके घर पहुँचा क्रोध से आँखे लाल थी, वह आवेश में बोला - "सीधे मेरे जेवर लौटा दो वरना जेल की चक्की पीसने के लिए तैयार रहो, आया ने कहा - "शान्त हो जाओ मालिक भूल से मेरे साथ आ गये हैं ये लीजिए। उसने जेवर की पोटली वापस कर दी। दूसरे माह पुत्री के खो जाने की बात, श्रीव्रत के काम पर जाते ही नौकरानी सो जाती। आज वह द्वार को भीतर बन्द करना भूल गयी, जिससे किवाड़ खोल बच्ची बाहर निकल गयी, अब वह गली से होती काफी आगे निकल चुकी थी। संयोग ही था कि मैं कम्पनी से बीमा की राशि जमा करने हेतु दोपहर ही लौटा था। उसे राह में इस तरह रोता भटकता देख घर लाया, और नौकरानी को बहुत डाँटा। तीसरे माह खेलते-खेलते बेटी के गड्डे में गिरने की घटना घटी। नौकरानी, नौकरानी ही होती है वह श्रीव्रत के काम पर जाने के पश्चात् प्रायः सो जाती अथवा आस पास बातें करने लगती, साक्षी कमरे में इधर-उधर करती, चिल्लाती और रोते-रोते सो जाती। एक दिन खेलते-खेलते बच्ची बाहर निकल गई, उसने द्वार पर बने पानी के टैंक में अपना प्रतिबिम्ब देखा, और फिसल कर उसमे गिर गई, पड़ोसन की दृष्टि उस पर पड़ी, जब वह डूब-उतरा रही थी, पड़ोसन ने उसे टैंक से निकाला और उसे चुप करा रही थी तभी श्रीव्रत आ गया, उसने उसी वक्त उसे काम से निकाल दिया।

ऐसी घटना से पिता का हृदय कॉप उठा और उसने यह फैसला किया कि नौकरी छोड़ दूंगा, बेटी से बड़ी नौकरी नहीं है, किन्तु शास्त्री जी के समझाने-बुझाने से उसने विचार बदला और काम पर जाने लगा। सुबह बेटी को खिला-पिलाकर काम पर जाता और लंच के समय घर लौटता और बेटी को दूध पिलाकर फिर काम पर जाता, इस प्रकार आने-जाने से काम के प्रति

उदासीनता बढ़ी समय पर न पहुँचने से फैक्ट्री के लोग और अधिकारी रूष्ट हुऐ, और चेतावनी भी दी, अन्त में उसे नौकरी से निकाल दिया गया। करीब तीन माह बाद, मैं श्रीब्रत से मिलने उसके कमरे पर गया, वह सो रहा था। दरवाजा ठोकने पर उठा, मैने देखा उसका शरीर असमय बृध्द सा दिखने लगा है, मैने उसे समझाया-बुझाया, जीवन घुट-घुट कर जीने का नाम नहीं है। इसे तो सुख पूर्वक भोगना चाहिए। तुमने क्या हालत बना रखी है। चेहरे पर बढ़ी हुई दाढ़ी, मैले-कुचैले कपडे घर में,न जाने कब की लगी झाड़ू तथा गन्दे बर्तन इत्यादि यह सब क्या है? तभी मेरी दृष्टि चूल्हे पर गयी, पतीली में बनने वाला भोज्य पदार्थ जल रहा था। जिसकी दुर्गन्ध से कमरा भर गया था। ओह! एक पत्नी के अभाव में व्यक्ति की कैसी स्थिति हो जाती है? यह वही घर है जो कभी सोने सा चमकता रहता था। एक बार तो मैने मजाक में पूछा भी कि घर किस झाड़ू से साफ करती हो..? वह बस मुस्कराई, लज्जा बस कुछ न बोली,पार्वती भोजन पकाने में दक्ष थी। आलू-मेंथी के पराठे तो पूँछो मत, शाम को प्रायः ही मुझे खिलाकर भेजती। एक दिन मैने हँसी-हँसी में श्रीव्रत से कहा-" अब मैं शाम को नहीं आऊँगा क्योकि पार्वती विना कराये भोजन नहीं जाने देती, उसी दिन प्रत्यक्ष होकर बोल पड़ी, भाई जी, आप नहीं आयेंगे तो इन्हें जाना पड़ेगा। बीच में एक दो दिन न आने पर वह श्रीव्रत से टिफेन भेजी थी। वह जितने दिन वहाँ रही मानो खुशियों भरा बसन्त आकर बसा हो। फैक्ट्री की दूसरी शिफ्ट होने पर देर रात तक इन्तजार में बिना खाये-पिये बैठी राह देखती रहती। एक दिन फैक्ट्री से छूटते ही श्रीव्रत मुझसे आँखें चुरा कर घर चला आया श्रीव्रत को देर रात भोजन लेकर आना पड़ा।

ग्रामीण औरत होते हुए भी वह कसीदाकारी सिलाई आदि के कार्यो में निपुण थी। उसने हम दोनों के लिए स्वेटर बनाया, जिसमे आकर्षक डिजाइने थी। मैं प्रायः ही श्रीव्रत से कहा करता तुझे पत्नी के रूप में देवी मिली है देवी, वह मुस्करा देता। सच ही कहा गया है कि अच्छे लोग ईश्वर को अधिक प्रिय होते हैं। पार्वती भी ईश्वर को प्रिय हो गयी। पार्वती के निधन से मेरा हृदय काँप उठा था। मुझे इतना दुख शायद ही कभी...हुआ हो। श्रीव्रत को समझाने को कौन कहे मैं स्वयं ही अर्द्धविक्षिप्त सा रहने लगा, शाम को भोजन के समय आँखो से आँसू अवश्य चू पड़ते, चुवें भी क्यों न ? उसकी अथक सेवा भुलाए न भूलती थी ।

"पत्नी के मरते ही जैसे श्रीव्रत के घर में अँधेरा छा गया हो। वह नन्हीं सी बेटी को सीने से लगाये रहता। लड़की ठीक पार्वती पर गयी थी। मैने जब भी समझाने का प्रयास किया कि अपने लिए नहीं, बच्ची के लिए ही शादी कर लो। वह रोने के अतिरिक्त कुछ न बोलता, आखिर उसके आँसुओं के सैलाव से मैं भी भावुक हो उठा था।"

अब मैं प्रायः शाम को उससे मिलने जाने लगा। साथ रहने से उसमे एकाकीपन की अनुभूति कम होती। पार्वती के मरने के बाद से उसके मुख पर हँसी नहीं दीख पड़ी थी। वह उससे बेहद प्यार करता था। हँस-मुख स्वभाव वाला व्यक्ति इतना टूट सकता है, जिसकी कल्पना न थी, जो श्रीव्रत कभी बगुले के पंख से धवल कपड़े, सुगन्धित इत्रों से गमकता रहता। उसके शौक-मिजाजी के प्रायः चर्चे होते थे वही आज कैसा भेष बना रखा है...? शायद उसके भीतर के सम्पूर्ण सुखद भाव ऐसे लगते जैसे निर्जीव, सौन्दर्यहीन, जिजीविषा हीन हो चुके हैं। वह चलते-फिरते माँस के लोथड़े की भाँति हो चुका था। अब वह अपने लिए नहीं बल्कि नन्हीं सी बेटी पार्वती की अमानत के लिए जी रहा है, पार्वती की मृत्यु का सदमा उसे जहाँ पत्थर के बुत सा निश्चल बना दिया, वहीं उस बुत से चलने-फिरने जैसी शक्ति प्रस्तुत करने हेतु उसकी पत्नी ने अपने ही समान प्रति छाया के रूप में बेटी छोड़ गयी थी।

दीपावली की पूर्व संध्या थी। श्रीव्रत को नौकरी छोड़े मात्र सप्ताह भर हुए थे। फैक्ट्री के सहकर्मियों ने उससे मिलने का विचार बनाया, मैने उन्हें उसकी दुःख कथा सुना दी थी, वे उससे मिलने के लिए आतुर थे, क्योकि विपत्ति काल में ही मनुष्यता की परख होती हैं। वे जानते थे कि श्रीव्रत अच्छा व्यक्ति ही नहीं, अच्छा मित्र एवं शुभ चिन्तक भी है परिस्थितियाँ किसी से बेगार करा सकती हैं। बात कर्मचारियों में ही हुई थी। किन्तु अधिकारी तक पहुँच गयी। अधिकारी भी श्रीव्रत की कार्य-शैली एवं स्वभाव से खुश रहते, किन्तु इन दिनों उसके मनमानीपन से उससे नाराज थे, क्योंकि उन्हें पूरी घटना का ज्ञान न था। आखिर मेरे बताने पर ही सब को बोध हुआ, सबने उससे मिलने और खुशहाली के लिए विवाह कराने की बात सोचने लगे, आपस में विचार किया और आज शाम ही मिलने का समय तय हुआ, अधिकारी सक्सेना साहब खुशमिजाज व्यक्ति थे। उन्होंने कहा कि में भी चलूँगा। मुझे दो घण्टे पूर्व ही भेज दिया गया।

घर पहुँचने पर मैने देखा कमरे का एक किवाड़ खुला है जिसके पीछे बेटी खेल रही है मुझे देखते ही वह मेरी तरफ बढ़ी। गोद में उठाने से बाल नोच कर हँसने लगी, कुछ आगे बढ़ते ही देखा की चूल्हे पर रखा भोज्य पदार्थ पूरी तरह जल चुका है। श्रीव्रत गहन-निद्रा में सो रहा है, जैसे उसे हफ्ते बाद नींद मयस्सर हुई हो। जगाना उचित न समझा, चूल्हा धीमाँ कर फिर से भोजन बनाया, अभी तक वह सो ही रहा था, बेटी टहलते हुए उसके पास सिरहाने पहुँच गयी थी, वह उसकी दाढ़ी को पकड़कर खींचनें लगी। तब उसकी आँखें खुली और उठ बैठा, असमय मुझे देख सकपकाया। अरे भैया..! आप और इस समय? क्या काम पर नहीं गये थे? एक साथ दो-दो प्रश्न, किन्तु इसमे आश्चर्य की क्या बात हैं श्रीव्रत? अपने दोस्त के नाते असमय भी आना पड़ जाता है जानता हूँ कि तू पत्नी वियोग में इतना टूट चुका है कि तुझे नहाने, खाने, पीने की सुध कहाँ..? यही दशा रहेगी तो तू भी एक दिन चल देगा।

'नहीं मित्र नहीं, बेटी के हाथ पीले करने तक तो जीना ही होगा, पत्नी की यादों के अश्रु हृदय-में ही उमड़ कर विलीन हो गये। सच मानो भैया, बेटी की बाल-क्रीड़ाएँ जैसे जीवन तरू को खाद्य और विलयन प्रदान करने लगी हैं।

'सुनो श्रीव्रत, मैं फैक्ट्री से भेजा गया हूँ। अपने टूल्स के इंजीनियर सक्सेना साहब और ग्रुप के कर्मचारी तुमसे मिलने आ रहे हैं। नहाकर ठीक कपड़े पहनो। भोजन पका हुआ है, उसे कर लो।

श्रीव्रत - 'आप काफी देर से आये हैं?

' मैं कब आया, इसे न पूछो। वही करो जो मैने कहा है, उसने मेरी आँखो में झाँका, जिसमे स्नेह के उमड़े आँसू देख स्वयं को न सम्भाल सका, मेरे सीने से लग कर बच्चों सा सिसकने लगा। सख्त होते हुए मैने कहा-'श्रीव्रत..! अधिक भावुकता ठीक नहीं होती। पार्वती को गुजरे माह भर बीत गये अब उसे भूलने का प्रयास करो। कुछ पाना,कुछ खोना यही प्रकृति का नियम हैं,प्रायः आत्मीय वस्तुएँ आजीवन हृदय में शूल की तरह चुभती रहती हैं, कभी-कभी उस चुभन की कोमल-पीड़ा और उसकी अनुभूतियाँ भी हमे उँचाइयों तक उठानें में सहायक होती हैं। मित्र होने के नाते मैने पहले भी कहा था कि जीवन भोगने हेतु मिला है, "दुःख और सुख के मध्य की

पारदर्शी दीवार ही जीवन है। इसे दोनों उतने ही प्रिय हैं, सुख के दिनों में आनन्द की अनुभूति,और दुःख के दिनों में दु:खानुभूति के साथ अपने को पहचानने का अवसर भी मिलता है। इसे न भूलो मित्र! मृत्यु सार्वभौमिक सत्य है,जिसका स्वागत हर किसी को करना है,आज या कल, कुछ तो ऐसे होते हैं जिन्हें प्रतिपल अन्देशा बना रहता है कि कहीं मर न जाऊँ। वही अज्ञानी हैं।

तुम्हारे अपने वही हैं जो दुःख में तुम्हारे साथ हैं। तुम्हारे दुःख की खबर सुनते ही तुम्हारे अपने लोग आ रहे हैं। तुम्हे उनके विचारों का स्वागत करना चाहिए। सदैव अपनो की बातों को मानो मित्र! इस मिथ्या संसार में किसे इतनी फुर्सत कि म्लान हृदय के आँसू पोछे? सत्य से तो कायर भागते हैं। अपनो का स्वागत करो जो होना था उसे होनी समझो, मैरे विचारों से श्रीव्रत प्रभावित हुआ और वह घर के अस्त-व्यस्त सामानों को सहेजने लगा तथा आगन्तुकों के जलपान की व्यवस्था की। मैनें पूछा..'बेटी ने दूध पिया है?

हॉ, 'किन्तु कई घंटे हुए'

'फिर पिला दो,मैने कहा।

वह जैसे ही पिलानें बैठा कि तभी सक्सेना साहब आ गये फिर अन्य लोग भी आने लगे, सबने उसके प्रति सहानुभूति जतायी,सक्सेना ने कहा-श्रीब्रत मेरी एक बात मानोगें?

श्रीब्रत-'आदेश करें।'

'बेहतर होगा कि शादी कर लो, अपने लिए नहीं, इस मासूम बच्ची के लिए सही, मैं तुम्हे फैक्ट्री में पुनः रख लूँगा, यही-नहीं प्रोन्नति भी करा दूँगा। सक्सेना की बात से श्रीव्रत का चेहरा पीला पड़ गया,उसने हाथ जोड़ते हुए विनम्र स्वर में कहा- साहब! आपने यह क्या कहा? अब मेरी उम्र शादी की है, दूसरी पत्नी न मेरे भीतर की प्रथम पत्नी का स्थान पा सकेगी और न ही बेटी को मातृत्व सुख ही दे सकेगी,

सक्सेना ने कहा श्रीव्रत, पहाड़ सा जीवन जीना कोई सहज कार्य नहीं, मैं तो तुम्हारा हित चाहता हूँ, नयी बहू धीरे-धीरे अपने प्यार के अभिसिंचन से तुम्हारे हृदय-घाव को भर देगी, क्योंकि-'नारी स्पर्श अमृत की वह निर्झरणी है जिससे स्नायित मन प्रसन्नता एवं जिजिविषा-शक्ति प्राप्त

करता है उसके मधुर वचन से मन की थकान दूर हो जाती है, मुझे पूरा विश्वास है कि तुम मेरे प्रस्ताव पर अवश्य ही विचार करोगे?

'श्रीव्रत कुछ न बोल सका, पत्थर के बुत सा खड़ा रहा, सब ने समझाया, बी.के. शुक्ला ने तो अपनी साली से विवाह कराने का प्रस्ताव भी रख दिया। श्रीव्रत ने आना-कानी तो बहुत की, किन्तु चलने न पायी। उसी दिन विवाह की तिथि भी निश्चित हो गयी। सक्सेना साहब ने शुक्लाजी से मजाकिया ढंग से पूछा-'विना घरवालों से पूछे ही, इतना हक साली पर..?

शुक्ला-'क्या करूँ साहब...,विना बाप की बेटी है, शादी तो हुई थी किन्तु लड़की की विदाई नहीं हुई थी।,

सक्सेना- 'क्यों।,

शुक्ला-'मेरे यहाँ शादी के साल या तीन साल बाद गौने की प्रथा है जिसमे लड़की विदा की जाती है। विदा करनें से पूर्व ही लड़का मर गया।'

सक्सेना-'किन्तु ऐसा क्यों? फिर तो ऐसा ही वर्ताव इनके साथ भी होगा? सभी हँस पड़े, नहीं भाई! मेरा मतलब है कि वही गौने की बात फिर होगी।'

शुक्ला-नहीं! नहीं!! ऐसा नहीं होगा। वह गाँव की बात थी,आखिर तिथि भी निश्चित हो गयी।"

"श्रीव्रत के आँगन में एक बार फिर वसन्त का आगमन हुआ। मन में उमंगों के पुष्प खिले, उत्साह की नवीन सर्जना हुई, आशा-किरण से कुहासा धुला और आनन्द के वातायन से उल्लास की सुखद गन्ध प्रसरित हो उठी।"

जैसे-जैसे विवाह के दिन आते गये वैसे-वैसे मेरे ऊपर कार्य का भार बढ़ने लगा। बढ़ता भी क्यों ना, मेरे अतिरिक्त उसका आत्मीय कौन था? वह गाँव भी आना-जाना बन्द कर चुका था।

विवाह बिल्कुल सामान्य रूप से मन्दिर में होना था। वर-बधू दोनों पक्ष की आर्थिक दशा चिन्तनीय थी। एक तरफ शुक्ला था तो दूसरी तरफ मैं। आखिर वह दिन आ ही गया। बघ्घी-बाजे, अतिशबाजी तथा सजावट आदि की व्यवस्था थी। अचानक ही श्रीव्रत के भाव में परिवर्तन दीख पड़ा। चेहरा

उतरने लगा। आखों से आँसू के झरने फूट पड़े, यद्यपि समझ तो गया था, फिर भी पूँछा- 'आखिर भाई जान के मिजाज को क्या हुआ..? वह चुप रहा, बस दीवाल में टंगें चित्र को घूरता रहा। मेरी भी दृष्टि उस पर गयी। अरे! यह तो पार्वती का चित्र है, हृदय धड़क उठा और सोचने लगा, कल तक तो यहाँ नहीं था, निश्चित ही यह, उसके मोंह को नहीं भुला पा रहा है अगर ऐसा ही रहा तो...एक साथ दोनों का जीवन व्यर्थ हो जायेगा। श्रीव्रत के हृदय में जो प्रेम पार्वती से था, वह अतुल्य था, उस अमूल्य प्रेम की न कोई गणना थी, और न परिभाषित था। मैं गहन-चिन्तन में आ फँसा, एक तो अकेला ऊपर से श्रीव्रत को समझाऊँ या फिर बहू के सामान, ब्याह के सामान तथा अन्य व्यवस्था देखूँ, एक क्षण तो हिम्मत छूटने लगी तब उसनें कहा- 'मैं जा रहा हूँ, मेरी बेटी को सम्भालना....किन्तु कहाँ....? मैने सविस्मय पूछा।,

'तपस्या कर....जन्म सुधारने। न जाने किस जन्म का पाप था जो आज भोग रहा हूँ। मुझे विषय-वासना में और न उलझाएँ भैया इतना कहकर बच्चों सा सिसकने लगा। अचानक उसका इतना बड़ा निर्णय देख मैं अवाक् हो गया। आज ही विवाह की तिथि और...। मुझे क्रोध आया, गुस्से में क्या-क्या बोला याद नहीं हॉ इतना याद है कि वह शान्त हो गया और मेरे कथन के अनुसार विवाह के नये कपड़े पहनने लगा। उसने निवेदन किया कि बाजा और अतिशबाजी का क्या प्रयोजन है उन्हें लौटा दीजिए। मुझे भी बात उचित लगी और उन्हें लौटा दिया गया।

सूर्य देव अपनी यात्रा समाप्त कर चुके थे प्रतीची दिशा अरूणिम हो उठी थी। पच्चीस के समूह में एक साधारण बारात चली। अधेड़ से अधिक उम्र के दूल्हे को एकटक देखते, कुछ मुँह फेर हँसते भी दीखते, अब बारात मन्दिर परिसर में पहुँची। लड़की की ओर से अगवानी में शुक्ला थे। जैसे-तैसे रात बारह बजे तक कार्यक्रम सम्पन्न हुआ, दूल्हन भी घर आयी। सब अपने-अपने घर चले गये।

'मैं सुबह की चाय के समय तक श्रीव्रत के कमरे पर पहुँचा। वे बाहर कुर्सी लगा रहे थे। उन्होंने कहा-'अच्छे वक्त पर आये हो, आओ बैठो नाश्ता तैयार है अरे भाई नाश्ता तो होगा ही ये बताओ तुम कैसे हो?

'वह कुछ न बोला किन्तु चेहरा बता रहा था कि वह सन्तुष्ट है बच्ची बाहर निकली, हाथ में विस्कुट था, वह मेरे पास आयी। विस्कुट मेरी

तरफ बढ़ाते हुए बोली ताता..'न'न, आशय था बिस्कुट ले लूँ । उसकी तोतली बातें बहुत प्रिय लगती थी। श्रीव्रत का प्रेम और बच्ची की बातें मुझे प्रायः खीच लेंती और मैं डोर में बंधे पंछी सा दिन में एक बार अवश्य पहुँच जाता। स्नेह चुम्बन हेतु मैं जैसे ही झुका तो उसने बिस्कुट मेरे मुँह में डाल दिया। अब वह मेरे गोद में थी, तभी श्रीव्रत ने कहा-'कपड़े गन्दे हो जायेंगे, ।

बेटी से अच्छे कपड़े नहीं हैं। इसी का प्यार तो मुझे यहाँ तक खीच लाता है में उसे सीने से लगा लिया। किवाड़ पर भीतर से खट्खट की आवाज हुई, श्रीव्रत भीतर गया और नाश्ते से भरी प्लेट लिए बाहर आया। बच्ची नाश्ते के प्लेट की ओर देखने लगी, वह उस पर झुकी, किन्तु मैने रोका। उसने क्रोध में मेरी मूँछ पकड़ी, श्रीव्रत हँसने लगा और में भी हँसी न रोक सका। क्षण भर हँसी का वातावरण बना रहा,।

'दिन भर थका माँदा कमरे पर पहुँचा, बिस्तर पर पड़ा तो भोजन बनाने की इच्छा नहीं हुई, भूख तो थी किन्तु बस दूध पीकर लेट गया आखों में नीद कहाँ धीरे-धीरे मानस पर स्मृतियों के मेंघ उमड़े। पार्वती वह......... .लक्ष्मी थी, मेरा कितना ख्याल रखती थी। उसके घर न जाने पर टिफिन में भोजन भेज देती। यह औरत तो शौक-मिजाजी, स्वार्थी, लगती है। कल की बात ले लो साक्षी उसी की बेटी है किन्तु मेरा प्यार करना नही भाता कल गोद से भीतर ले गयी और डाटी, किन्तु श्रीव्रत कुछ न बोला। लगता है वह उसके वश में हो गया है या फिर डरता है मैं नहीं चाहता मेरे कारण उनके मधुर सम्बन्ध में कड़वाहट आये। इसी कारण मैने आना-जाना छोड़ दिया ।

'शिफ्ट समाप्त होने से पूर्व ही श्रीव्रत फैक्ट्री आया। बाहर निकलने के लिए आगे बढ़ा ही था कि उसने पुकारा अब हम दोनों फैक्ट्री के सामने बने पार्क में बैठ गये, पहले हाल-चाल बेटी के बारे में बात-चीत हुई। श्रीब्रत ने बताया कि साक्षी बीमार है झट मैने पूछा कौन साक्षी ..?

श्रीव्रत - 'विद्या ने बेटी का नाम साक्षी रखा है,

मैंने कहा-"बहुत प्यारा नाम है। बताओ..! बताओ.!! उसे क्या हुआ है? "

श्रीव्रत –' सुबह डाक्टर को दिखाया, उसने तो निमोनिया बताया है हालाँकि दवा से राहत है, फिर भी आप उसे देख लें तो अच्छा होगा। ताता.. ताता.. करके रो रही थी। साक्षी की बिमारी सुन मेरा हृदय धड़क उठा। यद्यपि वहाँ, जाने का कोई इरादा न था फिर भी साक्षी को देखने की लालसा प्रबल हुई और सीधे उसके घर पहुँचा। किवाड़ पर दस्तक देने पर दरवाजा खुला। मैने विद्या से पूछा कि बेटी कहाँ है? उसने झट से उत्तर दिया वह सो रही है, और वे घर पर नहीं हैं। उससे मिलने हेतु मन मसोस कर रह गया। तभी भीतर उसके रोने की आवाज आयी मैं सौ कदम जा चुका था किन्तु ऐसा लगा जैसे वह मेरे लिए रो रही हो, पुनः लौटकर पूँछा–'जाग गयी क्या.?

"विद्या क्रोधित मुद्रा में बोली–" नहीं , कृपया उनके रहने पर ही आया करें।" मेरा शर्म से चेहरा झुक गया, जैसे हजारों जूते पड़े हो पैरो तले जमीन खिसकने लगी थी। मैं सीधे घर लौट आया। इतना दुःख शायद ही कभी हुआ हो। उसी घर में पार्वती से जितना सम्मान था, उससे कई गुना अधिक आज विद्या ने छीन लिया। संस्कार की बात है मैं भी कितना मूर्ख हूँ अपने बचत का सम्पूर्ण पैसा लगाकर जिसके लिए जेवर, कपड़े आदि बनवाये शादी में पैसे खर्च किये और उसका यही ईनाम मिला है। एक पार्वती थी जिसके लिए क्या किया था? कुछ तो नहीं फिर भी इतना ध्यान रखती थी।,

'साक्षी को देखने के लिए हृदय तड़प उठा था। रात भर नींद नहीं आयी, वह शायद मेरी ही आवाज सुनकर रोयी थी। मैं कितना अभागा कि उसे देख न सका । सोचने लगा, नारी का हृदय इतना क्रूर नहीं होता जितना उसका है मातृत्व प्रेम की असीम निर्झरिणी बहाती नारी–मानवीय प्रेरणा एवं उत्साह की स्रोत होती है, किन्तु वो नारी जो नैतिकता सहज नारीत्व गुण से विलग है, उन्हें कुलटा कहना अनुचित न होगा। तभी तो श्रीब्रत पुनर्विवाह पर सहमत न था। मैने ही उसे तैयार किया था। दोनों सुखी रहे यही मेरी कामना है

*****

"प्रातः काल का समय था, सूर्य की किरण धरती पर उतर चुकी थी समीप के वृक्ष पर पक्षियों के कलरव स्पष्ट सुनायी पड़ रहे थे। जाड़े का मौसम होने से

धूप सुहावनी थी। मैं बाहर खुली धूप का आनन्द ले रहा था कि तभी श्रीव्रत आया । उसकी घबड़ाहट से स्पष्ट था कि किसी मुसीबत में है कुछ पूँछने से पहले बोला–'अपनी बेटी को बचा लो भैया..! इतना कह वह रो पड़ा।

मैं भी अपने को सम्भाल न सका बेटी उसकी जरूर थी पर न जाने क्यों उससे अधिक प्रिय मुझे थी। उसके आँखो के आँसू देख हृदय क्षुब्ध हुआ, मन-कठोर करते हुए पूछा–'क्या हुआ उसे।,

वह अस्पताल में भर्ती है कल से न कुछ खायी है, न आखें खोली है मैं उसके साथ अस्पताल गया। बिस्तर पर चिपक गयी थी। हँसती-खेलती चंचल सी प्यारी गुड़िया की यह दशा, तुमने अच्छा नहीं किया है श्रीव्रत, काश..! पार्वती की इस अन्तिम निशानी को कुछ हुआ तो हमारी मित्रता सदा के लिए समाप्त हो जायेगी। इसके साथ तुम दोनों ने अच्छा सलूक नहीं किया है यह क्या कहते हो भैया..? " श्रीव्रत बोला।

'चुप रहो वह कहाँ है? मेरा मतलब–'विद्या'।

घर'

'घर!! बेटी अस्पताल में और वह घर ...?

श्रीव्रत –(सिसकते हुए) इसीलिए हठ करते थे न कि विवाह कर लो, मैं फँस गया हूँ मित्र..! ऐसे भँवर जाल में कि निकल भी सकूँगा या नहीं ? उसकी आखों के आँसू बहुत कुछ स्पष्ट कर चुके थे। उसकी वेदना और न देखी गयी। मेरा हृदय भावुक हो उठा था, आँसू पोछते हुए कहा–अब और कष्ट नहीं होगा। श्रीव्रत के चेहरे पर आशा की किरण दीख पड़ी। वह मेरा पॉव पकड़कर बच्चों जैसा रोने लगा। सांत्वना देते हुए मैने कहा–समय भावुकता के प्रवेग में बहने का नहीं साहस से काम लेने का है वह गिड़गिड़ाया, हमारे बीच दूरी पैदा करने का कार्य उसी कुलटा ने किया है उसने आपके साथ अच्छा बर्ताव नहीं किया। वह न जाने क्या-क्या बकता रहा, मेरा ध्यान तो बच्ची पर था, कि डाक्टर बाहर निकले और उससे मिलूँ। कोशिश करने पर भी डाक्टर भीतर न जाने दिया।

"सहसा द्वार खुला और मैं डाक्टर की तरफ दौड़ा, क्यों डाक्टर.., कैसी है मेरी बच्ची..? ठीक तो है? "

डाक्टर बोला–'बहुत मेंहनत के बाद उसे होश आया था। होश आने पर ता..ता...ता.. बोली भी थी। इतंना सुनते ही हृदय द्रवित हो उठा। रोंकते हुए भी अश्रु न रुक सके। डाक्टर ने कहा–'तुम्हारी भावुकता समझता हूँ दोस्त प्रायः बच्चे माँ का नाम लेते हैं किन्तु.. उसने आप को बुलाया उसकी माँ..?

'उसकी माँ..?

'जी' .." ईश्वर को प्रिय हो चुकी है यदि आपकी इजाजत हो तो उससे मिल लूँ? "

'ता...ता.....आप ही हैं न..?'

'जी..! रूआँसे स्वर में बोला। भीतर बिस्तर से चिपकी छोटी नन्हीं जान को देखा। आँखें धँस चुकी थी। साँस भी स्वर के साथ आ रही थी।चेहरे पर एक दो जगह चोट के निशान थे। अवश्य ही इसे कष्ट है फूल सी मेरी प्यारी बच्ची...तुझे किसने मारा है..? आँखें नहीं खोलोगी देखो तुम्हारे ता..ता रो रहे हैं। आँखें खोल दो बेटा.., आँखें खोलकर एक बार ताता ता.....ता कह दो बेटी...मेरे गर्म आँसू उसके चेहरे पर चू पड़े थे। ईश्वर ने मेरी सुन ली। उसकी आँखें खुल गयी। मुझे देखते ही कमजोर कोमल मुख पर मुस्कान भरी, ता...ताता आप क..ब आये ..? वह पुनः बेहोश हो गयी। मैं उसे गोद में उठाना चाहा किन्तु डाक्टर ने रोक दिया और मुझे कुछ देर के लिए बाहर बैठने को कहा। करीब दिन के बारह बजे वह पुनः होश में आयी। डाक्टर ने मुझे भीतर बुलाया। इस बार वह बैठने का प्रयास करने लगी । ता..ता वादा करो कि हमे छोड़कर कहीं न जाओगे।...... मुझे नयी माँ के पास अकेला नहीं छोड़ेंगे..? कहो.. नहीं तो मैं कभी नहीं जागूँगी। मेरा कलेजा धड़क उठा, आँखे द्रवित हो उठी। झट बोला–'नहीं बेटी, नहीं जाऊँगा..? मैं गया ही कहाँ था? तुम्हारे लिए ढ़ेरों खिलौने लाने गया था।' "कहाँ हैं खिलौंने,? तुम कहते थे न कि हाथी और ऊँट भी लाओगे। बोलने वाला कुत्ता और म्यों भी लाओगे, तो मेरे खिलौने।"

'खिलौने घर पर हैं बेटी! तुम वहाँ चलोगी तो दूगाँ। तुम जल्दी-जल्दी ठीक हो जाओ फिर हम घर चलेंगे वहीं खिलौने के साथ खूब खेलेंगे।

'' नयी माँ मुझे मारती है, और आपको गाली देती है। तुम्हे अपने घर ले चलूँगा बेटी..!,

'सच ता..ता वह खिल उठी........!''

श्रीव्रत दीवाल के पास खड़ा सब कुछ सुन रहा था। वह प्रत्यक्ष नहीं हुआ, प्रत्यक्ष होने पर दोनों के बीच खुल कर बातें न हो पाती। तभी मैने पूछा। 'तुम्हारे बापू नयी माँ को नहीं डॉटते ? साक्षी-'डरते हैं, नयी माँ झगड़ा करती है, वे तुम्हारे पिता जी से नहीं जीत सकती, मैने पूछा-'तुम्हें कौन मारता है?

साक्षी-'रामू और नयी माँ...बस.. ,

रामू का नाम सुनते ही जैसे बिजली का करेन्ट लग गया हो, मैने पूछा- रामू कौन है बेटी..? 'उसने बताया- ''नयी माँ का सामान लाता है।, प्रत्यक्ष होते हुए श्रीव्रत ने कहा-'बेटी क्या कह रही हो? अब ठीक तो है मैने कहा-हॉ, किन्तु रामू कौन है?,

श्रीव्रत -'रामू नहीं बोधू एक युवक है जो गली न० तीन में रहता है। विद्या उसे दूर का सम्बन्धी बताती है। आवश्यकतानुसार विद्या के छोटे-छोटे सामान भी ला देता है मेरी अनुपस्थिति में उसको घर बुलाना अच्छा नहीं लगता। मैने उसे समझाया किन्तु वह मानती ही नहीं।, मैं बुरी तरह फंस गया हूँ। अच्छा होता शुक्ला से कह कर महीने-पन्द्रह दिन को मायके भेजवा देते,।

मैने शुक्ला जी से कहा, और वे विद्या को लिवा ले गये । साक्षी मेरे कमरे पर आयी। वह हँसी-खुशी रहने लगी। श्रीव्रत भी मेरे साथ ही रहने लगा। अपने कमरे पर बहुत कम जाता। दोनों की अलग-अलग शिफ्ट होने से असुविधा न थी । धीरे-धीरे ड़ेढ़ वर्ष बीत गये किन्तु न श्रीव्रत विद्या को लाने गया ना ही, वह आयी। उन्हीं दिनों मुझे माँ का स्वास्थ्य न ठीक होने, और पिता जी के निधन के बाद गाँव जाना पड़ा। माह भर गाँव रह लेने से गाँव के प्रति लगाव बढ़ा। जहाँ मुम्बई की भौतिक तड़क-भड़क चहल-पहल थी वहीं गाँव में शान्ति और सुख था। प्रकृति की सुकोमल सुकुमार सुषमा थी। सभी खाने-पीने की वस्तुएँ ताजी और शुद्ध मिलती है, उन्हें खाने-पीने का कुछ अलग ही स्वाद था। मुझे स्वर्ग के समान सुन्दर लगा। लम्बी-चौड़ी खेती-बाड़ी

की देखभाल का भार भी मुझपर पड़ा। सेवा काल तीन वर्ष शेष रहने पर भी फैक्ट्री से सेवा निवृत्त लेकर लौट आया।

साक्षी अबकुछ बड़ी हो चुकी थी। वह पहली कक्षा में पढ़ने लगी थी। मेरे मुम्बई छोड़ने का उसे बहुत दुख था। मेरे मुम्बई विदाई के अवसर पर दर्द भरे विदाई गीत गायी। उसने मुझझे वचन लिया कि उससे मिलने आता रहूँगा। तभी पिता जी बोले अरे प्रकाश ! सो तो नहीं गये?

प्रकाश-"नहीं पिता जी, इतनी करूण कहानी सुनकर मेरा हृदय भावुक हो उठा है, अब इसके आगे सुनाइएगा।"

*****

संध्या समय सागर तट पर पर्यटको एवं सैलानियों की भीड़ लग जाती। सुदूर से चलने वाली सुशीतल हवायें तन-मन को महज सुख ही नहीं देती बल्कि तनाव एवं दिन भर की थकान से भी निजात मिलती थी। माघ मास की पूर्णिमा थी, जगमगाता मुंबई महानगर, सागर के तट पर जलते विद्युत प्रकाश, ज्वार भाटा से सागर में हलचल ऐसा लगता सागर उमड़कर विद्युत लैम्पो को स्नान कराना चाहता हो ।

प्रायः काम से लौट कर श्रीव्रत बेटी के साथ सागर तट पर आता ज्वार-भाटों के दिन निश्चित थे। वह घंटो जैसे उठते गिरते जल को घूरते हुए कुछ खोजता था। श्रीव्रत अभी-अभी कमरे पर लौटा था। और साक्षी कुर्सी पर बैठी कुरकुरे खा रही थी, सहसा एक कार द्वार पर आ रूकी। कार का फाटक खुला। पहले शुक्ला उतरा फिर विद्या"।

अगवानी में श्रीव्रत आगे बढ़ा, हाथ जोड़ अभिवादन करते हुए कहा-

"सब कुशल तो है..? नमक न छिड़को श्रीव्रत! शादी तुम्हारी क्या हुई बुरे मैं फँस गया मुझे क्या पता तुममें पुरूषोचित गुण ही नहीं है। छिः शर्म आनी चाहिए डेढ़ वर्ष बीत गये न कभी ससुराल जाकर पत्नी की सुधि ली न कोई बात की। माँ-वाप शादी विवाह इसीलिए करते हैं?

सुनों भैया...सुनो! पहले आप अतिथि सत्कार का मौका दो जो कहना हो सुनूँगा। होटल से चाय नाश्ता आ गया। उसे करने से शुक्ला का गुस्सा कुछ शान्त हुआ तो मन्द स्वर में श्रीव्रत बोला-आप जानते हैं मैं दूसरे विवाह के पक्ष मैं नहीं था, में जानता था कि बेटी को तकलीफ होगी हुआ भी वही, मानो तो साक्षी उसी की बेटी है, सौतेला व्यवहार रहती है। मारती-पीटती है, आप ही बताइए बेटी को लेकर अस्पताल में था, वह देखने तक न गयी।

शुक्ला कुछ न बोल सका, बोलता भी कैसे ..? उसकी पत्नी भी ठीक वैसे ही थी, बच्चों को मारना, बात-बात पर झगड़ना, ननदों को गाली देना, परिवार में विघटन, वह सोच ही रहा था कि तभी पुनः श्रीव्रत बोला-"भैया! इन्हें, मेरी एवं आपकी मर्यादा और मेरी बेटी की परवरिश का पालन करना हो तो घर का द्वार खुला है, यदि नहीं तो मैं नहीं रख सकूँगा। कैसे नहीं रखोगे, यहीं रहूँगी, और छाती पर मूँग दलती रहूँगी। ब्याह कर लाये हो मजाक नहीं है तुम्हे जहाँ जाना हो जाओ। (शुक्ला की तरफ इशारा करते हुए)- आप भी जाइए, यही समझ लेना विद्या मर गयी।

"ऐसा क्यों कहती हो विद्या तुम मेरे पास सदैव रहो, मुझे कोई आपत्ति नहीं है आपत्ति तो तुम्हारी दीदी को है वही दुनियॉं भर का बुरा-भला सोचती और कहती रहती है।"

'देखिए जीजा जी, आपने मेरे साथ जो ना इंसाफी की है उसे कभी न भूल सकूँगी।,

'अरे विद्या, यह क्या कह रही हो,?

'नहीं सुना जाता तो चले जाइए या फिर कान बन्द कर लीजिए।,

'आखिर गलती तो बताओगी..?

'सुनने की हिम्मत है, सुन सकोगे..?

'ऐसी क्या गलती है विद्या,जिसके लिए,...।, शुक्ला ने पूछा।

'समय आने पर बताऊँगीं? वैसे आप स्वयं जानते होंगें

'मैं अन्तर्यामी नहीं हूँ, बात उठाना और समाप्त करना या बताना आवश्यक

होता है न बताना चाहो तो तुम्हारी मर्जी।,

'बताऊँगी किन्तु समय आने पर।

शुक्ला ने कहा-'विद्या! हमारे न्याय एवं धर्म शास्त्र में पति को परमेंश्वर माना गया है। वह कैसा भी हो। उसका आदर करना चाहिए।

श्रीव्रत के चेहरे पर प्रसन्नता की किरणें उभरी किन्तु विद्या ने तुनककर कहा-'क्या शिक्षाएँ दूसरों के लिए होती है? अपनी पत्नी (मेरी दीदी) सुधार न सके पहले उन्हें सुधारने का प्रयास करो फिर...।,

शुक्ला का चेहरा पीला पड़ गया। उन्हें ऐसी उम्मीद नहीं थी कि विद्या उनका इस प्रकार उत्तर देगी।,

श्रीव्रत -'भाई साहब, औरत के मुँह लगना अच्छा नहीं होता। आप भले व्यक्ति हैं, समाज में मान-सम्मान है अच्छा होगा कि कुछ और न बोलें।

'ठीक कहते हो भाई, अच्छा तो अब चलता हूँ। फैक्ट्री में भेंट होगी। वे उठने लगे तभी विद्या ने व्यग्यवाण छोड़ते हुए कहा-' कड़वा सच है जाइए.. कोई भूल हुई हो तो माफ करना।

माफी और सरल प्रदर्शन से शुक्ल जी सकते में पड़ गये। कुछ समझ में न आ रहा था वह किस धातु की बनी है कभी तो मिर्च सी ऐंठ कर बातें करती है तो कभी..! वे सोचने लगे, विद्या पहले तो ऐसी न थी। मेरे लिए प्राण देने को तैयार रहती। स्वभावगत चिड़चिड़ापन होना स्वाभाविक है, कम उम्र में ही बाप का साया हट गया। विधवा माँ ने जैसे तैसे पाला, घर में बड़ों का अनुशासन होता है, वह भी प्रायः बाप या दादा से ही मिलता है विद्या के जन्म के ही वर्ष उसके दादा चल बसे और तीसरे वर्ष पिता जी माँ अनुशासन नहीं दे सकती। वह तो ममता से खींचकर संतान के हृदय में सहन-शक्ति और भावनात्मक प्रेम-बेल को रोपती है यदपि बच्चों के लिए मातृत्व, औषधि की भाँति होता है जिसके अभाव में संतान हीन भावना की शिकार हो जाती है। यह सच है कि बच्चों के विकास में पिता से अधिक माँ उपयोगी। पिता के सानिध्य से बच्चों में अच्छा अनुशासन एवं जीवन-जीने की उत्तम कला का ज्ञान होता है। शुक्ला ने श्रीव्रत से कहा।

शुक्ला सोचने लगा (विद्या) के मानस तल पर अनेक तूफान आये। यौवन की दहलीज पर कदम रखते ही, कदम फिसल गये। कारण था एक लड़के को दिल देना और उससे विवाह करने का हठ करना। अचानक ही दोनों रात के अंधेरें में भाग जाने का निश्चय कर बैठे। संयोग से मैं भी वहाँ पहुँच गया था। सास ने सब कुछ बताया तो मैने उसे समझाने बुझाने का प्रयास किया । वह किसी तरह न मान रही थी। उसकी एक ही रट थी यदि मैं समय पर न पहुँची तो रमेश प्राण त्याग देगा। उसे रात के बारह बजे जाना था। मैं उसे रोकने पर इस शर्त पर राजी कर लिया कि तुम्हारा और रमेश का विवाह कर दिया जायेगा। रमेश को बुलवाता हूँ। मैं रात भर जागता रहा। मैं भोर होते ही रमेश के आत्म हत्या की सूचना फैली। उसे सुनते ही मुझे भी दुःख हुआ। मैने विद्या से छिपाया किन्तु बात छिपी न रह सकी। सूचना पाते ही उसे मुर्छा आ गयी। जैसे-तैसे नींद की गोली देकर उसे सुलाया। इस घटना को भुलाने में उसे कई वर्ष लगे वह सदा फूल सी खिली रहने वाली विद्या, दिनों-दिन मुरझाने लगी थी। वह किसी से न बोलती न कुछ करती। धीरे-धीरे जब वह सामान्य हुई तो मैं अपने पास ले आया। वहीं उसके विवाह की बात चली। वह विवाह के लिए मना कर रही थी। जैसे-तैसे समझा बुझा कर उसे तैयार किया-

साधारण व्यवस्था में सादगी पूर्ण विवाह हुआ वह पति के घर गयी, मात्र पॉच दिन ही हुआ था कि एक कार दुर्घटना में उसकी मृत्यु हो गयी, काल दुष्चक्र एक बार फिर उसके सामान्य जीवन को झकझोर कर रख दिया। ईश्वर भी उस पर विपत्ति के पहाड़ तोड़ता है जो किसी मुसीबत में हो। पुनः उसकी मानसिक दशा चिन्तनीय हो गयी थी। इस बार वह अधिक भावुक थी। मुझे देखते ही रोने लगी। मेरा मन भी स्वयं को न रोक सका। वह मुझे पकड़कर खूब रोयी। एक बार फिर मेरे साथ मुम्बई आयी। परिस्थितियों से समझौता तो करना ही पड़ता है आखिर वह पुनः धीरे-धीरे सामान्य होने लगी। चोरी-छिपे मैने उसके भीतर झॉक कर देखा और उसने स्वयं भी मजाक-मजाक में यह कहा कि मेरा जीवन क्या है....? मरूस्थल की भाँति आकर्षणहीन? जब भी मैं सुख-संयोग की नाव पर बैठना चाही तो मांझी के बिना मेरी जीवन-नौका दिशा हीन बहने लगी। भयानक अज्ञात धारा में, साथ के दो-दो हृदय नाविक छूट गये और संवेदना की नाव कब तक बहेगी क्या पता। उन्हीं दिनों श्रीव्रत से भेंट हुई और उसका पुनर्विवाह करवाने

हेतु राजी किया। वह सोचा था कि धीरे-धीरे दर्द का घाव भर जायेगा, श्रीब्रत ढेर सारा प्यार देकर उसके जीवन को सुखमय बना देगा, किन्तु उम्र का अन्तर ही उन दोनों के प्रेम-तरू के विकास में बाधक बन रहा था।

-: तीन :-

संध्या की लालिमा से रंजित सागर की लहरें थीं। प्रायः शाम को विद्या उन लहरों के उतार-चढ़ाव में कुछ ढूढ़ँती दीख पड़ती, जैसे उनके गर्भ में अतीत की यादें छिपी हों और वर्तमान की धूमिल छाया, अतीत के इन्द्रधनुषी सप्तरंगों के माध्यम से सुखद सत्य की खोज में लहरों से हृदय-मीत के पद् चिन्ह्नो का परिचय पूछती हो। किसी अजनबी ने ध्यान भंग करते हुए पूछा आप का नाम विद्या है?

'उसकी आँखों में झाँकते हुए विद्या बोली-'जी' किन्तु आपको कैसे मालूम ?

'वह मैं बताऊँगा किन्तु प्रश्न पहले मेरी तरफ से हुआ है, उसका उत्तर मिलने के बाद।

विद्या-उत्तर दे चुकी।'

आगन्तुक -'उत्तर मिलने से प्रश्नकर्ता सन्तुष्ट हो जाता है किन्तु आपने तो अपूर्ण उत्तर के साथ ही प्रश्न भी कर दिया।'

उसकी दृष्टि अजनबी के चेहरे पर थी। तीस वर्ष के उस युवक का शरीर हट्ठा-कट्ठा था। गोरे-चिट्ठे बदन पर यौवन की मादकता इठला रही थी। बड़ी-बड़ी, आँखें और बड़े-बड़े बाल थे। विद्या ने कहा -' जो पूछँना चाहते हो पूँछिए?'

युवक के चेहरे पर गर्वीली मुस्कान थी । दृष्टि विद्या के शीशे से झलकते यौवन पर गड़ी थी। उसने कहा-'आप प्रतिदिन शाम को यहाँ आती हैं और ठीक इसी स्थान पर बैठती हैं?'

विद्या ने तुनक कर कहा-'देखिए' यह मेरा निजी मामला है कहीं बैठूँ और कुछ करूँ आप पूछने वाले कौन हैं.? आपकी हिम्मत कैसे हुई...ऐसे बेहूदा प्रश्न करने की।'

अजनबी घबड़ा गया वह अभी तो बिल्कुल सामान्य ढंग से बातें करती थी किन्तु.., अवश्य ही, उसके भीतर का घाव गहरा होगा। घाव दुखने से दर्द होना स्वाभाविक है। नारी संवेदना ही उसका मूल उपजीब्य है

विद्या-'आप अभी तक नहीं गये'

'जी' मेरी बातों से आपको चोट पहुँची इसके लिए शर्मिन्दा हूँ । विद्या जी, मुझे माफ कर दीजिए आगन्तुक ने कहा।,

'जी और मेरा सम्मान जनक शब्द माफ कर दीजिए सुन विद्या का हृदय द्रवित हो उठा। उसने मुस्कराकर कहा-' जी' 'आप कौन हैं?'

शुभ चिन्तक !

'झूठ है मेरा शुभ चिन्तक ?

जी...।'

इसे कैसे मानूँ कि आप मेरे शुभ चिन्तक हैं? पुरूषों की भावनाओं को भली-भाँति जानती हूँ। कृपया यह बताइए कि आप कौन हैं और मुझे कैसे जानते हैं? विद्या ने पूछा'

जी, मेरा नाम बोधनाथ है। मैं आपके ही पड़ोस में रहता हूँ और फोर्ट के एक प्राइवेट आफिस में काम करता हूँ। एक बात कहूँ?

'कहो..' विद्या बोली ।

'नहीं..', फिर कभी कहूँगा। मेरी हिम्मत नहीं बन पा रही है'

जिस मर्द के पास बात कहने-सुनने की हिम्मत न हो ऐसे नार्मद की बातें सुनने का मेरे पास अवकाश नहीं है विद्या वहाँ से चली गयी।

'बोधू को जैसे साँप सूँघ गया हो। वह स्वयं को कोसने लगा। उसे अपनी बात बता देनी चाहिए थी.. वह भी कितना मूर्ख है फिर.., वह उसके स्वभाव से नहीं परिचित था। भीतर ही भीतर बोधू विद्या को चाहने लगा वह

प्रत्येक शाम को सागर के तट पर उसे ढूँढ़ता और देखने पर कुछ दूर ही बैठ जाता, विद्या की दृष्टि सागर की तरंगों पर होती तो उसकी विद्या पर । निरन्तर यह क्रम चलता रहा। उन्हीं दिनों विद्या बीमार हो गयी। उसका सागर के तट पर आना बन्द हो गया था। बोधू के मन में बेचैनी हुई और देखने को व्याकुल हुआ और उसके घर जाने का बहाना ढूँढ़ने लगा किन्तु न मिला, एक दोपहर आफिस से छुट्टी लेकर सीधे विद्या के घर आया,। वह घर में अकेली बिस्तर पर लेटी थी, अचानक उसे देख विद्या चौंकी । उसने कहा-'आप...?' फल का डिब्बा रखते हुए बोधू ने कहा - 'जी ' सुना था आप बिमार हैं। दिल आपको देखे बगैर न माना और यहाँ आने की..। वह गहन सोच में डूब गयी और कुछ क्षण बाद गहरी श्वाँस छोड़ते हुए बोली- 'आप जानते है कि में शादी शुदा हूँ....।"

'जी' यह भी जानता हूँ कि आपके साथ अन्याय हुआ है

मैंरे ऊपर न्याय हुआ या अन्याय तुमसे क्या मतलब? तुम कौन होते हो न्याय और अन्याय पर विचार करने वाले .., कान खोल कर सुन लो आज के बाद यहाँ आने की गलती न करना और इस फल के डिब्बे की यहाँ कोई आवश्यकता नहीं है बोधू उस पाषाण हृदय औरत को देखता रहा, भारी मन लिए बोधू भी चला गया उसकी आत्मा ने धिक्कारा, शादी शुदा स्त्री के पीछे क्यों पड़े हो ? कई माह बीत गये न बोधू सागर तट पर गया और न विद्या से भेंट हुई । एक दिन श्रीव्रत और विद्या के बीच झगड़ा हुआ, कारण साक्षी थी। विद्या ने साक्षी को मारा था, श्रीव्रत उखड़ गया, दोनों खूब लड़े, बात ही बात में श्रीव्रत ने कहा-'बच्चों की पीड़ा क्या जानो तुम्हारी अपनी सन्तान होती तो जानती भी, उसे यह बात चुभ गयी। उसने कहा-'तुम जैसे नामर्द से होगी भी नहीं,

श्रीव्रत गुर्राया-'जवान ढूँढ लो। कुलटा हो न,बहुत मिल जायेंगे,।

'चाहती तो नहीं थी, किन्तु चाहना पड़ेगा। वह बोली,

'भाड़ में जाओ, बेटी को लेकर श्रीब्रत बाहर आ गया,

विद्या विस्तर पर पड़ी जोर-जोर से रोने लगी । वह अपने भाग्य पर आँसू बहा रही थी। अचानक ही उसकी आँखों के समक्ष बोधू का रूप उभरा। वह कितनी निर्दयता पूर्ण बात बोली थी। उसे ऐसा व्यवहार नहीं करना चाहिए

था। उसके हृदय में प्रेम का सैलाव था किन्तु मेरी ना समझी के कारण उसे ठेस लगी। उसी दिन के बाद वह कहाँ खो गया? उससे मिलकर माफी माँगने हेतु विद्या विकल हो उठी थी। वह सागर के तट पर खोजती रही जब वह न मिला तो उसे एक युक्ति सूझी। उसने बताया था कि इसी मुहल्ले में गली न० ३ का रहने वाला है तो चौका-बर्तन करने वाली से कहने पर शायद उसकी टोह लग सके, अगले दिन नौकरानी से बोली, ओ उसे जानती थी। उसने बताया कि कुछ दिनों से नहीं दिख पड़ते, दस रूपये का नोट देते हुए विद्या बोली-'यह पता लगाओ कि इन दिनों वे कहाँ हैं? पैसा पाने से नौकरानी निहाल हुई। वह बोधू के घर गयी। घर में उसकी माँ थी। कुछ दिनों पहले वहाँ काम कर चुकी थी। पूँछने पर उसकी माँ ने बताया, कि तीन माह के लिए आफिस से हैदराबाद गया है नौकरानी ने उसे विद्या को बताया और यह भी कहा कि एक दो दिन में आने वाले हैं।

विद्या इन दिनों नियमित सागर तट पर जाने लगी थी। श्रीव्रत ८ बजे फैक्ट्री से लौटता, उससे कुछ पहले ही वह लौट आती। झगड़े के बाद से श्रीव्रत साक्षी को विद्या के पास नहीं छोड़ता था। रविवार के कारण आफिस बन्द थे, जिससे...सागर तट पर कुछ अधिक ही चहल-पहल थी।रोज की भाँति विद्या बेंच पर बैठी लहरों को देखनें में लगी। उसी से कुछ दूर लगी वेंच पर बोधू, विद्या की तन्ययता को निहार रहा था। चाहकर भी उसमे विद्या के समीप जाने की हिम्मत न थी। वह हैदराबाद से कई माह बाद लौटा था। आफिस में प्रमोशन मिलने से बाबू बन गया था। विद्या की दृष्टि उस पर पड़ी। उसने इशारे से बुलाया। उसी बेंच पर बैठनें का संकेत करते हुए कहा-"नाराज हो ?"

'जी नहीं, शरीर आत्मा से मनुष्य ईश्वर से नाराज हो सकता है?

बोधू को विश्वास नहीं हो पा रहा था कि यह वही विद्या है जो.,उसे मन ही मन अपार खुशी थी। न जाने उसे विद्या बहुत खूबसूरत और प्रिय लगती थी। बात ही बात में उसने कहा 'यदि कोई मुझसे पूँछे कि संसार में तुम्हें क्या प्रिय है-तो मैं तुम्हें बताऊँगा। आज मेरी खुशी का पारावार नहीं है मेरा आज का दिन कितना खुश नसीब है। दोनों प्रेम परक बातें करने लगे।

'विद्या सोचने लगी कि कहाँ बोधू और कहाँ खूसट मेरा बूढ़ा पति.. ? उसका मन पुत्र प्राप्ति हेतु लालायित था कभी-कभी स्त्रियाँ संतान प्राप्ति हेतु

गलत से गलत निर्णय ले लेती हैं। ठीक वही दशा आज विधा की थी। श्रीव्रत की वह बात कि तुम्हारी अपनी संतान होती तो .....। तो उसे तीर की भाँति कलेजे में विधी थी। यही कारण था कि उसने बोधू से संतान्नोत्पत्ति का इरादा बनाया, यद्यपि आत्मा में झिझोड़ और मन में हलचल थी कि यह मार्ग नैतिकता से हटकर है नारी का सर्वश्रेष्ठ आभूषण लज्जा और धर्म, पति परायणता है वैसे ही ऐसी स्थिति में मन का बहाव उचित-अनुचित पर अधिक बल नहीं देता?

विद्या ने निश्चय किया कि वह बोधू से तब तक सम्बन्ध रखेगी जब तक कि उसे संतान न प्राप्त हो जाये। वह जानती थी कि श्रीव्रत की उम्र संतान पैदा करने की नहीं है। उसका संकल्प था कि पति को संतान पैदा करके दिखाएगी, उसकी नियति में समाज और श्रीव्रत को धोखा देना था। इसी कारण चोरी छिपे दोनों मिलने और रंगरलियाँ उड़ाने लगे धीरे-धीरे निकटता और बढ़ी, दोनों बाहर मिलते कभी विद्या के घर तो कभी बोधू के , इस प्रकार दोनों का रोमांस चलते कई माह बीत गये। प्रेम छिपाने से नहीं छिपता, एक न एक दिन सम्मुख ही हो जाता है पहले तो दवी जवान से चर्चा थी किन्तु धीरे धीरे आस-पास के लोगों को बुरा लगने लगा। उन्होंने श्रीव्रत से शिकायत की। बेचारा श्रीव्रत, कर ही क्या सकता था। आस-पास के लोगों ने सहयोग की अपील की, आखिर एक रात बखेड़ा ही हो गया। विद्या घर में, और श्रीव्रत बच्ची के पास बाहर बरामदे में सोता था । उस रोज शाम से ही नोक-झोंक होने लगी। बात ही बात में श्रीव्रत ने कहा-'चारो ओर तुम्हारे ही नाम के डंके बज रहे हैं।

विद्या बोली-'फिर तुम क्यों मरे जा रहे हो, मेरे कारण ही तुम्हारा भी नाम हो जायेगा।

भाड़ में जाय ऐसा नाम मैं तो तुम से विवाह करके फँस गया। किसी ओर का न छोड़ा तुमने, शर्म से सर-गड़ा जा रहा है। जिधर निकलो यही हैं, जवाब! तुम्हारी पत्नी किसी छोकड़े से फॅस गयी है।

''विद्या-'कौन मुआ कह रहा था ? उसके माँ - बहनें नहीं हैं? श्रीव्रत -'है, तो तुम्हें इस कालोनी से हटवाने की योजना बन रही है, विद्या-'किस मुँए में दम है, कच्चा चबा जाऊँगी, कान खोल कर तुम भी सुन लो, वृद्धावस्था में किसी जवान युवती से शादी कर उसका जीवन बर्वाद करने

का यही हश्र होता है। मैं तुमसे और आस-पास कालोनी के लोगों से यह प्रश्न पूँछती हूँ कि जब तुम्हारे पास पुरूषत्व नहीं था फिर किसी युवती से शादी क्यों की.....? धीरे-धीरे तीन वर्ष हो गये किन्तु कोई आगम न हुआ, उलटे ताना मारते हो तुम्हारी अपनी संतान होती तो....। तो तुम्हारे पास पुरूषत्व नहीं तो संतान आसमान से होगी। कालोनी के लोगों को क्या पता कि नारी की उसकी आवश्यकता या भूख क्या है........? उन्हें तो वश किसी के भी प्रति उँगली उठाना ही आता है। उन्हें यदि इस बात पर चिढ़ है कि यहाँ कोई बाहरी व्यक्ति न आये तो मैं इस कालोनी के युवकों से पूँछना चाहती हूँ कि किसी में मुझे अपनाने की सामर्थ्य है हो तो सामने आये, यदि नहीं, तो चूड़ियाँ पहन कर घर में रहे और किसी पर झूठी उँगली न उठायें। बुराइयॉ सब में होती हैं किसी में कुछ अधिक किसी में कुछ कम। बड़े लोगों में तो कुछ अधिक ही होती है किन्तु उसे कहने की किसी में हिम्मत नहीं होती है''

''इसी कालोनी से पिछले साल एक लड़की भागी थी किन्तु उसे कोई कहता है मुझे लोग इस लिए कहते हैं क्योंकि मैं एक गरीब ......आधारहीन व्यक्ति की बीबी हूँ, असंतुलित जीवन जी रही हूँ।''

तमाशबीन बने खड़े कालोनी के लोग छँटने लगे । कुछ तो मन ही मन विद्या के विचार और उसकी भावनाओं का सम्मान भी कर रहे थे। श्रीव्रत पत्नी के कारनामें से क्षुब्ध था। उसे जैसे बुत के रूप में स्थापित कर दिया गया हो ।, चाह कर भी कुछ न बोला। शैनेः शैनेः निशा का आँचल गंभीर हुआ और रात हुई पर घर में चूल्हा नहीं जला भूखा प्यास, और तीन दिन से खॉसी बुखार होते हुए भी वह अगले दिन काम पर गया, कमजोर शरीर और मन में अनचाहे भाव उमड़ते रहे, उसे खुशी रखने और सुख साधनो के लिए क्या नहीं किया? दैनिक काम के अतिरिक्त ओवर टाइम करके धन कमाता और माह के अन्त में सारे पैसे विद्या को देते हुए अजीब सी खुशी होती थी। उसके यौवन की आभा देखकर सोच में पड़ जाता और विद्या रूपये को थाम कर हृदय से लगा लेती क्योंकि यह उसके पति की गाढ़ी कमायी थी। वह उसे बहुत संभाल कर खर्च करती। दोनों के दिन जैसे-तेसे बीत रहे थे। इसबार बहन के घर विद्या का तिरस्कार हुआ था। शुक्ला उसे पहुँचाकर कभी हाल लेने नहीं लौटा,। विद्या का जवान हृदय भीतर-ही भीतर घुटते-घुटते टूटता चला गया, अपनी बीमारी और पत्नी के युवापन को देख

कर श्रीव्रत कभी-कभी उदास हो जाता, सिर्फ पैसे के बल पर किसी युवती को संतुष्ट नहीं रखा जा सकता, इसे श्रीव्रत भली-भाँति जानता था।

विद्या अपने हृदय की बहुरंगी लालसाओं, इच्छाओं का दमन करने का प्रयास कर रही थी। पति पत्नी के बीच बेटी को लेकर नोक झोक होती, आखिर एक दिन बात ही बात में श्रीव्रत ने विद्या को लगने वाली बात कह दी तुम्हारे कोई संतान होती तो उसका महत्व जानती। उन्होंने आवेश में आकर कह तो दी किन्तु बाद में बहुत पछताया उसी बात ने नारी हृदय के मातृत्व भाव को ऐसा कुरेद दिया कि न चाहते हुए भी विद्या ने अनुचित मार्ग अपना लिया। घर में दो दिन से चूल्हा न जला था। श्रीव्रत को खाँसी और बुखार था दो दिन से भूखा होने से कोरव ओर पेट एक ही हो गये थे। बेचारा श्रीव्रत चारपाई पर पड़ा कभी अतीत तो कभी वर्तमान में ढूबा हुआ था। पहली पत्नी जितना सुख दे चुकी थी उसे कभी न भुला सका वह उसे पहले खिलाकर फिर भोजन करती थी। कभी कही जाने पर वह तबतक इन्तजार में विना खाये पिये बैठी रहती जब तक श्रीव्रत लौट न आता।

साक्षी को पड़ोसन ने खिलाया वह बीमार पिता की गोद में चिपककर सो गयी। श्रीव्रत उसे बगल में लिटा कर सोचने लगा, ऐसा लगता है कि जीवन की गाड़ी और न चल सकेगी। काश! मुझे कुछ हो ही गया तो,. ...तो मेरी बेटी का क्या होगा.? किसके सहारे लगेगी..? विद्या की चिन्ता नहीं है। वह बोधू से विवाह कर चैन की बॉसुरी बजायेगी और मेरी बेटी..... अनाथ बन दर-दर की भीख माँगेगी। पिता का हृदय सन्तान के प्रति अधिक शुभ चिन्तक होता है वह स्वयं को सम्भाल न सका और जोर-जोर से रोने लगा। अचानक चिहुँक कर बेटी जाग गयी। उसने पिता को रोते देखा तो बोल पड़ी बापू आप...तो रो रहे हैं? बहुत भूख लगी होगी न... छोटी माँ बहुत गन्दी है न....., घबराओ मत बापू.....में बड़ी... हो जाऊँगी तो आप को खूब खिलाऊँगी।

बेटी को सीने से लगा लिया। भूख सहन न हो रही थी। पेट में तेज दर्द उठा, बेटी एक गिलास पानी ला दो, साक्षी भीतर से पानी लायी। और पानी देते हुए बोली-'बापू, ताता को देखे बहुत दिन हुए। कब आयेंगे बापू..? कब आयेंगे ..? ताता का नाम लेते ही श्रीव्रत के हृदय में शक्ति का उत्स फूट पड़ा और सोचने लगा अब चिन्ता की क्या बात...? ' मेरा यहाँ रूकना

उचित न होगा। ऐसे परिवेश में बेटी को एक पल भी कैसे रखा जा सकता है..? मैं कल ही साक्षी को उसके ताता के पास ले जाऊँगा। अच्छे समय पर उसने ताता को याद किया है वही तो मेरे दुःख-सुख के सच्चे साथी हैं। ईश्वर किसी को मित्र दो तो भाई दीनदयाल की तरह। रूग्ण शरीर में शक्ति का संचार फूट पड़ा था। अब साक्षी पुनःसो गयी और श्रीव्रत खाँसी के कारण नहीं सो पा रहा था। विस्तर पर पड़ा सोचने लगा, विद्या उतनी बुरी नहीं है जितना कि मैं सोच रहा हूँ। उसे मेरे साथ रहते हुए पाँचवा साल हैं, मैं उसे वह प्यार न दे सका जिसकी हकदार थी कारण था कि मेरे भीतर से पहली पत्नी पार्वती निकल ही न सकी, यह विद्या के साथ अन्याय नहीं तो क्या था? प्रेम एवं भाव समर्पण के प्रत्येक पहलू पर पार्वती का प्रभाव उसके मरने पर सजीव बना रहा। विद्या को विद्या न समझ पार्वती के रुप में समझने की भूल एवं कल्पना करना ही मेरी भूल थी। संतान सुख की अभिलाषा नारी की प्रथम इच्छा होती है, उसे सुख देने को कौन कहे ऊपर ताने मारना उचित न था। उसके मन में आया विद्या का विवाह बोधू से कर दे, हम दोंनों के उम्र में कितना अन्तर है, कहाँ वह छत्तीस साल की और मैं छप्पन का, अपना भार हटाने हेतु शुक्ला ने ऐसा किया था। विद्या मुँह फट जरूर किन्तु चरित्र की बुरी न है, उसने जो भी कदम उठाया है, उसका दोषी वह नहीं मैं हूँ... मैं।

विद्या का सख्त हृदय पसीज चुका था। उसकी अन्तरात्मा ने धिक्कारा..., तू नारी पर कलंक है, क्षणिक आत्मतोष एवं सुख के निमित्त देवता सदृश्य पति के सम्मान पर ठेस पहुँचाना उचित न था । उसने तुम्हारी सुख-सुविधा का पूरा ध्यान दिया, अपनी गाढ़ी कमायी को तेरे हाथो पर रखता रहा। तू कितना मूर्ख थी कि तूने संतान के लिए चरित्र को पर पुरूष के हाथो गिरवी रखने, जैसा जघन्य पाप किया ..? ऐसा धिनौना पाप करने के पश्चात् भी बीमार पति को दो दिन से भूखा-प्यासा रखा। क्षणिक तोष के मानसूनी बादल बरस कर क्या करेंगा,? जब भाग्य और जीवन रूपी ज्वार झुलस-चुके हों..मूर्ख विद्या! साक्षी ....क्यां तेरी बेटी नहीं है....? बच्चें प्यार के भूखे होते है....उन्हें भोजन से अधिक प्यार और सहानुभति चाहिए, क्या तुमने कभी साक्षी को दिया है....नहीं..,नहीं ऊपर से माँ बनने के लिए 'नारी तथा आदर्श पत्नी- धर्म गुणवत्ता को दूषित कर दिया है संतान तो विचारों का समझौता है प्रायः अपनी संतानो से वह सुख नहीं मिल पाता जो दूसरे की दे

देती हैं, फिर साक्षी तो तेरी ही संतान थी। उसकी माँ मर गयी तो क्या...तू उसी के लिए ही तो लायी गयी थी। पति के प्रिय मित्र शास्त्री जी के प्रति अनुचित अनादर पूर्ण व्यवहार करके अच्छा नहीं किया था। अब तुझे जीने का अधिकार नहीं है विद्या, पर पुरूष की अंकशायिनी बनने जैसे पाप की सजा मृत्यु ही हो सकती है वह घर से बाहर निकली। श्रीव्रत सोचा, कि वह प्रेमी से मिलने जा रही होगी, दोनों के समक्ष जाकर, उन्हें जीवन साथी बनाने का प्रस्ताव रखना ही उचित होगा। वह नहीं चाहता था कि विद्या का शेष जीवन झंझावातों में गुजरे, बोधू के साथ रहकर वह सुखी रहेगी। विद्या के कदम लगातार सागर की तरफ बढ़ रहे थे। श्रीव्रत ने भी पीछा करने का प्रयास किया, सोचने लगा, इतनी रात गये वह उधर क्यों जा रही है? आखिर क्या बात हो सकती है?

'सहसा हृदय गति बढ़ गयी, अरे ...। ईश्वर ....उसे बचा लो ...! चिल्लाया ...रूक जाओ विद्या ....रूक जाओ, ईश्वर के लिए रूक जाओ।

आवाज उसके कानों में पड़ी, ठिठक कर पीछे देखने लगी उसने दोनों हाथ जोड़ लिये और कहा देव मुझे क्षमा कर देना इतना कहते ही वह सागर में छल्लांग लगा दी। श्रीव्रत निकट तक आया किन्तु विद्या का कही अता-पता न लगा। वह सागर की गोद में समा चुकी थी।

श्रीव्रत ने सोचा, अब जीवन का क्या महत्व ...? किन्तु बेटी के लिए जीना पड़ेगा। वह घर लौट आया। साक्षी अभी तक सो रही थी। मन में भय था। कि कहीं लाश मिलने पर उसपर मुसीबत न आ जाय, अचानक मस्तिष्क में आया, हो न हो मरने से पूर्व कुछ लिखकर गयी हो। घर का ताला खोलकर बिस्तर पर देखा। कहीं कुछ भी न दीख पड़ा। तकिया उठाया तो उसके नीचे एक पत्र था। जिसमे लिखा था ।

पतिदेव! मुझे माँफ करना, मैं स्वेच्छा से आत्म हत्या कर रही हूँ। आप जैसे देवता से धोखा करने का यही प्रायश्चित था, मैं पतिता हूँ पतिता मेरे मन में पतिता के भाव कैसे अंकुरित हुआ न समझ सकी, हाँ इतना जरूर था कि आपने मुझे संतान की उलाहना दी थी जो मुझे चुभी ऐसे कि मुझे ही ले डूबी। पुत्री साक्षी के होते हुए भी संतान-लालसा रूपी मरीचिका जैसा भ्रम मुझे नहीं करना चाहिए था। शुक्ला जीजा को मेरा अन्तिम प्रणाम और साक्षी बेटी को ढ़ेर सारा आशीष अर्पित करिएगा। अब मैं आपके जीवन

को झझांवातो के मध्य नहीं रखना चाहती इसलिए दूर...इतनी दूर जाना चाहती हूँ जिससे मेरे कल्मष की छाया आपके धवल निर्मल व्यक्तित्व को न कुंठित कर सके। तानों के व्यंग्य वाण न सुनने पड़े। आपके चरणो की... पुजारन...पतिता विद्या,

खत को सीने से लगाकर श्रीव्रत सुबकने लगा। नारी की आवश्यकता का बोध तो मरने के बाद होता है वह जैसी भी थी कम से कम एक सहारा थी। उसका पॉच वर्ष देखते बीत गया था। विद्या में यदि कोई कमी थी तो उसका चिढ़ चिढ़ा पन और जिद्‌दी स्वभाव इन्हीं कमियों ने कुशल गृहणी नहीं बनने दिया था। निःसंदेह ही वह समझदार थी। काश न होती तो निश्चित ही उसके गले में फाँसी का फंदा तैयार था। इसी कालोनी के लोग चिल्ला-चिल्ला कर कहते उसकी हत्या उन्होंने की है सूनशान घर में मातम छाया था, प्रत्येक वस्तुऍं क्षुब्ध एवं मौन थी। हरपल रात की घटना आँखो पर नाच रही थी। क्षमा कर देना श्रीव्रत ...! विद्या जैसे सम्मुख कह रही हो। सच ही कहा गया है कि यदि भूल का एहसास हो जाय तो भूल करने वाला क्षमा का पात्र हो जाता है गलती तो प्रायः भावावेश में हो जाती है किन्तु कुछ लोग गलती करके भी नहीं स्वीकार करते, वही सच्चे अपराधी हैं।

विद्या के प्रति जितनी कलुषता थी, श्रीब्रत के हृदय से निकल चुकी थी। मन भीतर ही भीतर उसे खोकर टूटने लगा था। पश्चाताप की आग में झुलसता हुआ। सोचने लगा- श्रीव्रत! यहाँ एक पल भी चैन से न रह सकेगा, क्योंकि उसी घर में पार्वती और विद्या की यादें कैंद हैं जो तुझे जीने देगीं न मरने। मन के शाश्वत प्रवेग में दिन-रात बहता रहेगा ?। बेहतर होगा कि तू यहाँ से बहुत दूर चला जा और अपने बचे शेष जीवन को सत्कर्मो से जोड़कर अगला जन्म सुधार। वह गुमसुम सोच रहा था कि तभी साक्षी भी वहाँ आ गयी। वह अभी सोकर उठी थी। बापू को गुमसुम बैठा देख बोली- बापू! छोटी माँ ने फिर झगड़ा किया..?

'नहीं अब वह झगड़ा कभी नहीं करेगी।,

रात भर में इतनी अच्छी बन गयी बापू ?,

बेटी! 'अब वह इतनी दूर, चली गयी, कि हमसे कभी न मिलेंगी।,

'आपने उन्हें रोका नहीं।,

'कैसे रोकता बेटी, वह तुम्हे मारती थी।

'केवल मारने की बात नहीं थी बापू.., वे आप से झगड़ा भी करती थी।

'इसलिए तो नहीं रोका ठीक किया न..?

साक्षी-'नहीं..,बापू नहीं, अब भोंजन कौन बनायेगा?

श्रीब्रत-'अब यहाँ नहीं रहेगे बेटी, बेटी तैयार हो जाओ, अपने गाँव चलेंगे।

'साक्षी का मन-मयूर नाच उठा। उसने पूछा-वहाँ कौन कौन है बापू?

चाचा-चाची भाई-बहन सब हैं। अच्छा मैं तैयार होती हूँ, साक्षी कपड़े पहनने घर में चली गयी, और श्रीव्रत सोचने लगा। इतने दिनों बाद जाना हो रहा है, उचित होगा छोटे भाई,बहू और बच्चों के लिए कपड़े तथा कुछ खिलौने और बहू के लिए एकाध थान गहने लेना चाहिए। उसके पास पैसे के नाम पर तीन-चार सौ मात्र थे। सहसा उसकी दृष्टि ताखे पर गयी जिसमे एक डिब्बा रखा था। उसने उसे उठाया और खोला , जिसमें सिक्के और कुछ रूपये लेकर पन्द्रह हजार थे। उसका हृदय विद्या जैसी कुशल गृहणी के लिए तड़प उठा, सोचने लगा कुछ पैसे संदूक में भी हो सकते हैं किन्तु उसकी आवश्यकता तो पूर्ण हो चुकी थी इसलिए उसे नहीं देखा।

कुशल गृहणी में संचयन कला होती है, वह स्वयं की सुख-सुविधाओ में कंजूसी कर धन का संचयन करती है धन और आभूषण के प्रति उसका खिंचाव कुछ अधिक ही होता है कभी-कभी उसकी यही कमजोरी उसे नैतिकता से इतना नीचे गिरा देती है कि उसका जीवन कलंक बन जाता है और समाज उंगलियाँ उठाने लगता है

*****

बाजार खुली श्रीव्रत ने घर के लिए भाँति-भाँति के सामान खरीदा। बहू के लिए झुमका और पायल भाई के लिए कमीज और धोती, उसके बच्चों के

लिए पैन्ट-शर्ट, जूते जुर्राब और खिलौने, खिलौने तो ऐसे थे मानो सजीव हैं, घोड़े, कुत्ते, बाजे चिड़िया और साक्षी के लिए खूबसूरत कार। साक्षी के लिए नये कपड़े नहीं आये थे, वैसे पहले से इतने कपड़े थे इसीलिए श्रीव्रत लाना उचित न समझा। बच्चों का स्वभाव ही कुछ अजीब होता है। उनके पास कपड़े, खिलौने या पुस्तकें लाख भरी ही किन्तु परिवार में अन्य बच्चों के लिए कुछ आया तो भय के कारण अप्रत्यक्ष ही सही उनका दिल ममोस कर रह जाता है वे पिता से कुछ भले न कह सके किन्तु अपने माँ से अन्तर्मन का गुवार जरूर निकाल देते हैं। बेचारी साक्षी, अब उसका बाप ही माँ और बाप दोनों था। उसके नसीब में जैसे मातृ सुख था ही नहीं ।

'आज जब पिता ने भाई के लड़कों के कपड़े और खिलौने दिखाये तो वह बोल पड़ी- बापू..! मेरे पास भी अच्छे कपड़े नहीं है, जूती की तली घिस गयी है फ्राक तेल से काला पड़ गया है, जुराब चूहे कुतर गये हैं और कार गाँव में कैसे चला सकूँगी वहाँ तो कच्चा घर और फर्स भी कच्ची होंगी, सब बहन भाई घोड़े, कुत्ते और बाजों के साथ मौज से खेलेंगे और मैं कार साफ करती देखती रहूँगी।,

श्रीव्रत क्षण भर के लिए बचपन में लौट आया। ऐसे ही होता है बचपन, तब और अब में कितना परिवर्तन हो चुका है मेरे पिता जी किसान थे। वे कभी-कभी अपने साथ गाँव के आस-पास लगने वाली हाट में ले जाते और खेल खिलौनों को देखते ही मैं हठ करने लगता। उस समय पैसों का अभाव था। फिर भी पिता जी गुब्बारे और मिट्टी के अनेक खिलौने तथा पिपिहरी। आदि दिलवा देते और मैं उसे तब तक बजाता कि जब तक सो न जाता था। बड़े-बूढ़े डाटते, बन्द भी करोगे कान तो पक गये है।

'वह बेटी के बचपन को देखने लगा, उसके गुस्से को देखकर बोला-'अरे भाई, नाराज क्यों होती हो में अभी-अभी तुम्हारे लिए कपड़े, जुराब और खिलौने ला देता हूँ। जानती हो, शेर सभी जानवरो का राजा होता है।,

साक्षी चहकते हुए बोली-'तुम बहुत अच्छे हो बापू। मेरे बापू की तरह सब को बापू मिले। अच्छा मुझे चुम्मी देकर जाओ बापू। चुम्मी देकर श्रीव्रत बाहर चला गया।

दिन के करीब दस बजे होगे। उस चाल में अधिकतर लोग नौकरी पेशे वाले थे। दस के पश्चात चाल सुनसान हो जाती थी। श्रीव्रत का घर कोने में था वहाँ किसी के आने-जाने की सूचना अन्य को नहीं मिल पाती थी। रोज की भाँति बोधू आया, उसे देखते साक्षी बोली -'अब तुम्हे छोटी माँ कभी न मिलेंगी, बापू कह रहे थे कि वे इतनी दूर चली गयी है कि कभी नहीं लौट सकती।

'बोधू का हृदय धड़कने लगा। बच्ची की बात से साफ जाहिर था कि विद्या अब इस दुनियाँ में नहीं है उसे श्रीव्रत पर क्रोध आया। अच्छा हुआ कि मिला नहीं, नहीं तो उसका गला दबा देता। उसने कहा-'बेटी छोटी माँ मेरे यहाँ है। उन्होंने तुम्हें बुलाया है, तुम्हारे लिए नये कपड़े और खिलौने रखे हैं। चलो मिल आओ और अपने अच्छे-अच्छे खिलौने ले लो ।

नहीं, नहीं.. कदापि नहीं मेरे लिए बापू खिलौने लाने गये हैं। वह झट बाहर गया और हाथ में बिस्कुट और चाकलेट लिए वापस लौटा। लो बेटी माँ ने भेजे हैं बोल रही थी कि कपड़े खुद पहनायेंगी।

'बच्चों का हृदय फूल सा कोमल और छल प्रपंच से हीन होता है। वे किसी के भुलावे में इस लिए फँस जाते हैं क्योंकि विश्वास, सत्य और अनुकरण की प्रबल भावना निहित होती है धीरे-धीरे लोग उन्हें अनेक बुराइयों की तालीम देते हैं और अनुकरण के माध्यम से उनमें तरह-तरह के विकार उपज आते है।'

'नन्हीं सी जान को क्या पता कि बोधू उसे भुलावा दे रहा है उसने कहा-बोधू चाचा, बोधू..! एक शर्त पर चल सकती हूँ, यही कि बापू के आने से पूर्व मुझे घर छोड़ दोगे न?

अरे बेटी, कैसी बात करती हो, उनसे पहले तुझे पहुँचा दूँगा। वह बोधू के साथ चली गयी। बोधू पहुँचाने को कौन कहे बल्कि नजर बन्द कर दिया।

'घर लौटकर श्रीव्रत ने इधर-उधर देखा, साक्षी का कहीं अता पता न चला । अन्ततः निराश होकर रोने लगा। पार्वती की अन्तिम निशानी खोने से वह बावला सा इधर-उधर ढूँढनें और पूँछने लगा। हांलांकि शीघ्र ही किराने की दूकान से बोधू के आने और बिस्कुट-चाकलेट लेनें कि खबर मिली अब

उसके समझ में कुछ नहीं आ रहा था कि क्या करे। कहीं पुलिस को सूचना दी तो वह बाल में खाल उधेड़ने लगे और साक्षी के जान को खतरा हो सकता है। नहीं, मैं उसकी तलाश स्वयं करूँगा बोधू के धर पहुँचने से ज्ञात हुआ कि वह कल से ही घर पर नहीं आया है अब उसकी चिन्ता और बढ़ गयी। बेटी बचाने की गुहार लेकर कहाँ नहीं गया, हर परिचित ठिकानों से निराश ही होना पड़ा। उसने विद्या की बहन और उसके जीजा ब्रजकिशोर शुक्ला को विद्या का पत्र दिखाया। उसकी बहन तो उस पर बरस पड़ी और खूब बुरा-भला कहती रही। ब्रजकिशोर ने उसका साथ दिया। शाम तक दोनों बोधू के कई ठिकानों की निगरानी की, किन्तु असफल रहे बी.के. शुक्ला घर चले गये और बेचारा श्रीव्रत भारी मन लिए घर लौट रहा था। किसी माँ-बाप के लिए सन्तान विद्दोह से कष्ट होना स्वभाविक है शरीर वेदना से टूट रहा था। आँखों पर साक्षी का मासूम रूप उमड़ पड़ा, सहसा उसे अपने मित्र दीन दयाल शास्त्री का स्मरण हुआ, काश वे आज यहाँ होते तो, तभी वह एक पार्क के किनारे पहुँचा। दिन भर के भागदौड़ से पॉव में दर्द था। पार्क में बने पत्थर पर बैठा कुछ सोचने लगा। पुनः बेटी का मासूम चेहरा आँखों पर उतरा, सिसक-सिसक कर रोने लगा । हे ईश्वर! मेंने किसका अहित किया है? जो कष्ट पर कष्ट भोगने पड़ रहे हैं। जीजीविषा शक्ति की भी सीमा होती है मेरे भीतर की सहन क्षमता क्षीण हो चुकी है अवश्य ही किसी न किसी जन्म का पाप भोग रहा हूँ। पुनः साक्षी का स्मरण हुआ और बच्चों की भाँति सुबकने लगा। पार्क के आस-पास के लोग देख रहे थे किन्तु किसी ने कुछ नहीं कहा। क्षण भर विश्राम कर... वह पार्क से बाहर निकला और सीधे घर आ रहा था चिंचपोकली के पास ही बोधू दीख पड़ा वह उसी मार्ग पर था किन्तु कुछ आगे था श्रीब्रत दौड़कर उसके पास आ गया। उसने आवाज दी भैया बोधू... , वह रूक गया । बोधू ने घुड़ककर कहा-'बताओ, विद्या को कहाँ छिपाये हो? सूखे होठ को तर करते हुए श्रीव्रत बोला-'जी, अब वह इस दुनियाँ में नहीं है उसने सागर में कूद कर आत्महत्या कर ली।

वह कड़कते हुए बोला-' झूठ बोलते हो, झूठे हो, सच-सच बताओ और मेरे हवाले कर दो वरना बेटी से हाथ धो बैठोगे।,

श्रीव्रत -' सच मानो बोधू, मैं तो तुम दोनों की शादी कर, यहाँ से सदा के लिए चला जाना चाहता था किन्तु देखा वह सागर की ओर बढ़ रही है और देखते ही देखते सागर में छलांग लगा दी। अब दोनों सागर के पास

से गुजर रहे थे । श्रीव्रत ने दिखाया इसी जगह की बात है बोधू के भीतर से आह निकली, यह वही स्थान है विद्या घंटो-घंटो तक बैठी सागर के गर्भ में कुछ ढूढ़ती रहती थी आज उसी में ...उसकी आँखों से कुछ बूँद आँसू चू पड़े । वह कुछ क्षण बाद गरजकर बोला-' तुमने अच्छा नहीं किया है श्रीव्रत ! अवश्य ही तुम उसकी आत्मा को कोसते रहे हो, तुम्हारे बुरे बर्ताव के सन्दर्भ में वह बताया करती थी।

श्रीव्रत -'मेरे हँसते-खेलते परिवार को तवाह कर क्या मिला..? विद्या ऐसी नहीं थी तुमने अपने स्नेह जाल में फँसा कर उसका जीवन नष्ट कर दिया। वह तुम्हारे सम्बन्ध से खुश नहीं थी। उसके आत्महत्या के कारक तुम हो तुम, उसने प्रायस्चित के लिए आत्महत्या की है,

बोधू-' झूठ बोलते हो, तुम हो.., तुम, सदा मेरे सम्बन्ध की उलाहना देकर उसकी आत्मा पर चोट पहुँचाते रहे हो, वह तो सदैव तुम्हारी बुराई करती थी।

"मेरी निर्दोष बेटी कहाँ है..?कहाँ है बोधू..? श्रीव्रत की नसों में न जाने कहाँ से इतनी शक्ति आ गयी उसने कड़ककर कहा-काश! उसे कुछ हो गया तो ..! क्या कर लोगे?

'कोई दिया जलाने वाला न बचेगा ।,

'अच्छा ..(हँसकर) इन बूढ़ी नसों में इतनी शक्ति है ?,

इसे न भूलो बोधू, एक छोटा सा तृण बड़ी-सी बड़ी इमारतों को जलाकर राख कर देता है, और चींटी बड़ी सी बड़ी हाथी को मार डालती है मानता हूँ तुम्हें अपने शरीर पर घमण्ड है, जो शोभा नहीं देता । मरता क्या नहीं करता । साक्षी मेरे हृदय का टुकड़ा है, और मैं उससे दूर होकर कैसे जी रहा हूँ यदि पिता होते तो समझते ।

'जब तुम होने ही नहीं दोगे तो कहाँ से होऊँगां? किन्तु कान खोलकर सुन लो विद्या मरी नहीं उसकी हत्या हुई है। तुमने की ही। पुलिस तुम्हें याद करा देगी। मैं सीधे पुलिस चौकी पर जाता हूँ।

‘उल्टा चोर कोतवाल को डाटे, मेरी पत्नी बरगलाने और बेटी को अपहरण करने के जुर्म में तुम्हें भी भोग लेना होगा। मेरी मेंहरवानी समझो कि अभी तक बचे हैं।,

‘और तुम, विद्या को सागर में ढ़केलने के जुर्म में तुम्हारे ही ऊपर फाँसी का फंदा बनेगा।

‘मेरे पास बचत का पोख्ता प्रमाण है अच्छा होगा कि मेरी बेटी मुझे सौंप कर चुपचाप अपने काम देखो। बखेड़े में पड़े तो लेने के देने पड़ जायेंगे।

ओह! तो मैं भी समझूँ कि तुम्हारे पास क्या प्रमाण है। श्रीव्रत ने उसे विद्या का पत्र दिखा दिया। वह बिजली की भाँति झपट कर पत्र छीन लिया और फाड़ डाला। श्रीव्रत अवाक विस्फारित पलकों से देखता रहा। क्षण भर मौन व्याप्त था, मौन भंग करते हुए बोधू बोला-‘जाओ तुम्हारी बेटी पहुँच जायेगी, किन्तु याद रखना विधा के लापता होने के जुर्म में पुलिस भी चाहे जब पहुँच सकती है इतना कह बोधू चला गया और श्रीव्रत मायूस घर लौटा। अंधेरा अपनी लट फैलाने लगा था। करीब आधे घण्टे बाद साक्षी को साथ लिए बोधू आया। रोने से उसकी आँखे सूज आयी थी, बाप को देखते ही दौड़कर उसकी गोद में समा गयी और सुबक-सुबक कर रोने लगी। श्रीव्रत बेटी को चुप कराया, भूखा-प्यासा, थका-माँदा होने से शक्ति क्षीण हो गयी थी, वह भोजन बनाने लगा और बेटी सो गयी, नीद में कई बार चौंक उठी जबकि सोते समय कभी नहीं चौंकती थी। शायद उसके मन में भय समाँ गया होगा भोजन तैयार हुआ, बेटी को जगाकर भोजन कराया और खुद भी किया। साक्षी पुनः सोने लगी, श्रीव्रत भी सोने हेतु बिस्तर पर गया, आँखों में नींद कहाँ ? सोचने लगा। विद्या का लिखा पत्र तो समाप्त हो चुका है और बोधू बहुत खतरनाक है पुलिस विद्या की हत्या के सन्दर्भ में मुझे गिफ्तार किया तो साक्षी का क्या होगा? वह यही नहीं सोच पा रहा था कि उसे शास्त्री के यहाँ छोड़े या घर अन्त में इस निष्कर्ष पर कि घर गये बहुत साल हो गये हैं, क्यों नही उसे लेकर घर चलें। हालांकि सब के लिए सामान पहले खरीद चुका हूँ।

बह इसी उधेड़बुन में देर रात तक जागता रहा, न जाने कब नींद आयी और सो गया। स्वप्न में देखने लगा कि पुलिस पकड़कर ले जा रही है। वह बेटी से लिपटकर रो रहा है। कुछ ही दूर जाते ही बेटी जोर-जोर से चिल्लाने लगी है और वह बेहोश होकर गिर पड़ा। तभी आँख खुली और उठ

कर बैठ गया। अभी रात काफी शेष थी, पुनः सोने का तो प्रयास किया किन्तु असफल रहा। समय और व्यक्ति के विषय में सोचने लगा। व्यक्ति कितना स्वार्थी और निकम्मा होता जा रहा है सच कहा गया है कि 'तेल जले तेली का दिल फटे मशालची का'। पत्नी तो मेरी मरी और परेशान बोधू है वह पुलिस में शिकायत दर्ज कर सकता है क्योंकि दुष्टो के हाथ लम्बे होते हैं। काश! ऐसी नियत न होती तो, विद्या का पत्र क्यों फाड़ता? विद्या की हत्या के लिए पुलिस मुझे गिरफ्तार करती है तो साक्षी का क्या होगा? वह चिल्ला-चिल्ला कर मर जायेगी। नहीं ऐसा नहीं होने पायेगा। सुबह होते ही उसे गाँव छोड़ आऊँगा। वहाँ छोटे भाई के बच्चों के बीच उसका मन भी लगेगा। वह मानसिक अधेड़ बुन में डूबा था कि तभी कुत्तों के भौंकने की आवाज आयी, दिल धड़कने लगा कही पुलिस आ तो नहीं ..? रक्त संचार शिथिल पड़ने लगा था। श्रीव्रत आसपास की गलियों को देखने लगा गाँव से कुत्तों के भौंकने की आवाज आ रही थी। कुत्तों का भौंकना बन्द होने लगा और पुनः सन्नाटा छा गया। चाल के बाहर दवा की फैक्ट्री थी, चार बजने की घंटे की आवाज सुनायी दी। विद्युत की चकाचौंध से चादँनी का पता न था। उसकी सुखद शीतल किरणें तारो के मध्य स्थापित थी। शान्त वातावरण भंग करते हुए मुर्गो ने वाक् दी और कुत्ते पुनः भौंकने लगे। अब उसे नींद कहाँ? उसके आत्मबल ने समझाया धैर्य से काम लो....., वही व्यक्ति का सच्चा सहयोगी होता है उसे खोकर व्यक्ति कमजोर और भी बन जाता है उठ कर पूरी तरह चारपायी पर बैठ गया। यही सोच रहा था कि पौ फटे और यहाँ से एक दो तीन हो जाऊँ। सहसा कुत्ते भौके, पौ फूटने में अभी समय था वह उठकर बाहर आया। उसे पीछे की गली से आती पुलिस की जीप दीख पड़ी। काटो तो खून नहीं, हृदय गति तीव्र थी, उसकी गली में आने के लिये जीप को धूमकर आना था। वह उठा और बिजली की भाँति बाहर के सामान अन्दर रखा, ताला लगाया और बेटी को गोद में लिए चंपत हो गया। उसके पैरों की गति तीव्र थी। वह शीघ्र ही घर से दूर हो गया।

"संयोग ठीक था, क्योंकि स्टेशन पर पहुँचते ही पूना के लिए गाड़ी मिल गयी। आज करीब बीस वर्ष बाद गाँव जा रहा था। गाँव पूना शहर से मात्र पच्चास किलोमीटर दूर था, पूना से भी दो स्टेशन आगे जाना पड़ता। स्टेशन छोड़ने पर भी सात किलोमीटर पैदल यात्रा करनी होती थी। स्टेशन से गाँव जाने वाली पगडण्डी पर चलते हुए सोचने लगा। जो पगडण्डी कच्ची

लीक थी आज वह पक्की बन बन गयी है। जहाँ पहले मिट्टी घास-फूस के मकान होते थे वहीं खूबसूरत ईंटों के अच्छे भवन हैं। घर और स्टेशन के बीच कई आम के छोटे बड़े बगीचे और जंगल पड़ते थे किन्तु वे सब कहाँ खो गये? क्या बढ़ती हुई आबादी के कारण , उन्हें काटकर ,खेत बना लिया गया या फिर स्वार्थी मानव, अपनी जनसंख्या बढ़ाने हेतु दूसरों की संख्या एवं विकास को तीव्रता से कम करता जा रहा है, प्रकृति के समक्ष असंन्तुलन एवं खुला अन्याय नहीं तो क्या है?” गर्मी के दिनों में शीतलता और फल देने वाले आम के वृक्ष अब नहीं हैं, वे मानव से अपेक्षा नहीं रखते बल्कि कुछ न कुछ देते थे। बचपन में रसीले आम फलो को चूसने में कितना मजा आता था। मानव ने उसे कितनी निर्दयता से काटा होगा। अतीत में खोया श्रीव्रत गाँव पहुँच गया। उसने देखा गाँव तो बिल्कुल ही बदल गया है झिंगुरी और मेंकू का मकान तो पहचान में नहीं आता, झिंगुरी दादा के दोछत्ता खपड़ैल की जगह खूबसूरत तीन मंजिला मकान और मेंकू के पास फूसों के छप्पर की जगह दलान बन गया था। उसे देख झिंगुरी और मेंकू दादा बाहर आ गये, श्रीव्रत ने उनके पॉव छूकर आशीर्वाद लिया। गद्‌गद हृदय से उन्होने कहा-‘तुम तो हमे भूल ही गये बेटा। कितने साल बाद आये हो? मेंकू चाचा तो भावुक हो उठे और गले से लगाते हुऐ कहा-‘बचपन में तुझे गोंद में लिए फिरता था। और अब...?’

अब भी तो मैं आपका ही बेटा हूँ। बच्चा तो बाप दादा के सामने हमेंशा बच्चा ही रहता है

क्या करूँ बेटा बुढ़ापा आ गया, आँखों ने धोखा दे दिया और अधिक चला-फिरा नहीं जाता। तेरे पिता मुझसे आठ साल ही बड़े थे।

मेंकू के घर के बगल ही श्रीव्रत का मकान था। वह अपने घर पहुँचा, दूसरे के यहाँ जो प्यार और सम्मान मिला था वह घर न दीख पड़ा । कोई यह भी न पूछा की इतने दिन कैसे थे? आखिर श्रीव्रत ने ही छोटे भाइयों को पास बुलाया उसे तो इतना भी होश न था कि बड़े भाई के पॉव छूकर आशीर्वाद तक ले लें। वही घर है जहाँ पहुँचते ही माँ इतनी खुश होती जैसे तीनो लोक मिल गया हो। साक्षी को भूख लगी थी।

श्रीव्रत ने भाई से पूछा - ‘सब कुशल तो है?’

‘हॉं, ठीक ही है

घंटो इन्तजार के बाद घर से मीठा-पानी आया। श्रीव्रत ने भाई से कहा-'इसे अपनी बेटी ही समझो इतना कहते हुए उन्हें साक्षी को सौंप दिया। शायद यह भूखी होगी। रात को सभी बाहर बैठे थे, श्रीव्रत ने कहा-' सब के लिए सामान खरीदा था, किन्तु ऐसे आना हुआ कि..भाई तो कुछ न बोला किन्तु औरत ने कहा-'आपके समान की किसी को दरकार नहीं है, इतने वर्ष कमाये क्या देंगे? क्या दिये, आपने कभी सोचा भी नहीं कि भाई है, हम दुखी हो या सुखी, हमे अपने ही कर्म और भाग्य पर जीना था। मुझे पता था कि एक न एक दिन हिस्सा लेने आप जरूर आयेंगे। शौक से अपना हिस्सा लो, किन्तु सही पूछो तो यहाँ आपका कुछ नहीं है आप ने जीवन भर कमाया है पहले तो जो वहाँ है उसमे भी हमें चाहिए। तब यहाँ के हकदार होते हैं।

श्रीव्रत -'अरे भाग्यवान! कौन हिस्सा माँगता है? सब हिस्सा तुम्हारा है तुम्हीं रखो, मैं तो यह सोचकर आया था कि दुःख सुख में भाई है, उस पर नाज था आज समझ लिया कि अब वह भी नहीं है, जिस पर ईश्वर की दृष्टि फिर जाती है वा....।

क्षण भर वातावरण गमगीन बना रहा, साक्षी का मन वहाँ नहीं लगा वह उसके बिस्तर पर बैठ गयी। श्रीव्रत ने पूछा-' कुछ खायी, नहीं बापू , अभी भोजन नहीं बना है, आप कहते थे वहाँ हमारा घर है मेरे छोटे-बड़े भाई-बहन हैं तो कोई मुझसे बोलता ही नहीं, ना ही कोई खेलने को तैयार है।

हॉ बेटी (गहरी सॉस छोड़ते हुए) इसी को मुसीबत कहते हैं। हम पर मुसीबत पड़ी है ऐसे समय में तो साया भी साथ छोड़ देता है वह चुपचाप बिस्तर पर लेट गया। एक-एक क्षण उसे भारी लग रहा था। वह अपने ही घर में निरीह और बेगाना था। गुजरा था उसका बचपन, पिता की प्रथम संतान होने से कुछ अधिक ही सुख मिला था। करीब पच्चीस वर्ष तक इसी गाँव और मिट्टी से जुड़ा रहा, यहाँ का एक-एक कण और गाँव का व्यक्ति परिचित है किन्तु भाई नहीं, क्योकि खून का रिश्ता है, कितने प्रेम से मिले थे मेंकू ओर झिंगुरी चाचा,और मेरा भाई, पत्नी के वश में है उनमें यह घर कर गयी है कि मैं हिस्सा लेने आया हूँ। कितना स्वार्थी और निकम्मा होता जा रहा है इन्सान यदि मैं अपना हिस्सा किसी को बेंच ही रहा हूँ तो क्या कर सकेंगे। नहीं...बाप दादो की सम्पत्ति है इसे और इसके विषय में सोचना ही

पाप होगा। वह अतीत की कोमल यादों में खोया था कि तभी भाई का लड़का आया उसने कहा-भोजन तैयार है, भोजन कर लीजिए। श्रीव्रत के हृदय में भावनाओ का तीब्र तूफान उठा। उसने सोचा यहाँ कुछ खाना पीना उचित न होगा। भाई को कहना चाहिए था किन्तु ..,उसे मलाल हुआ और कहा-बेटा भूख नहीं है वह चला गया और श्रीव्रत सिसक सिसक कर सोने लगा। इतना दुःख तो दोनों पत्नियों की मृत्यु पर भी न हुआ था।,

'लड़का भीतर गया और बताया कि उन्हें भूख नहीं है, उसकी माँ ने कहा नहीं है तो न रहे, कोई फूस-फूस भी नहीं करेगा। पूरे जीवन अपना ही पेट पाले हैं, यह भी नहीं कि दो छोटे-छोटे लड़के थे उनके लिए ही कुछ लाये होते।'

'भोजन परोसते समय मीना बोली-'अजी आओ तुम खाओ, उन्हें भूख नहीं है भूख भी तब लगेगी जब उनका हिस्सा दे दोगे ।'

'चुप रहो मीना, तुमने तो हद कर दिया। बड़ा भाई भूखा सो जाय और में भोजन कर लूँ?

चिल्लाओ मत, तुम्हे भी भूख न हो तो जाओ सोओ।'

गुस्से से तमतमाया देवब्रत चला गया।

रात दोनों भाई भोजन बगैर ही सो गये। श्रीब्रत को क्या पता कि देवब्रत भी भोजन नहीं किया है

'सुबह हुई, श्रीब्रत ने कहा-'भाई देवब्रत! तुम लोगों को देखने की बहुत इच्छा थी। जो पूरी हुई। अब यहाँ से जाना चाहता हूँ।'

नहीं, भैया नहीं, आप यहाँ से नहीं जायेंगे, यदि जाते ही हैं

तो मुझे भी साथ लें। यहाँ तो इस औरत का राज्य चलता है, रात आप भूखे सो गये और में....इतना कहकर वह रोने लगा।

श्रीव्रत तो देव से भी अधिक भावुक था। दोनों भाई एक दूसरे के गले लगकर बच्चों सा सिसकने लगे, श्रीव्रत बोला-'आज में बहुत खुश हूँ देवब्रत, मैने तो सोचा था कि तुममें खून का सम्बन्ध समाप्त है किन्तु ऐसा नहीं है, हम दोनों साथ-साथ खेले और बड़े हुए हैं दोनों की नसो में एक ही तरह का रक्त दौड़ रहा है तुम निर्दोष हो देवव्रत ईश्वर की तुम पर कृपा रहे

यही मैं चाहता हूँ बहू सच कहती है भैया, मैने तुम लोगों के लिए क्या किया? कुछ तो नहीं, फिर मैने अपने लिए ही क्या किया है? मेरा सब कुछ तुम्हारा है मेरे अनुज तुम्हारा...! चाहे यहाँ का हो चाहे बम्बई का। मेरे पास कौन है? साक्षी तो अपने घर चली जायेगी। मैं नहीं चाहता कि पिता या मेरी बनायी सम्पत्ति दूसरे लोग भोग करें। काश साक्षी के ससुराल वालों को दे ही दूँ तो वे उसे बेंचकर चले जायेगे। उन्हें तो धन चाहिए, किसी को भी दे सकते हैं। किन्तु इतना मैं तुमसे निवेदन करता हूँ कि एक समय ही भोजन करना किन्तु बाप दादो के हाथ की बनायी यह अचल समत्ति न बेचना, नहीं तो उनकी आत्मा हमें धिक्कारेगी। इन खेतों खलिहानों में ढूढ़ने पर उनके भी अदृश्य पद चिन्ह ही मिल जायेंगे ।

नही' भैया, नहीं..! अब आप से दूर नहीं रहना चाहता, जहाँ भी रहेंगे दोनों भाई साथ रहेंगे। अब अपने स्नेह और चरणों से अलग न करना। मुझसे जो भी गलती हुई है उसका जिम्मेदार मैं नहीं हूँ। (इशारा करते हुए) वह औरत है, उसी ने कहा था, उनके पास जाने या पॉव छूने की जरूरत नहीं है फिर भी मेरा हृदय मसोसता रहा और (पॉव पकड़ते हुए) अब मुझे इन चरणों दूर न करो भैया।

साक्षी को साथ लिए वे चलने को हुए किन्तु देवब्रत ने पॉव ही नहीं छोड़ा तभी उसकी पत्नी भी आ गयी। उसने कहा-जीजा जी! आप तो सन्त पुरूष हैं। आपको परखने में चूक हुई , आप हमे क्षमा कर दें और कुछ दिन रूककर हमे सेवा का अवसर दे दें।

श्रीव्रत मीना का स्वभाव समझ चुका था। वह जानता थ कि मीना निम्न विचार वाली महिला है अपनी सम्पूर्ण जायजाद तथा मुम्बई के सब कुछ देने की घोषणा के पश्चात् ही इसके व्यवहार बदले हैं। अब ऐसी जगह उसे क्षण भर भी रूकना भार सा प्रतीत हो रहा था। उसने बहू से कहा-'आज मुझे जाने दो फिर कभी आऊँगा।

मीना एक न मानी उसने कहा-'जीजा आप रात को भी नहीं खाये और इस समय भी वैसे चले जायेंगे तो मेरी आत्मा हमे माफ न करेगी। आपको छोटे भाई की कसम बिना कुछ खाए-पिये न जाइए। वह रूक गया दोनों भाई भोजन पर बैठे, श्रीव्रत ने कहा-'देव तुम्हे कुछ याद है?' क्या भैया. .?

यही कि दाल में पड़ने वाली अमी के लिए दोनों में प्रायः तकरार होती,। पहले थाली मुझे दो इस पर माँ से नाराज हो उठते, गर्मी के दिनों में हम आम के ढेर सारे टिकोरे तोड़ लाते थे। देव ने कहा-'भैया मुझे भावुक न बनाओ मेरी आत्मा जानती है कि मैं अपने भाई से विलग रहकर कितना तड़पा हूँ। आप तो यहाँ से चले गये किन्तु आपकी यादें मेरे पास ही छूट गयी थी। आप बहुत निष्ठुर हो भैया..,भाभी मर गयी कोई खबर तक न दी नयी शादी की बताया भी नहीं विटिया हुई हम उसे भी नहीं जानते, मैं तुमसे मिलता भी तो कैसे, जो पता दिया था वह तो कपडे.के साथ धुल गया जिससे बहुत पश्चाताप हुआ था। अतीत से जुड़ी तो ढ़ेर सारी यादें हैं..यहाँ तो एक पल भी हम एक दूसरे से जुदा न होते थे पुनः दोनों के हृदय पसीज गये थे। और आँखे भर आयीं थी। दोनों भाइयों के मध्य स्नेह की गहराई को मीना ने महसूस किया । यही नहीं उसके बच्चें, बड़े चाव से सुन रहे थे। अगले ही दिन उनके बीच की सभी दूरियाँ समाप्त हो गयी। माह भर गाँव में रूकने से पूरे गाँव में चहल-पहल एवं खुशहाली का वातावरण था। आपसी भेदभाव मिटाकर शाम को चौपाल पर साथ बैठते और गाँव के विकास पर चर्चा करते हैं गाँव के विद्यालय की पुनः आपसी चन्दे से मरम्मत हुई, बच्चों के बैठने के साधन बनाये गये। विद्यालय की खाली जमीन में वृक्षारोपण हुआ और गाँव में काफी सुधार हो गया।

आज उसका गाँव से जाना किसी को नहीं रूच रहा था। सभी चाहते कि वह यहीं रहने लगे। उसने गाँव वालों से वादा किया कि बेटी के विवाह के बाद का शेष समय आप सब की सेवा में लगाऊँगा । श्रीव्रत वहाँ से चला गया जैसे गाँव से गाँव की आत्मा ही निकल गयी हो। उसके चले जाने के बाद लोगों ने उसके महत्व को समझा और उसकी प्रायः चर्चा होती थी।

-: चार :-

रात्रि के करीब ग्यारह बजे दरवाजे पर दस्तक हुई, पिता जी ने कहा-'इतनी रात गये कौन आ सकता है? गाँव तो दस बजे तक सनामन्न हो जाता है, फिर भी रात अंधेरी है और तीन दिन में आज ही बारिश थमी है।

प्रकाश-'किन्तु पिता जी बरसाती घासों से रास्ते असूझ हैं, यहाँ तक की दिन में भी खतरनाक जानवर दीख पड़ते हैं।

माँ ने कहा-'हॉ बेटा! ठीक कहते हो, बाहर का द्वार खोलना उचित न होगा।,

'अरे सावित्री ऐसा न कहो, यह तो ज्ञात करना होगा कि कौन है? पड़ोसी दयाराम या शान्ता कुमार शर्मा भी हो सकते हैं, शर्मा जी बेटे के पास मुम्बई गये है दयाराम को बुखार है सावित्री बोली !

दीनदयाल-'फिर तो स्वास्थ्य और बिगड़ने से दयाराम की औरत या बेटा होगा। आखिर कोई न कोई तो होगा।,

सावित्री-'डाकू भी हो सकते है, वैसे ही तो निरंजन के यहाँ हुआ है दरवाजा खोलते ही डाकू अन्दर घुस गये और सब लूट ले गये ।

'अरे प्रकाश की माँ! अशुभ क्यों बोलती हो? हमारी और निरंजन की कमाई में अन्तर है, वह साहूकार है और हमने परिश्रम और ईमानदारी का पैसा कमाया है शिव.." कहो तुम्हारा बाल भी बाँका नहीं होगा, और हाँ.. होनी को कोई रोक भी नहीं सकता, जो होना
है वह अपने समय पर होगा..। बारिश की बड़ी-बड़ी बूदें पुनः पड़ने लगी, तभी बाहरी द्वार पर दस्तक हुई। सायं-सायं करती भयानक रात्रि का मौन बारिस की तड़-तड़ पड़ने वाली बूदों द्वारा भंग होता रहा। द्वार पर लगातार दस्तक होने लगी। पिता जी से रहा न गया आगे बढ़े किन्तु रास्ता रोकते हुए माँ ने कहा स्वामी विवेक से काम लो, सुनसान भयावह रात्रि में दरवाजा खोलना उचित न होगा। पिता जी ने कहा-'नहीं सावित्री! न जाने क्यों मेरा हृदय दरवाजा खोलने पर विवश हो रहा है मेरा मार्ग छोड़ दो, तभी भीषण बिज्जुपात के साथ गर्जना हुई, कहीं आस-पास ही बादल फटा था। दीनदयाल जी द्वार पर पहुँचे, साथ ही सावित्री भी थी। उन्होंने पूछा कौन भाई ..? बाहर ताड़पर वर्षा की गिरती बूदों के स्वर के कारण आवाज अस्पष्ट थी। शिवजी का स्मरण कर उन्होंने द्वार खोल दिया, तभी बिजली की चमक में उन्होंने एक अधेड़ व्यक्ति को देखा, जिसकी गोद में बच्ची भी थी। दोनों के वस्त्र वर्षा से भीगें थे, उन्होंने अभ्यागत को भीतर आने का संकेत किया । चैंन की साँस लेता अभ्यागत बच्ची के साथ अन्दर आया, जहाँ अंधकार को नष्ट करने वाला दीपक टिमटिमा रहा था। ।

गहरी साँस लेते हुए मौन को भंग करते हुए दीनदयाल शास्त्री ने पूछा-'भगवन् कृपया आगमन का कारण बतायें?

अभ्यागत-'मित्र कौन, कि आगमन का हेतु न जान जाय..?

मित्र..! साश्चर्य शास्त्री जी ने पूछा और सावित्री भी हैरान । आगन्तुक का दाढ़ी बढ़ा चेहरा देखती रही।,

'दोष व्यक्ति का नहीं, समय का होता है, वही परिचित से परिचय कराता है,.. 'जी, ...मुझे श्रीव्रत कहते हैं और यह मेरी..., बस श्रीव्रत... बस साक्षी है, मेरे हृदय की धड़कन., शास्त्री ने साक्षी को सीने से लगा लिया, फिर दोनों मित्र एक-दूसरे को अंको में भर भावुक हो उठे, उलाहना देते हुए श्रीव्रत ने कहा-'तुमने तो मुझे बिल्कुल भुला दिया। घर आते समय यही बोले थे न .., कि बराबर आता रहूँगा, यह न समझना कि सेवानिवृत्त हो गया। आने को कौन कहे पहचानने से भी गये ..।

शास्त्री-'और शर्मिन्दा, न करो मित्र, कुछ लोगों को दूर होने पर भी विस्मरण नहीं किया जा सकता। बेटी को देखने से नेत्र पर उसके माँ की तस्वीर उमड़ आती है, गहरी श्वाँस छोड़ते हुए शास्त्री जी बोले-" तुमसे तो दूर होकर जी सकता हूँ लेकिन बेटी से नहीं-न जाने ईश्वर की ऐसी क्या माया है या पूर्व जन्म का कोई सम्बन्ध है,

सावित्री- "मैं मानती हूँ कि आप भावुक हो उठे हैं किन्तु दोनों भीगे हैं इन्है सूखें कपड़े पहनाने के बाद खूब बातें करिए।

शास्त्री-ओह्! मैं तो भूल ही गया था, लो इसे पहन लो उन्होंने अपनी साफ-सुथरी धोती उन्हें दी।

भीतर ले जाकर सावित्री ने बेटी के कपड़े बदलवाये, प्रकाश सो चुका था, उसी के पास साक्षी को लिटाकर सावित्री भोजन बनाने लगी। बैठक में, बहुत दिन बाद मिले दोनों मित्र अपनी आपबीती कह-सुन रहे थे।

रात्रि का गमन हुआ प्रातः जलनिधि की तरंगों और वर्षा से स्नायित सूर्य की स्वर्णिम किरणों ने शास्त्री के द्वार पर आहट दी। चाय एवं नाश्ता सजे मेंज के समक्ष दोनों मित्र बैठे। घर में खट-पट की आवाज सुन प्रकाश जाग गया, अपने ही बगल वेश से पुरूष दीखने वाली लड़की को पाकर

आश्चर्य चकित हुआ, माँ..माँ चिल्लाते रसोई घर में प्रविष्ट होते बोला-मेरे नये कपड़े पहन मेरे ही बिस्तर पर सोई वह लड़की कौन है माँ .. कौन?

आहिस्ता बोलो बेटे ! वह जाग उठेगी। रात जो द्वार पर दस्तक हुई थी तो तेरे श्रीव्रत चाचा और उनकी बेटी थी।

प्रकाश-" तो यह क्यों नहीं कहती-वह साक्षी है जिसके बारे में रात को बापू बताया करते हैं। वह सीधे बैठक में गया, चाचा के पॉव तो छुआ किन्तु उनके दाढ़ी बढ़े चेहरे और अस्त-व्यस्त मलिन रूप को देख कर दुख हुआ, सोचने लगा, बापू सत्य ही कहते हैं पत्नी के शोक में चाचा बहुत दुखी हैं।

अंको में भरते हुए श्रीव्रत बोला-" अरे मेरा अच्छा बेटा इतना बड़ा हो गया, यह तो बहुत प्यारा और होनहार है शास्त्री, ईश्वर और आप सबकी कृपा है श्रीव्रत, प्रायः देखा गया है कि एक पुत्र- अधिक लाड-प्यार पाने से काम-चोर, आलसी, विलासी, दिशा शून्य होते हैं।

श्रीव्रत- नहीं, ऐसा नहीं होगा, इसका तेज और आपका अनुशासन तथा भाभी का मार्गदर्शन इसे दिशा शून्य नहीं होने देगा। संतान एक हो या दो उसे अच्छा या बुरा बनाने में माँ की भूमिका मुख्य होती है पिता तो लाख चाहकर भी इतना ही दे सकता है जितना उसका ज्ञान-कोष हो, और माँ.. उसे जैसा भी चाहे बना दे, शिवाजी की माँ बेटे को वीर बनाना चाहती थी, तभी तो घर के समीप की झाड़ी के एक झुरमुट में शेर के मृत खाल में भुस भर कर रखवा दिया था और बाल-शिवा को तलवार देकर शेर को मारने की शिक्षा देते-देते उन्हें परम वीर और इतिहास - पुरूष बना दिया। वही बालक के जीवन की प्रथम और अन्तिम पाठशाला है

सावित्री उसे पीछे से सुनती रही। उसने भी समर्थन करते कहा-सच कहते हो भैया! में अपने ममता रूपी सागर पर सेतु बांध कर अनुशासन एवं कृतित्व-शीलता की कठोर शिक्षा दे रही हूँ, जिससे मेरा बेटा! डाक्टर इंजीनियर या कोई अधिकारी बनें ।

सभी साथ चाय पर बैठे थे, सावित्री ने श्रीव्रत से कहा-अब आप को यहाँ से न जाने दूँगी। इतना कमजोर हो गये है कि देखा नहीं जाता। शास्त्री जी भी मित्र की हालत पर तरस खा रहे थे। उन्हें अपने किये पर

पश्चाताप हो रहा था, सोचने लगे मैने ही इसे दूसरी शादी के लिए प्रेरित किया था। शास्त्री के गम्भीर मन पर कभी श्रीव्रत कभी उसकी पहली पत्नी पार्वती और कभी विद्या का रूप चल चित्र की भाँति क्रमागत आता रहा। उन्होंने सोचा क्या यही जीवन सत्य है, सत्य ही कहा गया है कि जीवन एक नाट्यशाला है और मानव अभिनय कर्ता अर्थात नाटक को प्रदर्शित करने वाला पात्र। हमारे जीवन में जो घटनाएँ घटित हो रही है वही नाटक के विविध अंक हैं। समय-समय पर जीवन में जो लोग मिल और विछुड़ रहे हैं वे नाटक के सहयोगी पात्र हैं। कभी-कभी तो हम जीवन को जुआ भी मान बैठते हैं, क्योकि कभी हम उन्नति करते हैं तो कभी अवनति, जीत व हार भी क्रमशः प्रत्येक मानव के जीवन में लगी रहती है लाभ के लिए कभी-कभी हमारा सब कुछ चला जाता है तो कभी-कभी बगैर कुछ किये धरे बहुत कुछ प्राप्त हो जाता है जैसे हम किसी पहाड़ की चोटी पर चढ़ने हेतु किनारे-किनारे चलते-चलते एकदम शीर्ष पर पहुँच जाते हैं किन्तु चलते-चलते हमे वही राह पुनः मिल जाती है जो पुनः उसी जगह छोड़ती है जहाँ से हम प्रथम बार चले थे।

सावित्री ने देखा - उसके पति गंभीर चिन्तन में खो गये हैं तो उन्होंने मुस्कराते हुए कहा "जैसे महाभारत के युद्ध काल में संजय वहाँ के युद्ध का घटना क्रम धृतराष्ट्र को सुनाते थे ठीक वैसे ही श्रीव्रत की ओर इशारा करते हुए आप के साथ गुजारे दिनों की घटना और वर्तमान संघर्ष की बातें हम सब को प्रायः ही सुनाते हैं। आप दोनों के साथ शर्मा जी काम करते थे उन्होंने आप और बोधू के झगड़े की सारी घटना इन्हे बताई है ये कल ही बम्बई जाने वाले थे। कोई भी ऐसा दिन ना होगा जिस दिन इस घर में आप की चर्चा न हुई हो। न जाने आप ने इन पर कैसा जादू कर रखा है।

दोनों ही भावुक हो उठे थे, दुःख भरे स्वर में शास्त्री ने कहा मैं तुम्हारा गुनहगार हूँ श्रीव्रत, मैने ही तुम्हारी दूसरी शादी हेतु वाध्य किया था। नहीं भैया, ऐसा न कहो, आप ने मेरे हित की बात कही थी किन्तु मेरे भाग्य में जब दूसरी पत्नी का सुख लिखा ही न था तो आप कहाँ दोषी हुए, आप तो मेरे आदर्श हैं, मेरी बची खुची शक्ति और प्रेरणा हैं,,...............इतना कहते वह सिसकने लगा। शास्त्री ने उसे इतना कमजोर कभी नहीं देखा था। ऐसे सिसक रहे थे जैसे ससुराल जाते समय परिवार से विछुड़न की बात सोच-सोच कर दुलहन रोती है

सावित्री बोली-"आप दोनों इतने भावुक हो उठे कि ये दोनों बच्चे भी रो पड़े हैं। संयम से काम लिजिए, मनुष्य से श्रेष्ट कुछ नहीं। अब तो सब ठीक हो चुका है ना।"

श्रीव्रत-"कहाँ ठीक हुआ है भाभी, पुलिस हमे ढूढ़ रही है। यहाँ भी अधिक समय रूका तो पुलिस आ सकती है। वहाँ की पुलिस चौकी में बोधू की चलती है सामाजिक कार्यकर्ता होने से चौकी के सिपाही दरोगा तक भी घबड़ाते हैं।

पुलिस आने की बात सुन सावित्री कुछ घबड़ाई, उन्हें पुलिस से बहुत डर लगता था। उन्होंने पति से कहा इनके साथ आप भी चले जाइए। आप के तमाम हिती-मिती हैं सब ठीक हो जाए तो इनके साथ में लौट आना।

'नहीं'-'नहीं'-नहीं भाभी, मुझे अकेले ही जाने की आज्ञा दीजिए। मित्र श्रीव्रत सुनो-"विषम परिस्थिति हो तो हिम्मत नहीं छोड़ना चाहिए, प्रयत्नशील व्यक्ति ही सफल होता हैं। तुम्हारे आवास के आस पास सज्जन लोग हैं वे तुम्हारा सहयोग करेंगे सब दूध का दूध पानी का पानी हो जाएगा। कुछ सोच कर- अरे उस सीता राम से अवश्य मिल लेना। उसमे सहयोग की भावना है

अब मुझे कोई चिन्ता नहीं, बस जाने की अनुमति दीजिए, सब समाप्त होते ही, में लौट आऊँगा और दोनों मित्र एक साथ खेतो में काम करेंगे।

प्रेम की फसलें खनकेगी। श्रीव्रत जाने को हुआ तो शास्त्री जी दो हजार रूपये देते बोले-" गाढ़े वक्त पर काम आयेंगे भैया। वह लौटाते हुए बोला-"नहीं मित्र नहीं!! इतना एहसान न करो कि अगले जन्म तक न भरण कर सकूँ।

ओह भई! खूब कहा, मित्र भी कहते हो और उसे अधिकार से भी वंचित करना चाहते हो, संसार के सभी सम्बन्ध कागज के हैं, हमारे कागजी सम्बन्ध में भी गुलाब सी खुशबू है दोनों एक-दूसरे से गले लगे सिसकने लगे। सच्चा मित्र वही है जो समय पर मित्र के काम आये, संसार के सम्पूर्ण

भौतिक सम्बन्धों में मित्र का सम्बन्ध सर्वश्रेष्ठ एवं गंगा सा पावन है, जिसकी श्रेष्ठता का गुणवान देवता भी करते हैं।

जाते समय श्रीव्रत ने बेटी को देखा, उसकी आँखों में ममता एवं पिता को समर्पित आँसू थे। आज प्रथम दिवस था जब वह पिता से दूर होने वाली थी, माँ और बाप दोनों ही आवश्यकता पिता द्वारा ही पूर्ण हुई थी, मेरे लिए ही नौकरी छोड़ दी, घर-वार भी छोड़ दिया, वह स्वयं को संयमित करती रही, कुछ भी थी तो बच्ची ही....लाख चाहकर भी स्वयं को न रोक सकी... . ज्वालामुखी सा हृदय-उत्स फट पड़ा और सुबक-सुबक कर रोने लगी, सावित्री ने समझाते हुए कहा-"जाते समय अशुभ मत करो बेटी, शीघ्र ही बापू वापस आयेंगे। श्रीव्रत का हृदय भी अधीर होता जा रहा था किन्तु न जाने कहाँ से उसमे असीमित शक्ति आयी, आँसुओं को हृदय में दफनाते हुए वह आगे बढ़ा, बेटी के आँसू पोछे, बाल सहलाया, चुम्मी ली और वगैर पीछे देखे संघर्ष के पथ पर चल पड़ा।

-: पाँच :-

धीरे-धीरे सूर्य अस्ताचल की ओर बढ़ा पश्चिम दिशा में उसकी सिन्दूरी आभा धरती से आकाश तक प्रसारित होने लगी थी। मनमोहक वातावरण था। गर्व से सीना ताने ताड़ के वृक्ष और पत्तियाँ वायु से स्पन्दित हो रही थी। गुमसुम बैठी साक्षी को प्रकाश ने पुकारा, चौंककर पीछे देखने लगी। उसके समीप आके प्रकाश बोला-'आओ खेले, दोनों वहाँ से बगीचे की ओर बढ़े। रास्ते में प्रकाश ने पूछा- तुम्हे चाचा जी की याद आ रही होगी? साक्षी कुछ न बोली चुपचाप साथ चलती रही, प्रकाश ने कहा-'चाचा जी ने कहा है कि अब तुम यहीं रहोगी, यहाँ हम दोनों साथ खेलेंगे और पढ़ने जायेंगें। बापू भी तुम्हें खूब प्यार करते हैं न? वे तो प्रायः तुम्हारी चर्चा किया करते थे। यहाँ तक जिस दिन चाचा के साथ भीगते हुए तुम आयी थी उस दिन भी तुम लोगों से संबन्धित कहानी सुना रहे थे। मेरा वश चलता तो चाचा को कभी न जाने देता। साक्षी की सीप-सी बड़ी-बड़ी आँखों में आँसू उमड़ आये और चू पड़े।

प्रकाश ने कहा- 'साक्षी, तुम क्यों रो रही हो? क्या हम तुम्हारे नहीं हैं। या फिर तुम्हें यहाँ अच्छा नहीं लगता। यह हो सकता है कि हफ्ते-दो हफ्ते मन न लगे किन्तु जहाँ रहना ही होता है वहाँ तो मन लगाना ही पड़ता है बेचारे चाचा जी का भी जीवन कितने संघर्ष में गुजरा है? उनकी कहानी सुनते-सुनते तो माँ रो पड़ती थी।

'साक्षी और जोर से सिसकने लगी। पुनः प्रकाश ने कहा 'प्लीज! मत रोओ। चाचा जी ने कहा कि जल्दी ही आऊँगा।,

साक्षी- 'प्रकाश! बापू को पुलिस ढूढ़ रही है, उसी डर से मुम्बई से भाग गये थे और मुझे भय है कि पुलिस उन्हें जेल में सदा के लिए बन्द कर देगी और मेरे बापू कभी नहीं मिलेंगे। खूब जोर-जोर रोने लगी । प्रकाश भी भावुक हो उठा और वह भी रोने लगा। संयोग था कि बच्चों को द्वार पर न देख शास्त्री जी उन्हें ढूँढ़ने निकले और बगीचे की ओर गये जहाँ दोनों को रोता देख हैरान रह गये। उन्हें लगा कि किसी ने कुछ कहा या डाटा है, वे सरपट उनके पास पहुँचें और पूँछनें लगे। पहले तो कुछ नहीं कहा किन्तु शास्त्री ने प्रकाश से पूछा-कि बेटा! किसी ने कुछ कहा है क्या...?

प्रकाश-'नहीं बापू, नहीं।,

शास्त्री जी -'तुम्हें कसम बापू की , सच-सच बताओ क्या बात है?

प्रकाश-'साक्षी कह रही थी कि चाचा को पुलिस ढूढ़ रही है और उन्हें पकड़ते ही जेल में डाल देगी। अब वे कभी न मिलेंगे।

शास्त्री जी - धत् पगले! उन्हें कुछ नहीं होगा। किसने कहा कि वे जेल जायेंगें।

'यही कह रही थी, उसने उन्हें बाते करते गाँव में सुना था। वे इसके चाचा से कह रहे थे।, प्रकाश ने कहा।

ऐसी कोई बात नहीं है बेटा श्रीव्रत निर्दोष है,। उसने विद्या को सागर में नहीं ढकेला बल्कि उस पर झूठा इल्जाम है, उसे कुछ न होगा । और हाँ, .. तुम दोनों कान खोल सुन लो, बच्चों को बड़ों की बात नहीं सुननी चाहिए। उन्हें केवल खेलना, कूदना, हँसना-गाना और पढ़ना चाहिए।

तुम तो सोचने लगे जो हमे सोचना था। मेरे जीते जी तुम्हारे बापू को कोई बाल भी बाँका नहीं कर सकता, 'मुस्कराओ..,।

दोनों मुस्कराने लगे। उनके बालों पर प्यार से हाथ फेरते शास्त्री जी ने कहा-चलो, घर चलो,। दोनों बच्चों के साथ शास्त्री जी घर आये।

दिन बीतते देर नहीं लगती, साक्षी मेंट्रिक और प्रकाश इण्टर की परीक्षा पास हुआ। साक्षी प्रथम आयी और प्रकाश ने टाप किया, समाचार पत्रों में फोटो छपी और शास्त्री को भी सम्मानित किया गया। पिता का हृदय गदगद था। होता भी क्यों न किसान को अपने लहलहाते खेत, अच्छे नस्ल के जानवर को देख खुशी होती है उसी भाँति शास्त्री का मन भी पुत्र से आहलादित था। जहाँ देखो लोग कहते दिखते इन्हीं के बेटे ने इस क्षेत्र का गौरव बढ़ाया है

साक्षी गुमसुम थी, कारण था, उसके बापू का न आना बेटी जल्दी ही आऊँगा किन्तु धीरे-धीरे छः वर्ष गुजर गये और न लौटे, पत्र में शीघ्र लौटने का जिक्र होता। बेचारे शास्त्री भी चिन्तित थे, बेटी को समझाते कहते यदि वह न आया तो मैं उसकी खोजमें जाऊँगा और साथ लेकर ही लौटूँगा।

पिछले चुनाव में शास्त्री निर्विरोध मुखिया चुने गये। वे गाँव के ही नहीं, आस-पास के गाँवों की भी पंचायते निबटाने हेतु बुलाये जाते। पंचायतों में निष्पक्ष करने से उनकी छवि उत्तरोत्तर बढ़ने लगी उन्हें कामो से दिन-भर फुर्सत न मिलती। साक्षी ने एक दिन कहा-' ताताजी आपको समय नहीं कि घर की कोई समस्या सुन उसका निस्तारण करें। मुस्कराते हुए शास्त्री जी ने कहा-'कहो बेटी, क्या समस्या है?

"आप दिन-दिन बाहर रहते हैं, घूमते हैं कुछ समय घर पर भी दिया करें, साथ खाया करें, न आप समय से भोजन करते हैं न ही स्वास्थ्य पर ध्यान रखते हैं। देखिए इन दिनों काफी कमजोर हो गये हैं।,

शास्त्री-'क्या करें बेटी ! बुढ़ापे में ही सही , समाज की सेवा करने दो। मानव सेवा से बड़ी क्या सेवा है? आज तो लोग अन्याय करते, और पंचायतों में भी अन्यायियों का पक्ष लेने पर बाध्य करते हैं, अरे कई जगह से तो पैसे और लोगों का दबाव भी पड़ा किन्तु मैने सिद्धान्त नहीं छोड़ा। पैसा तो हाथ की मेंल है, सब तो यही छूट जायेगा, बचेगा वही जो हम दूसरों की

सेवा में मदद दे रहे हैं। सेवा से व्यक्ति के मन में श्रेष्ठ भावनाएँ उपजती है जो विटामिन का काम करती है।,

मुस्कराते हुए साक्षी बोली-' ओह ताता! तो आप समाज-सेवा का टानिक ले रहे हैं फिर तो आपको भोजन की कोई आवश्यकता नहीं , किन्तु चाय तो पी लो बैठिये में आपके लिए गरमा गरम चाय बनाकर लाती हूँ। प्यार से बालों पर हाथ फेरते हुए शास्त्री ने कहा-"अरे बेटी आज मैं घर पर रहूँगा चाय भी पिऊँगा, साथ भोजन भी, तुम्हारे अपनें हाथ की बनायी गर्मागर्म सेवइयाँ पूड़ियॉ " भी खाऊँगां।

"हॉ ताता जी, यह तो मेरा सौभाग्य होगा किन्तु यदि भोजन अच्छा न बने तो कुछ कहिएगा मत ।" साक्षी बोली।

शास्त्री-'तुम्हारी माँ क्या कर रही है?

साक्षी- शायद नाश्ता बना चुकी होगी। उन्होंने तो मुझे भेजा है कि बातें करती रहूँ और बातों के चक्रव्यूह में तब तक फसाये रखूँ जब तक कि नाश्ता न बन जाय । आपका क्या? कब किधर खिसक गये? ताता.., इसे बुरा न मानना क्योंकि ये मेरे नहीं माँ जी के शब्द हैं।"

शास्त्री जी-'ओ..हो..बेटी ...! शरीर आत्मा से कहीं नाराज होती है? तुम मुझे कितनी प्रिय हो इसे में स्वयं नहीं बता सकता। जब तू पैदा हुई थी तभी तेरी माँ ने मुझसे कहा था कि बेटी को अपना ही समझना। तेरी माँ देवी थी देवी, मेंने उसे वचन दिया कि तुम्हारी बेटी को कोई कष्ट नहीं होने पायेगा।"

'साक्षी का मन भारी हो गया। आँखें भर आयी थी। जिसका शास्त्री जी भी कारण समझ चुके थे। उसे नन्हीं बच्ची सी सीने से लगाते हुए कहा-'नहीं बेटी! ईश्वर को जो मंजूर है वही होता है होनी कौन रोक पाया है तुम्हारे ही नाते तेरी सौतेली माँ ने मुझे क्या नहीं कहा ? तुझे याद नहीं होगा क्योकि तुम बहुत छोटी थी। साक्षी-'ताता! मुझे सब कुछ इतना याद है जैसे आज की घटना हो, रही बात यादों को भुलाया भी तो नहीं जा सकता, यादों के मेंले में कभी-कभी बहुत कुछ मिल जाता है कुछ यादें क्षणिक होती है तो कुछ कभी न भुला सकने वाली। कभी न कुछ भूल सकने वाली यादें समय-समय पर हमे प्रभावित करती हैं। जो मन के एक कोने में सदैव

जीव्यमान है जिनकी मीठी छुवन तो परिस्थिति जन्य वातावरण या फिर एकान्त वास के समय ही प्रभावी होती है। अतीत के कोमल सजीव भाव और गुजरे हुए मधुर प्रिय क्षण मानस-पटल पर झंझावाती तूफानों के साथ हृदय तन्तु को झंकृत करते हैं और द्रवीभूत "हृदय" भावनाओं, कल्पनाओं, की संवेग धारा में बहते हुए पुरानी यादों में खो जाता है।"

शास्त्री-'साफ-साफ क्यों नहीं कहती बेटी कि-"अतीत की विशेष मुलाकातें, या प्रिय व्यक्तियों, बस्तुओ के साथ बीते सुखद अवसर वर्तमान में यादों के ताजमहल के रूप में मन को कुरेदते रहते हैं।"

साक्षी-'वाह! ताता आपने तो एक ही पंक्ति में यादों की परिभाषा रच दी। आपका भी कोई जोड़ नहीं, ईश्वर करें सबको ऐसा ही ..। सहसा उसे पिता की याद आयी, सावनी काली रात-डाढ़ी बढ़ा चेहरा, भीगते हुए मेरे साथ यहाँ आये थे। बच्ची की सुरक्षा और सुख के लिए उन्हें न बारिश की परवाह थी न ही जंगली जानवरों की। उसने शास्त्री के मुख की ओर देखकर आँखें छुपाने का प्रयास, किया किन्तु शास्त्री ने उसे देखा और कहा-

'अरे, बेटी क्या बात है? अचानक तुझे क्या हो जाता है? तू किन ख्यालो में खो जाती है? इतनी कम उम्र में इतना नहीं सोचना चाहिए।,

साक्षी-'ताता! कोई जानबूझ कर नहीं सोचता, छः वर्ष पहले आज के ही दिन मैं अपने बापू के साथ यहाँ आयी थी।

शास्त्री-'फिर....!,

साक्षी-" फिर क्या...? आप भले भूल गये हो किन्तु बापू का भोला-भाला रूप डाढ़ी बढ़ा चेहरा, संघर्श शील व्यक्तित्व हृदय को खोखला बना रहा है, मैने तो कई बार उन्हें ढूढ़ने के लिए यहाँ से पलायन करने की भी योजना बनायी किन्तु आपके ही नाते न जा सकी क्योकि आपकी भूमिका मेरे जीवन में पिता से कम न दीख पड़ी। अब मैं यहाँ कैद पंछी की भाँति रहती हूँ।"

शास्त्री-" ऐसा न कहो बेटी, मैं चुप-चाप नहीं बैठा हूँ, अभी पिछले महीने ही मैने राघवेन्द्र को भेजा यह देखो उसका पत्र भी आया कि श्रीव्रत का कहीं पता नहीं चल पाया, यहाँ तक कि उसने थाने से भी पूँछ-ताछ की, मैं स्वयं भी जाने वाला हूँ।"

साक्षी- (रोते हुए) "क्या मेरे बापू अब कभी नहीं मिलेंगें...? रात-दिन सोते-जागते बापू का चेहरा मेरी आँखों से ओझल नहीं होता। ये छः वर्ष कैसे बीते हैं?

शास्त्री-'शान्त हो बेटी, उनकी खोज करके ही वापस लौटूँगा।'

चाय-नाश्ता लिए सावित्री वहाँ आयी दोनों की बातों को सुन सावित्री चुप थी। क्षण भर मौन और गमगीन वातावरण रहा फिर सावित्री ट्रे से उठाकर चाय का प्याला और नाश्ता मेंज पर रख दिया शास्त्री जी ने कहा-'चाय ठण्डी न करो बेटी, ठण्डी चाय स्वास्थ्य की दृष्टि से अच्छी नहीं होती। दोनों ने नाश्ता किया ।

-: छः :-

रवि की सिन्दूरी किरणें आसमान को रक्तिम करने लगी थी। आकाश का वक्षस्थल चीर कर सहस्र रश्मि-किरणों के अश्व पर आरूढ़ सूर्य निकला। रात्रि भर के विश्राम के पश्चात् लोग अपने-अपनें कार्यों में तत्पर होने लगे, आज ही दस बजे की गाड़ी से शास्त्री जी को मुम्बई जाना था, उन्होंने आवश्यक सामान एक दिन पूर्व ही सहेजा था। तुनीर की तांगा गाड़ी ठीक नौ बजे आनी थी, साक्षी कुछ अधिक उत्साहित थी। होती भी क्यों न उसे बापू की खबर शीघ्र मिलने वाली थी। नन्हें बच्चों का शोर गुल सुनाई दिया, प्रकाश ने कहा-' बापू! काका की घोड़ा गाड़ी भी आ गयी, प्रकाश और साक्षी भी स्टेशन तक गये।

गाड़ी समय से थी, गाड़ी पर बैठते-बैठते शास्त्री जी प्रकाश को समझाते रहे, घर-वार का ख्याल रखना, कहीं घूमनें मत जाना और आपस में लड़ना मत।

गाड़ी चली छः घण्टे ही यात्रा हुई थी, रास्ते में उनके साथ कार्य करने वाले कुछ पुराने मित्र मिले जो अभी भी उसी मील में कार्यरत थे। पहले तो वे शास्त्री जी को न पहचान सके किन्तु शास्त्री जी के पहचानने पर उन्होंने कहा-"अरे भाई शास्त्री-" आप तो सेवानिवृत से भी कम उम्र के लगने

लगे हैं। ढ़ेर सारी नई-पुरानी बातें हुईं। श्रीव्रत को सहज ही जानकारी मिल गयी। ज्ञात हुआ कि पत्नी की हत्या के अपराध में आजीवन कारावास की सजा काट रहा है ऐसी मनहूस खबर सुनते ही शास्त्री जी के मुख से आह निकली और बोले-'इस देश का कानून कितना अन्धा है, उसे सच क्या है? तह तक गये बगैर किसी निर्दोष को सजा भोगने पर विवश कर देता है बेचारा श्रीव्रत निर्दोष है विद्या का हत्यारा तो बोधू था, जिसने उसके हँसते-खेलते परिवार को नष्ट-भ्रष्ट बनाया सजा का भागीदार तो वही है और वह मजे उड़ा रहा है हे ईश्वर !.. यह कैसा अन्याय है...? तुझे तो इन्साफ करना चाहिए था, क्या तेरी आँखें फूट गयी है या तू भी अस्तित्व हीन, बेजान मूर्ति भर रह गया है 'नहीं ' तुझे सत्य को उजागर करना ही होगा। शास्त्री मन ही मन बड़बड़ाये।

मित्रों ने कहा-'वैसे श्रीव्रत ऐसा नहीं था किन्तु...?

शास्त्री-' किन्तु क्या ...?

मित्र-' उसे अवश्य ही फँसाया गया है जिस दिन उसे आजीवन कारावास की सजा सुनायी गयी, वह बहुत दुखी था। लाख सफाई देने पर भी कुछ न हुआ। उसने यह कहा कि जज साहब मैं निर्दोष हूँ, मेरी पत्नी स्वेच्छा से दरिया में कूदी थी उसका कारण वही व्यक्ति है जिसने मुझे फसाया है और मेरी बच्ची का अपहरण किया था फिर विद्या के उस पत्र को जिसमे मेरे बचाव की बातें दर्ज थी मुझसे छीन कर फाड़ने वाला बोधू ही असली मुल्जिम है, मुझ निर्दोष को बचा लो जज साहब ! मैं बेकसूर हूँ। काश! मेरी बेटी यदि मुझे न पायी , और मेरे आजीवन कारावास की बात सुनी तो एक और मासूम मर जायेगी। जज साहब! 'उसका दोषी कौन होगा..? मैं, आप..या बोधू जिसका बनाया सारा षड्यन्त्र है मरी मेरी पत्नी दुख बोधू को हुआ क्या इस विषय पर आपका कानून नहीं सोच सकता कि मेरी पत्नी और बोधू में अवैध सम्बन्ध था, बोधू ने चीखकर कहा था कि मैने मीलार्ड! मैने कानून का साथ दिया है इसीलिए यह व्यक्ति मुझे ढाल बनाना चाहता है, काश! आपकी दृष्टि कानून के सहयोगी की अन्तर्वेदना न समझ सकी तो कोई कानून का सहयोग न करेगा और न ही सत्य से परदा हटाने की हिम्मत होगी। दोषी व्यक्ति तो सदैव ही अपने दोष या अपराध को छिपाने के लिए अनगिनत झूठ

बोलता है फिर आप तो खुद ही कानून के ज्ञाता हैं, सत्य आप से अधिक छिपा नहीं रह सकता।'

'शास्त्री के मित्रों ने यहाँ तक कहा कि काश! श्रीव्रत की ओर से कोई अच्छा वकील होता तो वह बच जाता । लाख सफाई देते हुए भी उसकी एक भी बात न सुनी गयी और उसे जेल भेज दिया गया। जेल जाते समय वह इधर-उधर मायूस मन से देख रहा था शायद वह बेटी के लिए कुछ सन्देश भेजना चाहता हो किन्तु मनः पीड़ा को भीतर समेंटे चला गया। सच कहता हूँ शास्त्री जी ''पूरे न्यायालय में शायद ही कोई बचा हो जो कि उसके लिए न रोया हो ''

शास्त्री-"धिक्कार है उन रोने वालो और मित्र कहलाने वाले लोगो को जो मित्र के लिए सौ-पच्चास खर्च करके किसी अच्छे वकील को न खड़ा कर सके, सत्य पर असत्य की विजय हुई और लोग मूक और अन्धे बने रहे ।,

मित्र-'हाँ शास्त्री जी, यह भूल तो हमे भी खली किन्तु उस समय दिमाग ही इतना काम न किया। आप जैसे लोगो के चले जाने से हम लोग अनाथ से हो गये है और संगठन टूट गया है,

मुम्बई के बोरी बन्दर स्टेशन पर बहुत चहल-पहल थी। रात्रि के आठ बजे शास्त्री जी गाड़ी से उतरे, करीब दस वर्ष बाद वे मुम्बई आये थे। दस वर्षो में काफी कुछ बदल गया था। पहले की अपेक्षा स्टेशन पर बीसों गुणा भीड़ थी। काम से छूटे लोगों के मन में वही उतावला पन, घर पहुँचने की जल्दी और ठेला-ठेली सटल गाड़ियों में बाहर तक लटके लोग अगणित संख्या में थे, शास्त्री जी सोचने लगे देश की जन संख्या जिस अनुपात में बढ़ रही है, उसका दूरगामी परिणाम अच्छा न होगा। यहाँ तो मनुष्य की दशा आज ही मच्छरों जैसी हो चुकी है, तो आने वाले अगले दशक में क्या होगी? सरकार ही अकेले क्या कर सकती है? इसके लिए सब को सोचना चाहिए। वे बेन्च पर बैठे विचार ही कर रहे थे कि तभी उन्होंने आवाज दी अरे! सीताराम....., सीताराम दौड़ा और शास्त्री के गले लगते हुए बोला-"धन्य हो शास्त्री जी पहचान तो लिए ..? अरे भाई...कैसे न पहचानता, मैं भूला कहाँ हूँ। दोनों हँस पड़े । सीताराम और शास्त्री में वैसे ही गाढ़ी मितत्रा थी जैसे श्रीव्रत से, नौकरी के दिनों में दोनों शाम को पार्क में बैठे बातें करते और मूँगफली तो कभी चने-लाई के कुरमुरे खाते, शास्त्री को कुरमुरे बहुत पसन्द

थे सीताराम ने कहा-'शास्त्री जी तनिक रूको मैं आता हूँ। वह पॉच मिनट बाद लौटा तो उसके हाथ चने-लाई और मुँगफली के कुरमुरे थे। शास्त्री जी को पुरानी बातें याद आयी, जैसे आज की हो? वे भावुक हो उठे और पुनः सीताराम को गले से लगाते हुए बोले-'सीताराम! मैं दूर भले चला गया हूँ किन्तु मेरा मन यही छूट गया है पुराने दिन मुझे बाखूबी याद हैं, जहाँ हम घंटो-घंटो बैठे मौज-मस्ती में बिता दिया करते थे।

सीताराम नें पूँछा-'आप कहाँ रूके हैं?,

शास्त्री- 'आज ही तो आया हूँ।

सीताराम -'फिर तो मेरे यहाँ चलें,।

शास्त्री- ' नहीं सीताराम, किसी होटल में रूक जाऊँगा?

सीताराम -' हॉ भाई! (गहरी सॉस छोड़ते हुए)मुझ गरीबके घर आपको असुविधा हो सकती है।,

सीताराम जी आप सीधे नहीं रहे, पूरे उस्ताद हो गये हो। अब तो आपके ही यहाँ रूकँगा, सोचा था एक कमरे में परिवार रहता है, आपसे अधिक घरवाली, बच्चों का ख्याल रखना पड़ता है।,

सीताराम -'वाह भाई! वाह! लिवा मैं चल रहा हूँ ख्याल घर वाली का है, अभी आप की खुशमिजाजी का रंग नहीं गया?

' और न जायेगा।, शास्त्री बोले।

दोनों हँस पड़े। शास्त्री ने कहा -'गाड़ी में तो भीड़ है कुछ इन्तजार करना होगा। तभी सीताराम ने कहा- 'बाहर से टैक्सी पकड़ते हैं।,

शास्त्री- 'अरे सीताराम! मैने तो पूछा ही नहीं कि तुम काम से लौट रहे हो या फिर जा रहे हो?

सीताराम -'जा रहा था, किन्तु नहीं जाऊँगा।,

शास्त्री -'नहीं सीताराम ! ऐसा न करो, वे ठिठक गये, तुम्हें काम पर जाना चाहिए।

सीताराम-' काम तो रोज ही करना है किन्तु अच्छे मित्र नसीब से मिलते हैं। एक श्रीव्रत था.. वह बेचारा..? दोनों टैक्सी में बैठ चुके थे। हॉ... हॉ, कहो ! रूक क्यों गये..?, शास्त्री ने अन्जान बनना उचित समझा। सीताराम श्रीव्रत की कथा सुनाना प्रारम्भ किया। रास्ते भर सुनाता रहा। शास्त्री जी ने पूछाँ-'मित्र के नाते तुमने क्या किया?

सीताराम-' क्या कहूँ शास्त्री जी, न पूछो तो अच्छा होगा। वह जाते-जाते सभी मित्रों से दूरी बनाया उसका स्वभाव ही चिड़-चिड़ा सा हो गया था। तनाव पत्नी से था किन्तु गुस्सा मित्रों पर उतारा, बात ही बात में मुझसे भी लड़ बैठा।

शास्त्री-'भइया सीताराम, जहाँ दो बर्तन रहते हैं, वहाँ खनकना स्वभाविक है किन्तु मुसीबत के वक्त सब भुलाकर साथ देना ही सच्ची मनुष्यता है उसे विवाह हेतु भी तो हम दोनों ने ही बाध्य किया था, सब के जिम्मेंदार हम दोनों हैं। लोग लाख कहते किन्तु वह पुनर्विवाह न करता, हमने ही उसे बाध्य किया था और हमारी बात वह मानता भी था।

शास्त्री ने देखा कि सीताराम का मन भावुक और चेहरा शर्म से झुक गया, वह मन्द स्वर में बोला मुझसे बहुत बड़ी चूक हुई है मैने एक मित्र का कोई कर्तव्य निर्वाह नहीं किया है।

"जो हुआ उसे भूल जाओ और आगे क्या करना है उसे सोचो। यह पता करना है कि वह किस जेल में है? शास्त्री ने कहा। "

सीताराम ने कार रूकवाया दोनों नीचे उतरे क्योकि समीप ही उसका घर था। आलीशान बँगले को देख शास्त्री ने साश्चर्य पूछा-'अजी कहाँ चल रहे हो...? आइए शास्त्री जी, आइए, कहते हुए सीताराम कोठी के एक बड़े हाल में घुसा जो सजा सँवरा था। काँच के बने ताखो में कीमती फूलदान और फर्स पर महँगा कारपेट था, सभी वस्तुएँ संन्तुलित एवं संयमित थी, हाल के दो तरफ छोटे-बड़े सोफे और सामने गोल कीमती टेबल और विपरीत दिशा में सजावट के साथ रंगीन टी०वी० और उसके निचले भाग में सी०डी० तथा तीसरे खाने में टेप रिकार्ड था। शास्त्री जी को सादर बैठाते हुए सीताराम हाल से जुड़े दूसरे कमरे में चला गया । सोफे पर बैठे शास्त्री जी सोचते रहे कि सीताराम मुझे कहाँ ले आया, यह उसका घर तो हो नहीं सकता, कितना कमाताा होगा यही कोई चार-पॉच हजार, इतना पुराना तो मैं साढ़े तीन हजार

पर सेवा मुक्त हो गया। इतने कम पैसे में परिवार पालने में भी कठिनाई है और यह आलीशान बंगला बाहरी क्षेत्र में भले ही है फिर भी आठ-दस लाख से कम क्या होगा।

शास्त्री जी बैठे सोच ही रहे थे कि तभी नाश्ता और चाय के साथ सीताराम लौटा। शास्त्री को और आश्चर्य हुआ और जब न रहा गया तो पूँछ बैठे, कहो सीताराम, उनके मुँह से इतना ही निकला था कि तभी सीताराम की पत्नी वहाँ आ गयी उसने शास्त्री जी के पॉव छुए। वे विचार करने लगे हो सकता है, किसी रिश्ते में आये हो, उन्होंने कुछ पूँछना उचित न समझा। सीताराम समझ रहा था कि शास्त्री को आश्चर्य होना स्वाभाविक है, कहाँ गन्दी चाल का रहने वाला और यहाँ सुन्दर कोठी जैसा प्लैट, वगैर पूँछे मैं कुछ नहीं बताऊँगा उसने मन में निश्चय किया।

मँहगे दीवान पर आसन लगा। सभी आवभगत में जुट गये। अभी उन्हें घंटे भर आये नहीं हुआ । कि दो किस्म का नाश्ता, चाय और अब फल की प्लेट सम्मुख थी। उन्होंने मुस्कुराते हुए कहा-'अरे भाई सीताराम! तुम्हारा भी जबाब नहीं, इतना सब कुछ कैसे पचेगा, उतरानी के दिन हैं। इस उम्र में वैसे ही अनेक ब्याधियॉ मुँह वायें खड़ी रहती हैं। मुस्कुराते हुए सीताराम बोला-'अहो भाग्य! कि आप इस गरीब खाने में आये हैं।'

शास्त्री-'गरीब खाना नहीं महल है, सीताराम, जिस सुख-सुविधा में तुम रह रहे हो, क्या तुमने कभी स्वप्न मैं भी सोचा था? शायद नहीं, में स्वयं सोच रहा हूँ कि स्वप्न में यहाँ हूँ या जागकर, मेरी उत्सुकता का समाधान करो सीताराम, यह सब जुादुई परिवर्तन किस प्रकार हुआ? मुझमें काफी देर से इस प्रश्न का उत्तर जानने की जिज्ञाशा है, किन्तु संकोच वश उत्तर नहीं पूँछ पा रहा हूँ। यह आपके चरणों का प्रसाद और हरि कृपा है। अपना बेटा राजीव जिसे आप प्यार से राजू कहते, और बहुत प्यार करते थे।

बात काटते हुए शास्त्री ने कहा-'हॉ! हॉ!!कहो सीताराम कहाँ है अपना राजू ..?

सीताराम-" इंजीनियर हो गया है, बहुत बड़ा इन्जीनियर। सब उसी की कमाई का प्रतिफल है वह मुझे काम करने से रोकता है किन्तु सोचता हूँ जब तक कस बस चले बच्चों पर भार नहीं बनाना चाहिए । क्या उचित नहीं है शास्त्री जी ?"

शास्त्री-‘ अरे, भाई नहीं, अब तो यही उचित है कि आनन्द से घर में बैठे राम-राम रटो और नाती-पोतो के साथ खेलो ।

दोनों बातें कर ही रहे थे तभी राजीव भी आ गया वह शास्त्री जी की बात सुन चुका था किन्तु उन्हें पहचान न सका स्वामी जी अब इन्हें आप ही समझाएँ, मेरी तो सुनते ही नहीं ।’

‘आ गये बेटा! इन्हें पहचानते हो-?’

‘ नहीं पिता जी नहीं’

‘अरे ये वही शास्त्री जी हैं जो तुझे बचपन में प्यार से राजू कहते थे और बहुत प्यार करते थे, जब आते तो तेरे लिए विस्कुट या पापिन्स अवश्य लाते, यही नहीं कन्धो पर बैठाए तुझे इधर-उधर घुमाँ लाते जबकी.... . जबकी क्या पिता जी राजीव ने पूछा।”

कई बार तुमने इनके कन्धो पर सू..सू......।

सभी हँस पड़े। राजीव की आवाज सुनकर उसका लड़का भी वहाँ आ गया था, वह अभी चार वर्ष का था। राजीव ने साष्टांग प्रणाम किया और बेटे को भी प्रणाम कराते हुए कहा-“ इनके हाथों में तुम्हारे पिता जी का काफी बचपन गुजरा है ये पूज्य हैं, बन्दनीय है!! शास्त्री जी का व्यक्तित्व वाकई में आदर्श पुरूषों जैसा था। चेहरे पर घनी श्वेत मूछें ललाट पर कस्तूरी चन्दन सिर पर गाँधी टोपी लम्बा खद्दर का कुर्ता और बड़ा सा गमछा यही उनका पोशाक था। उनका आकर्षक व्यक्तिव प्रायः ही लोगो को प्रभावित कर लेता था। पिता तो क्या, बेटा भी उनसे बड़ा भक्त बन गया, यही नहीं पूरा परिवार उनकी आव भगत में जुट गया।

‘अगली सुबह समय से उठकर, नित्यक्रिया नाश्ता कर और शास्त्री जी तैयार हुए, उन्होंने सोचा यहाँ रहकर श्रीव्रत की खोज नहीं हो सकेगी। क्योकि यहाँ लोग अब ऊँची सोच के हो चुके हैं, माँनता हूँ कि सीताराम में अभी परिवर्तन नहीं हुआ है? उसने परिस्थितियों को भोगा है और दुर्दिन देखे हैं। वे तैयार हुए तो सीताराम ने कहा-‘जिस उद्देश्य के लिए आप आये हैं उसके लिए तैयार हो जाइए। नहीं सीताराम, तुम कल भी काम पर नहीं गये थे, नुक्सान न करो, मैं आज पता करूँगा। जहाँ वह रहता था वहाँ से तो

शायद ही पता चल पाये कि कहाँ किस जेल में है? जिस कोर्ट ने उसे सजा सुनायी होगी वहाँ से पता चल सकता है

राजीव भी आ गया। उसने कहा-'बााबू जी, आप भी तैयार हो गये और बताया भी नहीं, इतनी जल्दी भी क्या थी? आप किसी की खोज करने आये हैं, माँ जी कह रही थी। पिता जी तो कुछ बोलते ही नहीं ।

हॉ बेटा! जिसकी खोज कर रहा हूँ वह भी इसी परिवार का सदस्य था। एक समय था जब हम तीनो एक साथ रहते, काम करते और खुश थे। तुम जानो भी कैसे? तीनो दिशा के यात्री हो चुके हैं? बेटा...। तीनों के पास पैसा भले ही न था, किन्तु ईमानदारी, नैतिकता, प्रेम और दूसरे के प्रति समर्पण भर पूर था। यही कारण है कि एक दूसरे को चाहकर भी न भूल सके। दुनियॉ अपने लिए दुःखी है और हम दोनों मित्र के लिए। हॉ इतना जरूर है कि मित्रों में केवल श्रीव्रत ही दुखी है वाकी तो सभी ठीक हैं। मैं तो पहले तुम्हारे पिता के प्रति चिन्तित रहता, क्योंकि उनकी स्थिति खराब थी, किन्तु आज उसकी सम्पन्नता से हृदय गदगद है और प्रसन्नता को व्यक्त नहीं कर पा रहा है उन्होंने राजीव को श्रीव्रत के बारे में सब कुछ बताया।

'राजीव की आँखे सजल थी, उसने कहा-बाबूजी! आप मेरे साथ चलें आज ही उनके बारे में जानकारी हो जायेगी?'

'वह कैसे बेटा.....?' शास्त्री जी ने पूँछा?

'उसी थाने से जहाँ प्राथमिक दर्ज होगी? राजीव बोला,'

'वहाँ से तो कुछ लोगों ने पता किया था किन्तु कोई खबर न मिली,'

राजीव-मिलेगी बाबूजी, मिलेगी। वह विभाग बहुत गन्दा हो गया है

दक्षिणा बगैर कथा नहीं सुनाता। सब को अपने जैसे न समझिये। साथ चलने के लिएशास्त्री तैयार हुए राजीव के पास निजी गाड़ी थी। तीनों बैठे और उस पुलिस चौकी पर पहुँचे जहाँ प्रथम रिपोर्ट हुई थी। वहाँ के प्रभारी ने बताया कि श्रीव्रत के ऊपर दफा ३०२ लगा है उस समय यहाँ के थाना इन्चार्ज वी०के० डावरा थे। रही बात मुल्जिम कहाँ किस जेल में है यह

तो न्यायालय से ज्ञात हो सकेगा। राजीव ने प्रभारी से कहा-'कृपया यह पता करायें कि वे किस जेल में हैं, जो सेवा होगी वह कर दूगाँ।

अजी सेवा की क्या बात, में तो खुद ही आप सब का सेवक हूँ। वह शास्त्री जी के खादी वेश भूषा को गौर से देख रहा था।

राजीव-'कुछ तो सहयोग करेंगे?'

प्रभारी-'अपना पता लिखा दीजिए, कोशिश करूँगा।

'राजीव ने लपेट कर पॉच सौ का दो नोट उनको दिया।

'अजी इसकी क्या जरूरत, है? हमे तो सरकार खुद इतना देती है कि नमक रोटी चल जाता है'

यह तुच्छ भेंट तो आप के अतरिक्त परिश्रम के लिए है समय निकालकर जायेंगे। फिर न्यायालय या जेल से जाँचना होगा?

'उसने पुनः शास्त्री जी की खादी की तरफ देखा और कुछ सोचने लगा। फिर बोला-'यदि आप देना ही चाहते हैं तो गेट के पुलिस को दे दीजिए आप का काम शाम तक हो जायेगा।'

मुख्य गेट पर खड़े पुलिस को पैसा देते हुए-राजीव बोला-इसे ले लीजिए,

'पुलिस-'जी किस बात का?'

राजीव-प्रभारी इंस्पेक्टर ने कहा है कि तुम्हे दें दूँ।

वह मुस्कराते हुए बोला-'अच्छा-अच्छा कोई बात नहीं।'

शाम के करीब छः बजे प्रभारी ने शास्त्री जी को फोन पर बताया कि मुल्जिम श्रीव्रत विगत दो वर्षो से नासिक जेल में है उन्होंने और भी आवश्यक बातें बतायीं।

अगले दिन तीनों नासिक जेल पहँचे। देर होने से बैरक के सिपाही ने बताया मिलने का समय समाप्त हो चुका है अब पर्ची नहीं बनेगी।

शास्त्री-'दूर से आया हूँ यहाँ कहीं रूकने का भी ठिकाना नहीं कृपयाः..,वे नम्र भाव में गिड़गिड़ाये। उसने झिड़क कर कहा'' न जाने कहाँ से

चले आते हैं..? कहा न अब कोई पर्ची न कटेगी। दूर से आये हैं। या पास, क्यो आये हो कोई बुलाने गया था ? कहाँ रूकेंगे? कौन कहता है रूको, चले जाओ....दिमाग खराब कर देते हैं।

सीता राम और शास्त्री जी आगे थे, राजीव पीछे रूक गया, इस बार सीता राम ने निवेदन में कहा भला आप से कौन उलझ सकता है बेटा! तुम भी किसी के बेटे हो मान लो मेरी जगह तुम्हारा ही पिता होता तो...,रहम करो, तीन पर्ची न काट सको तो (इशारा करके इन्है ही मिला दो)

'ओह! अच्छी वकालत कर लेते हो मैं भी आज न जाने किसका मुँह देखा था कि दुनियॉ भर के भूखे ही तशरीफ लाते हैं अरे भाई दिमाग तो वैसे ही कमजोर है ऊपर से और न चाटो।'

शास्त्री जी को क्रोध आया, कुछ कहने ही वाले थे कि तभी राजीव आ गया। उसने पूछा बाबू जी क्या बात है?

शास्त्री -अब पर्ची नहीं बनेगी'।

'क्यों....?राजीव ने पूछा',

'पर्ची के लिए दस मिनट देर हो चुकी है शास्त्री ने कहा।

राजीव-अरे बापू जी! युग बदल चुका है और आप सब अभी अपने ही युग में रमें हैं आप देर से पहुँचे हैं वह भी मात्र दस मिनट कल आधे घण्टे पहले पहुँचकर देखिएगा तब भी नहीं मिल सकेंगे।'

दोनों सकते से मुँह ताकने लगे तभी राजीव ने कहा-'बाबूजी मुँह न देखिए, अब नैतिकता का लोप हो चुका है वह समय आ चुका है कि बगैर सुविधा शुल्क के कोई कार्य सम्पन्न नहीं हो सकता। आप आने को रोज आइए। देखिए चॉदी का जूता मारकर उनसे मिलता हूँ कि नहीं, इतना कह कर राजीव पुलिस के समीप पहुँचा जहाँ वह रसीद की चौपड़ी बन्द कर चाय पी रहा था। राजीव ने सौ का नोट बाहर निकाला।

हवलदार ने मुस्कुराते हुए पूछा-' किससे मिलना है ? बनाना ही पड़ेगा और हॉ कितने लोग मिलना चाहते हैं

पहले आप चाय फेक दें, बदले में ठण्डा पिला दूँगा, मेरा काम शीघ्र कीजिए।

उसने चाय फेंकते हुए कहा-जो आज्ञा बाबू जी.. तुरन्त पर्ची बनाता हूँ। शास्त्री और सीताराम जो कुछ पीछे खड़े थे अब वे भी वहाँ आ गये । शास्त्री के मुख से निकला, "हायराम! कैसा युग आ गया है? ये स्वार्थ लोभी कुत्ते देश की रही सही अस्मिता और वजूद नोच कर खाजायेंगे । मेरा बस चले तो इन दरिन्दो -घूसखोरो के मुँह नोच डालूँ ।'

सीता राम-"हॉ भैया!कदम-कदम पर ई ससुरा घूस मुँह बाये खड़ा मिल जाता है। नैतिकता तो जैसे समाप्त ही हो गयी। हमारा तो वही युग ठीक था, शास्त्री, नेहरू,गॉधी का।'

शास्त्री-'अरे इन ससुरो को क्या मालूम,ये कल के छोकड़े हैं। बीसो दिन जेल में काट चुका हूँ, देश ऐसे थोड़े आजाद हुआ है'

राजीव अनमने मन से उनकी बातें सुनता रहा और सोचता रहा, कितने निष्ठावादी विचार है, सच है कि भ्रष्ट और घूस खोरी हमारी नैतिकता और शाख को नष्ट करती जा रही है

राजीव ने- पूछा क्यो पर्ची बनी?'

'बस तैयार ही होने वाली है, किन्तु यह बताएँ ये लोग कौन हैं?

राजीव-"इनकी बातों का बुरा न मानों ये नैतिकता, ईमान दारी के सच्चे पुजारी हैं। जिस देश में हम सीना ताने चल रहे हैं और मनमानी कर रहे हैं उस की आजादी में इनका सक्रिय योग दान रहा है तुम्हीं बताओ पेड़ लगाने वाले को जब ज्ञात हो कि उसके पेड़ का फल तो कड़वा होता है तो उसे कितना कष्ट होगा ? जिसने उसे श्रम से खींचकर बड़ा किया है ये पक्के गॉधीवादी विचारधारा के हैं। इनकी भावनाएँ शाश्वत गंगा जल सी पावन है।

राजीव की बातों से वह व्यक्ति प्रभावित हुआ, पर्ची बनाकर कक्ष से बाहर निकला। उसने शास्त्री जी से क्षमा माँगते हुए। बोला-' मैं बहुत शर्मिन्दा हूँ और गर्वित भी कि आपने मुझे नैतिकता की शिक्षा दी। आज से इस देश की सौगन्ध लेता हूँ कि घूस नहीं लूँगा और यहाँ कैदियों से मिलने आये लोगो का भरपूर सहयोग करूँगा। उसने घूस -लिए पैसे लौटा दिये सहसा उसकी मुद्रा को देख गंभीर हो शास्त्री जी ने पूछा बेटा किस सोच में डूब गये, न ही पूछें तो अच्छा होगा। उसने कहा।

'बेटा! बात कह देने से दिल का बोझ हल्का हो जाता है और मन में रखने से दिल भारी बना रहता है शास्त्री जी ने कहा। वह बोला 'बात, बताने योग्य नहीं है फिर भी सुनिये, घूस के लिए ऊपर से दबाव पड़ता है घूस न लेने से विभाग मुझे बदल कर भीतर कैदियो की देख-रेख में भेज देगा।

सीता राम-'बेटा! ईमान से बोलना कि तुम जो गलत ढ़ग से कमाते हो उससे कितना उन्नति हुई है?

ओफ! उन्नति (गहरी साँस छोड़ते हुए) पत्नी तो कभी बच्ची बीमार रहती है, उन्हीं के दवा भोजन भर का हो जाय उसे ही बहुत बड़ी उन्नति समझिए।'

सीता राम -'बेटा! ईमानदारी का कमाया पैसा सदा फलदायी और सुख देता है उसे चाहकर भी गलत तरीके से खर्च नहीं कर सकते, दूसरों को सता कर कमाया पैसा साथ में सूद भी लेकर जाता है रही बात महसूस करने की तो व्यक्ति समझ नहीं पाता। शनैः शनैः उसमे विवेक शून्यता आ जाती है अपने अवैध कार्य को श्रेष्ठ मान बैठता है तुम स्वयं विचार करो की जेल कौन जाता है? मिथ्या आरोप में फँसाया गया कोई निरीह, बेसहारा गरीब, प्रायः अपराध मदान्ध-जाहिल या अज्ञानियों से ही होता है किन्तु आत्म सम्मान के रक्षार्थ भी कुछ अपराध हो जाता है, जो अनचाहे में आकस्मिक, अनियोजित घटित होता है आत्मीय जनों में मिलने मजबूर व्यक्ति ही आते हैं मानसिक संत्रास से तस्त्र परिवार जनों के पास पैसे नहीं होते किन्तु प्रिय जनों हेतु कहीं न कहीं से उधार लाकर घूस के पैसे तो देने ही पड़ते हैं, उन्हीं पैसो में गरीबो की आह और दुःख छिपे रहते हैं। रही ईमानदारी से रहे तो आज के बाद तुझे दवा के लिए परेशान न होना पड़ेगा। घर में खुशियॉ ही खुशियॉ फैल जायेंगी । अन्त में तीनों भीतर बड़े हाल में बैठे करीब आधे घंटे बाद श्रीब्रत को बाहर लाया गया। पहले तो सिपाहियो ने उससे कहा कि कोई मिलने आया है तो वह सकपकाया, सात वर्ष में पहली बार उसके कर्ण-पटल ने सुना कि कोई मिलने आया हैघोर आश्चर्य होना स्वभाविक था सोचने लगा कि अभी उसका अपना कोई है सोचता था कि किसी न किसी दिन शास्त्री जी अवश्य आयेंगे । जब अकेला होता तो अतीत की तमाम बातें मानस-तल पर उमड़-घुमड़ आती और मन वेदना ग्रस्त हो

उठता। कॉश! पुत्री का ब्याह उसके जहन में न होता तो कब का प्राण त्याग चुका होता। वह दिन-रात मन वाणी से बोधू को कोस रहा था।

श्रीव्रत के चेहरे पर बढ़ी हुई डाढ़ी और बाल थे। जैसे ही शास्त्री और सीताराम की दृष्टि उस पर पड़ी तो स्तब्ध रह गये वह सूखकर काँटा हो चुका था। दोनों भावुकता को रोक न सके और मित्र को गले से लगा कर ऐसे भेंटने लगे जैसे कोई लड़की ससुराल जाते समय भेंटती है भावुकता में शास्त्री जी इतना डूब गये थे कि कुछ बोल ही न पाये और समय भी पूरा हो गया जिस समय उन्हें बताया गया कि मिलने का समय समाप्त हो गया है तो शास्त्री जी को जैसे साँप सूँघ गया हो। वे उसे ताकते रहे और आँसू-आँखों से झर-झर गिरते रहे उन्हीं के सामने पुलिस श्रीव्रत को भीतर ले गयी उसने जाते-जाते सीताराम से हाथ जोड़े भावुकता पूर्ण दृश्य था सीताराम के नेत्र सजल थे वह बोला-धैर्य रखो मित्र राजीव ने तो इतना घनिष्ठ प्रेम कभी न देखा था। उसकी आँखें प्रेम की पराकष्ठा को देख कर पसीज आयी थी। शास्त्री जी को ढ़ाढस बँधाते हुए कहा- 'बापू जी! आप धन्य हैं, मानव के रूप में फरिश्ते हैं, देवता के जिस देवत्व की कल्पना का उदाहरण दिया जाता है वह आप में विद्यमान है। काश! मानव इसी भाँति प्रेम का मूल्य समझता तो वह महान बनकर देश के विकास की चरम सीमा तक ऊँचा उठ सकता है मेंने महसूस किया कि आप जो कुछ कहना चाहते थे। वह प्रेम की शाश्वत धारा के प्रवेग में डूब गया। यदि आप चाहें तो मैं परसो पुनः चाचा श्रीव्रत से भेंट करवा दूँ। एक बार पुनः मिलना उचित होगा।चाचा जी कुछ पूँछना चाहते थे किन्तु समय समाप्त होने से पुलिस उन्हें भीतर खींच ले गयी। उनकी मन भावनाएँ भीतर ही कुंठित और दब गयी।

शास्त्री कुछ न बोल सके मौन खड़े जड़वत कुछ सोचते रहे शायद उन्हें अतीत की कुछ बातें याद आयी हो। आज श्रीव्रत जिस बात की सजा भोग रहा था उसके जिम्मेदार स्वयं थे। उन्होंने ही तो विवाह हेतु उसे विवश किया था। अब उसे कैसे छुड़ाया जाय, शायद उसी विचार भाव में खोये थे। भाव मुद्रा भंग हुई, उन्होंने समक्ष सीताराम और राजीव को देखा ?

बाबू जी! परसों हम चाचा जी से फिर भेंट करेगे, आप का क्या विचार है?'

शास्त्री-“बेटा! कल ठीक नहीं, मुझे शीघ्र घर लौटना है, सभी प्रतीक्षा में होंगे।

राजीव-“किसी कैदी से रोज नहीं मिला जा सकता मिलने का भी कुछ नियम है”।

‘पूछने में क्या हर्ज? वे पर्ची काटने वाले व्यक्ति के पास पहुँचे, उसने बताया कि नियमतः किसी भी कैदी से कोई व्यक्ति सप्ताह में एक ही बार मिल सकता है, किन्तु लोग ले-देकर दो बार भी मिलवा देते हैं।

राजीव ने पूछा-‘परसो...?’

सम्भव नहीं है, क्योकि मैने गलत काम न करने की कसम ली है नैतिकता से जुड़ने का संकल्प लिया है जो अब नहीं टूट सकता। पीठ ठोंकते हुए शास्त्री जी बोले-‘धन्य हो बेटा! काश ऐसे ही लोग हो जाय, तो वह दिन दूर नहीं, हमारा देश पुनः सदाचारियों से भर जायेगा और हम विकास के क्षेत्र में बहुत उन्नति करेंगे। उन्होंने राजीव से कहा-मैं श्रीव्रत से बाद में मिलूँगा अब उसका पता तो लग ही चुका है चलो घर चलते हैं। तभी तीनों गाड़ी में बैठे और मुम्बई के लिए रवाना हो गये। उसी शाम शास्त्री जी घर चले गये ।

-: सात :-

शास्त्री के चले जाने से सीताराम का घर सूना लगने लगा। वे जितने दिन थे, खुशी और चहल-पहल का वातावरण था। सभी घर पर साथ थे, वाकी दिनों में तो कभी सीताराम है तो राजीव नहीं, राजीव है तो सीताराम काम पर होता था बच्चे तो दिन भर शास्त्री जी को छोड़ते ही न थे उनके साथ उठते-बैठते-खेलते और कविताएँ सुनाते। शास्त्री जी में बच्चों को बस में करने की कला थी वे उन्हें अच्छी-अच्छी कहानियाँ सुनाते प्यार करते खुद उन्हीं की तोतली बातों में बोलने का भी प्रयास करते थे सुबह जिस दिन पूजा करने में शास्त्री को देर होती तो बच्चे उन्हें न करने देते, कोई शंख बजाने की कोशिश करता तो कोई घंटी जिसे कुछ न मिलता शास्त्री जी की कितावों

को झूठे पढ़ता। बच्चों के इस हुड़दंग से अजीव सा मनोहारी दृश्य उत्पन्न हो उठता ।

गाड़ी में जाते हुए शास्त्री जी के मन पर कभी नन्हें-मुन्ने बच्चों का दृश्य तो कभी सीताराम और राजीव का उभर आता और तब हृदय यादों के सघन घेरे में बन्द छटपटाने लगता। उनका चार दिन कैसे कटा समझ ही न आया। वे अभी कुछ सोच रहे थे कि तभी श्रीव्रत का स्मरण हुआ, निर्वल निस्तेज चेहरा, प्रेतों से बिखरे दाढ़ी-बाल, अन्तरात्मा रो पड़ी, मन उद्विग्न हो उठा और सोचने लगे, हे ईश्वर तेरी सृष्टि में एक निर्दोष, यातना भोग रहा है और आप की आँखे बन्द हैं, यह कैसा न्याय है? क्या तेरे यहाँ न्याय के सभी द्वार गरीबों के लिए बन्द है? क्या गरीबों के अलग देवता हैं? शास्त्री की आँखों में नींद नहीं थी, सनामन्न सोते उस डिब्बे में शायद वही ऐसे थे जो जाग रहे थे। सहसा सोचने लगे इस उम्र में इतनी चिन्ता उचित नहीं, तभी वे गीता के कुछ श्लोक पढ़ने लगे, आश्रय था सृष्टि में जो होता है वही हरि प्रेरणा है उसे होने दो उसके मध्य रूकावट नहीं डालना चाहिए। समय पूर्ण होते ही सब कुद्द स्वयं या किसी माध्यम से सामान्य हो जाते हैं। वे सोचना बन्द कर आँखे मूँदें सोने का प्रयास करने लगे और थोड़ी देर ही प्रतीक्षा में नींद भी आ गयी। पलक झपते ही श्रीव्रत उनके समक्ष आया। उसके चेहरे पर बढ़े बाल, कृषित शरीर और बड़े-बड़े नाखून थे। उसने कहा-'मेरी हीन दशा का वर्णन मेरी बेटी के सामने न करना नही तो वह रो-रो कर प्राण त्याग देगी मित्र! मैं तो उसे कोई सुख न दे सका, किन्तु तुम उसे बहू बना कर ढेर सारी खुशियॉ उसके आँचल में डाल दोगे क्योंकि तुम उसके ताता हो और वेहद प्यार करते हो।

आज मैं मित्रता का मूल्य माँग कर उस पवित्र संबन्ध को स्वार्थ-बन्धन से जोड़ने का आग्रह करता हूँ। पूर्ण विश्वास भी है कि मेरा अनुरोध आप को मान्य होगा।'

सहसा चहल-पहल और शोर गुल से शास्त्री की निद्रा भंग हुई उन्होंने सामान समेंटना प्रारम्भ किया, क्योंकि अगले स्टेशन पर उतरना था। प्रातः पॉच बजे ही वे घर पहुँच गये। पौ फटने लगी थी। पेड़ो पर चिड़ियॉ चहचहा रही थी। उन्होंने दरवाजे पर दस्तक दी साक्षी ने दरवाजा खोला। उसकी आँखो में झाँकते हुए शास्त्री ने देखा-ऐसा लगा बहुत देर से जाग रही

हो। उन्हें शंका हुई कि कहीं पिता की यादें इसे सोने में बाधा तो नहीं पहुँचाती। उन्होंने मुस्करा कर पूछा-'कहो बेटी! सब कुशल तो है..? 'जी' किन्तु..? वह बोली।

शास्त्री जी-'हॉ, हॉ, सब ठीक है, श्रीव्रत मिला था। वापू का नाम सुनते ही उसकी आँखे चमकी और प्रेमाश्रु उमड़ आये। झट बोली-' कहो ताता...? कैसे हैं, क्या कहा है..? यही कहा होगा कि जल्दी आऊँगा। इतना कहते हुए शास्त्री जी के सीने से लग कर वह सुबकने लगी। रूआँसे स्वर पुनः बोली-'यही तो कह कर गये थे किन्तु धीरे-धीरे ६ साल से अधिक हुआ और आये नहीं।

दिल को कैसे संतोष दूँ ताता, न जाने क्यों आँखें देखने को बेचैन और मन लालाचित है लाख प्रयास के पश्चात् भी ध्यान अलग नहीं होता। अवश्य ही उन्हें भी कष्ट होगा। या फिर मुझे याद करते होगें। वह बच्चों की भाँति, जोर-जोर से रोने लगी। पिता के स्मरण में कुछ अधिक ही भावुक हो उठी थी। शास्त्री जी ने सोचा, यादों का सम्बन्ध गहरा होता है। यादें बेतार के तार की भाँति प्रिय के हृदय को अनुभूतियों की छुवन से प्रवाहित करती है। वे श्रीव्रत के दुःख को देखकर आये थे। बन्दी गृह वास्तव में नर्क है उनकी आँखों के समक्ष सहसा श्रीव्रत का प्रेत सा रूप उभरा और स्वयं को रोंक न सके, आँखे नम हो गयी। भीतर से सावित्री दौड़ी आयी। उसने पति और साक्षी को भावुक देखा तो समझी कि अवश्य ही श्रीव्रत के साथ कोई अप्रिय घटना घटी है वह भी रोने लगी। क्षण भर में पूरा घर रूदन की झनकार में डूब गया।

माता-पिता की मृत्यु पर भी शास्त्री को इतना दुःख न हुआ था। सावित्री स्वयं को संयमित करते हुए शास्त्री जी को चुप कराने लगी उसने कहा-'जब आप ही इतना अधीर हो रहे तो बेटी को कौन समझायेगा? आखिर बात क्या है? भाई साहब कहाँ हैं? भाई साहब ठीक तो हैं?

'नहीं' नहीं' सुन सावित्री चिल्ला पड़ी, आखिर उन्हें क्या हुआ था? उसने पूछा ऐसी कोई बात नहीं है सावित्री! वे जेल में हैं, शास्त्री जी ने भावुक स्वर में कहा। सक्रोध सावित्री बोली-जेल मर्दों के लिए बना है, आप भी धन्य हैं, जेल में हैं तो बाहर लाने का प्रयास करो। मन अधीर बनाने से कहीं बाहर आ जायेंगे क्या? उसने कहा ।

शास्त्री-' तुम जानती हो कि मेरा हृदय बहुत उदार ओर कमजोर है मैं अपने मित्र को जिस रूप में देखकर आया हूँ वह सहय न हुआ, मेरा बस चले तो जेल व्यवस्था ही समाप्त कर दूँ। यह कैसा न्याय है कि एक निर्दोष व्यक्ति यातना भोग रहा है, ऐसे भ्रष्ट और अन्धे कानून से ठीक तो अंग्रेजो का ही समय था।

सावित्री-'कानून तो कानून होता है बगैर उसके देश में अराजकता और अत्याचार बढ़ता है, रही बात कानून के उचित प्रयोग न होने की तो इसमे कानून व इसके निर्माता का क्या दोष? बल्कि कानून पालकों और रक्षकों की लापरवाही है उचित-अनुचित पर आश्वस्त हुए बगैर ही मुल्जिम को कैद खाने में डाल देते हैं।

शास्त्री-'सावित्री ..! क्षेत्रीय पुलिस को घटना के तह तक उतर कर जॉच करना चाहिए था। तुम्हीं बताओ कि जब श्रीव्रत पुलिस से कह रहा था कि विद्या ने आत्महत्या स्वेच्छा से की क्योंकि उसका बोधू से शारीरिक सम्बन्ध था। चारित्रिक हनन और पश्चाताप न सह सकने के कारण ऐसा किया।

सावित्री-'ओह! तो विद्या और बोधू का अनैतिक सम्बन्ध था?'

शास्त्री-'हॉ सावित्री, हॉ पुलिस और वकीलों ने तो इसी विन्दु को उछाला कि बोधू का प्रेम श्रीव्रत से सहय न हुआ और उसने विद्या की हत्या कर दी और दरिया में फेंक दिया।

सावित्री-'ऐसा भी हो सकता है?'

साक्षी-'नहीं माँ जी! नहीं ! मेरे बापू ऐसे नहीं हैं, वे ऐसा घिनौना भाव सोच ही नहीं सकते। बोधू को तुम नहीं जानती वह तो मुझे मार डालना चाहता था । उसी कमीने ने मेरा अपहरण किया था। उस नीच, कुत्सित, पापी को ईश्वर सजा देगा।

शास्त्री-हॉ बेटा! उसे ईश्वर सजा देगा। अच्छे बुरे कार्यो को वह देखता और उचित फल देता है रही बात श्रीव्रत की तो मैं शीघ्र ही उसकी दबी फाइल निकलवा कर बहस कराऊँगा और जैसे भी बन पड़ेगा उसे छुड़ाने का प्रयास करूँगा।"

साक्षी-'उन्हें कितने वर्ष की सजा मिली है?

शास्त्री-'आजीवन कारावास पुनः साक्षी की आँखें सजल हो उठीं भीतर चली गयी। शास्त्री जी भी सावित्री के साथ घर के आँगन में आये। जल पीने के पश्चात् उन्होंने सावित्री से पूछा-' प्रकाश तो नहीं आया था?

सावित्री-'आया था किन्तु दूसरे दिन चला गया। बाम्बे के मेंडिकिल कालेज की प्रवेश परीक्षा में उतीर्ण हुआ है ईश्वर ने चाहा तो मेंडिकल कालेज में दाखिला मिल जायेगा ।

शास्त्री-'पी०एम०टी०। हॉ बता रहा था कि योग्यता क्रम की सूची बनेगी।

शास्त्री-'सुन लो सावित्री, में पहले से कहता था कि मेरा बेटा डाक्टर बन के रहेगा।

कई दिन के बाद लौटने से लोग सुबह से ही मिलने आने लगे थे। शास्त्री जी ने बेटे की सफलता की बात सब को बतायी। डाक्टर राम देव तो लड्डू के लिए अड़ गये। शास्त्री जी दो किलो लड्डू मँगवाये। सब ने लड्डू खाते हुए दुआएँ दी, पी०एम०टी० में उसकी अच्छी मेंरिट है इस बात को प्रकाश के मित्र चन्दू ने बताया।

सूर्य अस्ताचल की ओर बढ़ा रात हुई, भोजन के पश्चात् सभी सोने के लिए अपने-अपने शयन कक्ष में चले गये। साक्षी की आँखो में नींद कहाँ, वह विस्तर पर लेटी बापू की पुरानी तस्बीर को देख कर रो रही थी। रोते-रोते आँखो के कोर रक्तिम थे उसे बचपन के दिन याद आने लगे, बापू से उसे माँ-बाप दोनों का प्यार मिला, तुम्हे कैसे भूल जाऊँ बापू आपने मुझे जो प्यार दिया शायद ही कोई माँ या बाप अपनी संतान को दे सकेगा। मेरी आँखो की नींद के लिए रात-रात जागते रहे आपकी गोद में पलकर बड़ी हुई, बापू ! बापू !! कहकर सुबकने लगी। उसकी आत्मपीड़ा की पुकार बापू तक पहुँचती और उन्हें बेचैन करती थी।

-: आठ :-

कारागार किसे प्रिय है..? मानसिक असंतोष, परतन्त्रता और एकाकीपन आत्मक्लेश की पीड़ा आदि व्यक्ति के मन को खोखला कर डालते हैं। किन्तु इन सब का दुष्प्रभाव महज उन्हीं लोगों पर पड़ता है, जिनमें आत्म निष्ठता और मानवीय संवेदना होती है किन्तु जो हत्यारे अथवा जन्मजात अपराधी होते हैं उन्हें जेल जाने अथवा कैदी का जीवन जीने की पीड़ा नहीं छू पाती। वह व्यक्ति जिसने कभी भी किसी प्रकार का अपराध न किया हो किसी को दुःख न दिया हो, सत्य ग्राही और मिथ्या से दूर रहता हो, जो समाज के न्याय-अन्याय को भली भाँति जानता हो वह अपराध करना नहीं पसन्द करता। बेचारे श्रीव्रत सरल जीवन सादा व्यक्तित्व, उत्तम सोच और सात्विकता पूर्ण भाव-स्वभाव के होकर भी कारागार की यातना भोग रहे हैं, उनके भीतर का व्यक्ति, निर्वल एवं हीन बन चुका है, और जीवन उन्हें बोझ सा लगने लगा है कारागार में उनका भी जीवन, सरल एवं संतो सा है उन्हें वृद्धावस्था में भी कठिन श्रम करना पड़ता है और श्रम से समय बचा कर सुबह शाम ईश्वर की आराधना करना, जेल के ही प्राँगण में तुलसी का बिरवा रोप कर, उनकी उपासना आदि करना ही उनका जीवन क्रम बन चुका है इतना सब करते हुए भी जब उन्हें सोने का अवकाश मिलता है तो रात्रि की सधन-बेला में एकाकी मन पर अतीत की कोमल यादें तिरने लगती है, कभी साक्षी और उसकी माँ तो कभी शास्त्री जी साक्षी की माँ पार्वती का आर्कषक स्वभाव था जो हँसमुख कुशल गृहणी थी। वह छाया की भाँति पति के साथ लगी रहती, एक बार श्रीव्रत तीन दिन के लिए बीमार पड़ा तो पार्वती दिन-रात जागती रही, ज्वर पीड़ित श्रीव्रत ने पत्नी से कई बार कहा भी आराम कर लो भाग्यवान, आज दो दिन से तुम दिन-रात मेरे ही समीप बैठी हो, कहीं तुम भी बीमार न पड़ जाओ।

"मुझे कुछ नहीं होगा जी, ईश्वर से यही प्रार्थना है कि आप को जल्दी ठीक कर दें। आखिर तीसरे दिन मैं ठीक हो गया। पार्वती मंदिर जाकर प्रसाद चढ़ाई और संकट मोँचन हनुमत की खूब पूजा-अर्चना की। वह साध्वी नारी थी, ऐसी सरल सुशील पत्नी ईश्वर सब को दे, मेरी बेटी अब बड़ी हो गयी होगी, कितना दुर्भाग्यशाली हूँ कि चाहकर भी पुत्री को प्यार न दे सका।

मुझे माफ कर देना पार्वती...तुम्हारी बेटी साक्षी, जिसको न तुम्हारा प्यार मिल सका न मेरा, तुम्हे शास्त्री जी पर भरोसा था वे निश्चित ही मानव के रुप में फरिश्ता बनकर हमारे जीवन में आये, तुम्हारी बेटी को माँ-बाप दोनों का प्यार दे रहे हैं। बेटी के प्रति चिन्ता-रहित हूँ क्योंकि उसे बेहतर सुख सुविधा मिल रही होगी। जब तक तू जीवित थी तो में स्वयं को दुनियाँ में सबसे भाग्यशाली समझता था तेरा समर्पण, सेवा भाव, स्वार्थहीन प्रेम को आज तक नहीं भूल सका। जहाँ तुम्हारे स्नेह सहयोग से मेरी जीवन-वाटिका में सदैव ऋतुपति का पहरा था वहीं आज तुम्हारे विछड़ जाने से यह जीवन-उद्यान मरूस्थल जैसा शुष्क पुष्प हीन एवं गंधहीन है। नींद न आने से श्रीव्रत विस्तर से उठा और जेल प्रांगण में चहल कदमी करने लगा। सुनसान वातावरण भंग करती बंदी रक्षको के बूटों की ध्वनि, बंदी गृह के बाहर गधों के रेंभाने की आवाज जो निशा के शान्त वातावरण को भेदकर अन्दर तक सुनायी दे रही थी। वह जीवन से थकने लगा था। उसकी जिजीविषा शक्ति मरने लगी थी, अब उसे पुत्री के बाद कोई प्रिय था तो वह मृत्यु थी। मानव जीवन का क्या कहना.? विविध रंग और स्वरूप .। काश उसमे मानसिक अन्तर्द्वन्द, घुटन,टूटन और आत्मीय विद्रोह की पीड़ा न हो तो वह आनन्द स्रोत होता ही है साथ ही साथ उम्रवर्धन में भी सहयोगी बना रहता है अन्तर्मन की टीस या वेदना मानवीय जिजीविषा शक्ति का ही ह्रास नहीं करती वरन वह भीतर ही भीतर आत्म-संचेतना को भी उत्साह हीन निस्तेज एवं खोखला बना देती है मानव जीवित रहते हुए भी मृत सदृश हो जाता है, ठीक वैसी ही स्थिति थी श्रीव्रत की।

*****

कांजीग्राम की मनोहर सुबह, तरूओं पर पक्षियों का चहचहाना सुखद वायु आदि स्वास्थ्य के लिए शक्ति वर्द्धक थे। ऊषा काल में ही शास्त्री जी विस्तर छोड़ देते और भ्रमण पर निकल पड़ते, लौट कर संक्षिप्त व्यायाम करते, स्नान-ध्यान के पश्चात् ही कुछ ग्रहण करते थे प्रकृति के अधिक करीब रहने से उनकी उम्र का आंकलन कम होता, प्रायः शास्त्री के बाद सावित्री उठती, फिर घर के अन्य लोग, परिवार की यही दिनचर्या थी। सावित्री उठी तो उसने देखा-शास्त्री अभी विस्तर पर ही पड़े हैं। पत्नी का हृदय धड़का कहीं बीमार

तो नहीं हुए, समीप पहुँचते हुए पूँछा-'स्वामी! आज उठे नहीं.? हाँ सावित्री शरीर कुछ शिथिल था, फिर यात्रा की थकान शनै-शनै जायेगी।

'कही आप कुछ छिपा तो नहीं रहे हैं? पत्नी ने पूँछा।

नहीं सावित्री, रात अच्छी नींद न आयी, आयी भी तो विविध स्वप्नों में खोया रहा।

स्वप्न तो कायर एवं भाग्यवादी देखते हैं, मैं सोचती हूँ सत्य में जीवन-जीना उत्तम होता है युद्ध स्तर पर प्रयास करके आप अपने मित्र के मुकदमें की पैरवी कीजिए। चिन्ता की नियति को तो आप जानते हैं, वह आपको आपके व्यक्तित्व को खोखला कर देगी।

मैं यथार्थ में ही जीना चाहता हूँ सावित्री, कभी-कभी सत्य के चक्रव्यूह में फँस कर भी हम उभर नहीं पाते, तभी तो देर रात तक श्रीव्रत मन पर छाया रहा और सोने पर सपनो में वह मुझसे पूँछ रहा था कि मैं जो भोग रहा हूँ उसका वास्तविक अपराधी कौन है? में.., बोधू या आप..। असली गुनाहगार तो मैं ही हूँ सावित्री में।

सावित्री-'आप कैसे..? बोधू है

शास्त्री-' नहीं मैं इसलिए हूँ क्योंकि हठ पूर्वक मैने ही उसे विवाह के लिए प्रेरित किया था।वह अपनी प्रथम पत्नी पार्वती को बहुत प्यार करता था, दिन भर उसी की याद में डूबा रहता, मुझसे उसकी वह दशा देखी न गयी। मैने सोचा कि दूसरी पत्नी के आने पर शायद मन बँट जाय और जीवन में नई स्फूर्ति एवं खुशियाँ वापस आ जाए किन्तु ऐसा न हुआ, वह दिनों दिन और टूटता गया। पार्वती न उसके मन से निकल सकी न ही नयी पत्नी विद्या उसके अभाव को भरने में सफल हुई।'

"सावित्री का स्वभाव सरल एवं सात्विक वृत्तिपरक है, वह पति परायण है पति में ही नारायण का रूप देखती है छोटा और खुशहाल परिवार शास्त्री जी के दुख-सुख में कुशल गृहणी की भाँति अचूक औषधि सा कार्य करती है सदैव पति के भाव-स्वभाव को परखते हुए बात करती है शायद यही कारण है कि कभी भी उसके और शास्त्री जी के बीच कोई मन-मुटाव अथवा दूरी नहीं बनी उसका मानना है कि पति-पत्नी के मध्य दूरी तभी बनती है जब एक दूसरे के बीच विश्वास न हो, नारी होते हुए भी नारी

स्वभाव पर उसका विचार है कि वे उतावले या असयमित व्यवहार की होती है, जज्बाती या तुनक मिजाजी होने से परिवार में कलह या अन्तर्द्वन्द होना सहज है जहाँ नारी लक्ष्मी है, परिवार वातावरण को सजाने सँवारने में एक सफल सहयोगिनी है, वहीं, उसमे विनाश के भी लक्षण होते हैं। वह समय को बदलने में ही सक्षम नहीं है वरन् समय को गति भी दे सकती है वह अपने पति-पुत्र, भाई में पुरूषार्थ को ढूढती है और गुणी पुरूषार्थी, परम वीर पुत्र पति की आकांक्षिणी होती है उसमे आभूषणों, धन दौलत की भौतिक चमक के प्रति आकर्षण अधिक होता है कभी-कभी तो वह प्रलोभन की इतनी पराकाष्ठा तक पहुँच जाती है कि वह अपने चरित्र तक को गिरवी रख बैठती है

शास्त्री जी से मंत्रणा करते हुए सावित्री ने कहा-' संसार में कुछ असम्भव नहीं, फिर आप उन्हें छुड़ाने का प्रयास क्यों नहीं करते?

शास्त्री-' सावित्री! प्रयास तो कर रहा हूँ किन्तु यहाँ का कानून ही ऐसा है कि अपराध कोई करता है सजा किसी और को भुगतनी पड़ती है किसी भी झूठ को सौ बार सत्य ...सत्य ...सत्य कहने पर लोग सत्य ही मान बैठते हैं, अपराध चाहे जैसा हो किन्तु अपराधी के भय से यदि कोई गवाह न मिले तो अपराधी का बाल वाँका नहीं होता, ऊपर से यदि शासन अपराधी पकड़ने हेतु पुलिस पर जोर डाले तो निश्चित ही निर्दोष को पकड़कर डण्डे के बल पर अपराध कबूल करने हेतु बाध्य किया जाता है, यही है यहाँ का कानून..! सावित्री और शास्त्री जी आपस में बाते कर रहे थे कि तभी साक्षी भी आ गयी। शास्त्री ने देखा-साक्षी का चेहरा मुर्झाया हुआ था।

उन्होंने पूछा-बेटी! चेहरे पर उदासी..? बापू की याद आयी है क्या. ..? अरे! पगली, निश्चिन्त रह, इस वार श्रीव्रत को साथ लेकर लौटूँगा । भला वह दिन वाक्य अपूर्ण था और भावुकता से स्वयं को सँभाल न सकी सिसकती भीतर जाने लगी।

शास्त्री-'इतना अधीर होना उचित नहीं बेटी..। अरे ओ सावित्री.,!

सावित्री- बाहर पड़ोसन से बात कर रही थी, पति की आवाज सुनते ही खड़ी हो गयी। चलने को हुई तो देखा प्रकाश आ रहा था..वह बोली-बेटा तुम..? पाँव छूते प्रकाश ने कहा- हॉ माँ जी, बापू हैं.?

सावित्री-'हॉ',

खड़े बातें कर रहे थे कि तभी पुनः शास्त्री जी ने आवाज दी 'कहाँ निकल गयी?

सावित्री-'आप चाहते हैं कि हरपल पास बैठी रहूँ...,और भी काम है?

शास्त्री-"सावित्री! साक्षी को सँभालो यदि ऐसा ही रहा तो मनोरोगी हो जायेगी।

प्रत्यक्ष होते प्रकाश ने पाँव छूते हुए कहा- उसे कुछ न होगा बापू मैं देखता हूँ, वह सीधे साक्षी के कमरे में पहुँचा। औधे मुँह पड़ी सिसक रही थी। प्रकाश ठिठक कर रूका सोचने लगा अब वह अतीत के दिनों में खो गया था यही साक्षी है जो बचपन में साथ दिन-दिन खेलती बातें करते इतना बोलती की कान पक जाते, कितना तीब्र परिवर्तन? वह जितनी चंचल थी उससे अधिक गंभीर हुई है लगता ही नहीं वही है या दूसरी। हिरणी सी आँखे और भोलापन सहज ही किसी को भी सम्मोहित कर सकता है भीतर प्रविष्टि की आहट से उठ-बैठी तत्र्क्षण सहज होते पूँछी-"कब आये...?"

"बस अभी...अभी....तुम्हे हाल में न पाया तो भीतर चला आया। किन्तु क्यों कि ..? "साक्षी ने पूँछा।

बस ऐसे ही.., "अपने बापू के लिए तुम दुखी हो न?" प्रकाश ने पूछा । नेत्र नीचे झुके जो अश्रुपूरित थे, ..प्रकाश अपलक देखता रहा। फिर बोला-"चिन्ता से बुद्धि का क्षरण होता है साक्षी..! फिर बापू चाचा जी को छुड़ा कर ही चैन लेगें। तुम्हे चिन्ता नहीं करनी चाहिए?

साक्षी-" कथनी और करनी में अन्तर होता है प्रकाश ...., बापू मेरी आत्मा हैं तुम खुद समझ चुके होगे, आत्माहीन शरीर का क्या मूल्य ?

चाचा को खोजने पिता जी गये थे क्या हुआ...? वह और जोर से सिसकने लगी प्रकाश भौचक्का मुँह ताकता रहा, उसकी भी आँखों में आँसू उमड़ पड़े सिसकियॉ रोकते हुए साथी बोली-' वे बन्दी गृह में हैं।

किन्तु.... किन्तु क्यों ?

'यह तो पिता जी से ही पूँछ लो।'

शाम को सभी भोजन के लिए एक साथ बैठे, शास्त्री जी का स्वभाव ही ऐसा था कि कुछ न कुछ मनोविनोद कि बातें करते रहते थे, आज भी उन्होंने एक फुलझड़ी छोड़ी, हँसने के पश्चात भोजन करने से भोजन सुपाच्य हो जाता है भोजन करने के कुछ समय पहले का वातावरण खुशनुमा होना चाहिए। और खुश होकर खाने से पाचक रस अधिक बनता है जो भोजन शीघ्र पचा देता है

'अरे भाई कौन सा रस या लार बनती है उसे प्रकाश से अधिक कौन जानेगा? वह डाक्टर बनने वाला है सावित्री बोली।'

प्रकाश ने साक्षी के सुकोमल आभाहीन मुखमण्डल को निहारते हुए पूँछा-' चाचाजी किस जेल में हैं?" मैं उनसे मिलकर किसी अच्छे अधिवक्ता के सहारे उनके केस की पैरवी करना चाहता हूँ।

शास्त्री जी को बुरा तो लगा क्योंकि वे भोजन के समय किसी गम्भीर समस्या या विषय से दूर रहना पसन्द करते थे, अस्तु उन्होंने कहा-'बेटा' वे नासिक जेल में हैं और तुम मुम्बई में, अपनी पढ़ाई में ध्यान दो रही बात श्रीव्रत की तो उसके लिए में हूँ.. इस बार ईश्वर ने चाहा तो उन्हें छुड़ा कर रहूँगा। भोजन के पश्चात सभी अपने कक्ष में चले गये। प्रातः पिता जी ने पूछा प्रकाश कितने दिन कि छुट्टी आये हो? जी पन्द्रह दिन की।

पिता जी ने कहा-' माँ से कहो तैयारी कर दें मैं कल बम्बई जाऊँगा। 'बम्बई, चाचा जी के पास..? मैने पूछा ।

हॉ...हॉ.., किसी तरह उसे छुड़ाना है शास्त्री जी बोले ।'

अगले दिन पिता जी चले गये। माँ जी अपने कार्य में ब्यस्त रहती थी। मेरा अधिक समय साक्षी के साथ बीतने लगा। इस बार मुझे बहुत अच्छी लग रही थी। उसकी आँखों में झाँकने से अजीब सा उन्माद एवं आकर्षण महसूस होता था। मैं साक्षी से कुछ कहना चाहता था किन्तु संकोच के कारण विचार प्रत्यक्ष न होता उचित अवसर की प्रतीक्षा थी। वैसे इतना तो था कि जब मैं उसे देखता और देखता ही रहता तो वह मुँह फेरकर मुस्कुराने लगती । वह उसके हृदय में प्रेम के नवीन पल्लवन का प्रतीक था।

सूरज की किरणें तरूओं के शीर्ष पर उतरने लगी थी पक्षियों के कूजन से मौसम सुखद एवं आनन्द पूर्ण था। मैने साक्षी से कहा-'चलो खेतों

की सैर कर आयें। आज उसका मन खुशनुमा था। पिता जी की अनुपस्थिति में मैं भी मन का बादशाह ही था। साक्षी ने तो माँ जी से भी चलने को कहा किन्तु उन्होंने यह कहते हुए टाल दिया कि घर में कोई नहीं है दिया-वाती का समय हो गया है, तुम लोग जाओ किन्तु शीघ्र लौट आना ।

घर से खेत दूर न थे। दोनों पगडण्डी पार कर खेतों की मेंड़ पर आ गये। पीली सुखद सरसों और नीली अरसी के फूल मन के उद्धेग में हलचल उत्पन्न करने लगे मटर के श्वेत एवं रक्त वर्णी, पुष्पों से युक्त खेत में तो हम बैठ ही गये, ऐसी मोहक छटा थी जैसे ऋतुपति धरती पर उतर आये हों। मौसम का उन्मादी-दृश्य मेरे हृदय-तन्तु में अजीब सी सिरहन उत्पन्न करने लगा था। दो तीन वर्ष पूर्व हम दोनों दिन-दिन घूमते खेलते किन्तु ऐसा कभी न हुआ था। एक अजीब सी हलचल मेरे किशोर किन्तु संयमित मन को उद्द्वेलित करने लगी है उसकी कजरारी झील सी आँखों में पहली बार झांका था, वह मुस्कराते हुए हथेली मेरी आँखों की दिशा में हिलाती हुई बोली, क्या हो गया है जनाब को ? अरे तुम उर्दू भी बोल लेती हो?"

अजी, उर्दू क्या है..? तुम्हारे साथ रह कर मैं बहुत कुछ सीख जाऊँगी।कथन में अजीब सी अदा थी। मैं अपलक लावण्य युक्त सुकोमल कपोल एवं सुघर बड़री आँखो को देख रहा था। उसने कहा-'प्रकाश! मृग-मरीचिका में उलझना कोरी मूर्खता से अधिक कुछ न होगा। तुम्हारे भीतर आदर्श की मर्यादाएँ हैं, सुयोग्य चिकित्सक का व्यक्तित्व छिपा है, किसी नारी सौन्दर्य के प्रति इतना अधिक आकर्षण उचित नहीं लगता, बापू तुझसे कितनी अपेक्षा लगाये बैठे हैं। और तुम..?

प्रकाश-"सत्य है साक्षी किन्तु तुम्हारे सौन्दर्य में न जाने कैसा जादू है जो मेरे सख्त सयंम-सेतु की अभेद्यता को तोड़ने में सफल हो जाता है, लड़कियाँ तो बहुत मिली और साथ पढ़ भी रही है किन्तु ..?

किन्तु क्या..? "

" यही कि मैं तुम्हारे बिना अपूर्ण रहूँगा।"

वह कुछ न बोली , सजल नेत्रो से मुझे देखने लगी जिनमें मादकता के साथ संवेदना भी थी, मैने पूँछा-'साक्षी..! हाँ प्रकाश! मुस्कुराते हुए

बोली-तुम मुझे कब से चाहते हो? जिस दिन मेरे यहाँ आयी, किन्तु नवीन दृष्टि एवं इतने करीब से देखने का सुअवसर तो आज ही मिला। क्या यह सच नहीं कि कस्तूरी मृग में होते हुए भी वह उसे ढूँढ़ता है, दीपक तले अँधेरा क्या प्रकृति सत्य नहीं है..?। मैं तुम्हें चाहता हूँ, साक्षी बहुत चाहता हूँ। " (गम्भीर स्वाँस छोड़ते हुए प्रकाश ने कहा)

साक्षी-" किन्तु ! यह कैसे अपेक्षा रखते हो कि जिसे आप चाहते हो , वह भी आप को चाहे ? क्या आपका एकतरफा फैसला अनुचित नहीं ..?

चाहने अथवा प्रेम करने वाला व्यक्ति न किसी से पूँछ कर चाहता है न प्रेम करता है पुरूषों में तो यही कमी है, कोई युवती या लड़की हँस कर बातें कर ले तो समझ बैठते हैं कि वह प्रेम करती है यही नहीं दूसरे लोग भी सोचने लगते हैं कि अवश्य कोई चक्कर है, सच तो यह है कि यहाँ के लोग शक्की अधिक होते हैं। सच मानो प्रकाश मैं तुम्हें नहीं चाहती , और घृणा भी नहीं करती, प्रिय हो , अति प्रिय हो किन्तु इस नियत से नहीं कि दोंनो का विवाह हो। (कहते-कहते स्वर भर्रा आया)

प्रकाश-" यदि तुम सच कहती हो तो स्वर में करूणा क्यों..? उसमे तो स्निग्ध निश्चल भाव होना चाहिए था। तुम्हारी विकलता एवं ललाट पर उत्पन्न प्रश्वेद कणिकाएँ व्यापक संदेह को छिपाए लगती हैं। मेरे सिर पर हाथ रखकर कहो कि......!' साक्षी ने बात काटते हुए कहा-"जिसे जबान पर विश्वास न हो उसे सिर पर हाथ रखने से भला कैसे होगा. ? विश्वास करना सीखो प्रकाश.... ।

विश्वास! विश्वास!! विश्वास!!! भाड़ में जाय, मैने तुम्हारे लिए क्या नहीं किया, पढ़ाया परीक्षा दिलाकर योग्य बनाया .., बात काटते हुए बह बोली, छि-छि प्रकाश इतनी घृणित बात सोच भी सकते हो पता न था, तुम अपने कृतित्व को प्रेम से भुनाना चाहते हो सच है वैज्ञानिक वर्ग के छात्र प्रेम की परिभाषा नहीं जानते, वे तो कीड़े हो जाते है। अरे! माँ-बाप भी तो बच्चों को पढ़ाते लिखाते हैं, सेवा सुश्रूषा करते हैं, उनका प्रेम निःस्वार्थ होता है।

"कान खोलकर सुन लो मैं तुम्हारा माँ-बाप नहीं हूँ, मेरे बापू से तुम्हारी माँ ने मरने से पूर्व कहा था कि मेरी बेटी को अपनी बहू बनाना।"

माँ और बापू की बातें अपने स्थान पर है, मेरी कुछ मजबूरी है जिसे तुम न समझ सकोगे न बताना ही है”

(गहरी साँस छोड़ते हुए) सत्य है साक्षी! इसमे तुम्हारा कोई दोष नहीं है आज के बाद मैं तुम्हे कुछ न कहूँगा। तुम स्वतंत्र हो, चाहे जो सोचो... जो करो। वह कुछ न बोली किन्तु ऐसा लग रहा था जैसे अन्तर्पीड़ा से द्रवित हो उठी हो, कमल वर्णी आँखें अश्रुकणों से नम हो उठी और अश्रु टूट कर गुलाबी सुकोमल कपोल के सोपान से नीचे की दिशा में उतरने लगे जी में आया कि उसकी घनीभूत पीड़ा के कारण को पी लूँ किन्तु विवशता ने असफल एवं पंगु बना दिया था, वह उठी और उन प्रसन्न कलियों को देखने लगी जो शीघ्र खिलने वाली थी। उसके संवेदित गम्भीर मनको और कुरेदना उचित न समझ घर के लिए हम दोनों लौट पड़े, पाँव में भारीपन था, जैसे सैकड़ो किलोमीटर की यात्रा से लौटे हों। जाते समय जितनी प्रसन्नता थी अब उससे अधिक अवसाद, मार्ग में न वह कुछ बोली न मैं, घर पहुँचने पर अन्धेरा हो चुका था, काफी देर तक चुप रहने से माँ जी ने कारण पूछा कि क्या बात है? घर में बहुत चुप्पी है न वह बोली न मैं, दूसरी सुबह मैं मुम्बई लौट आया।

*****

मुम्बई के कुर्ला स्टेशन पर चहल-पहल थी। गाड़ी से उतरकर शास्त्री जी सीधे सीताराम के घर गये। वह काम पर गया था। बच्चे देखते ही दौड़े, शास्त्री जी ने किसी को दुलारा तो किसी को गोद में उठा लिया, उछलते-कूदते बच्चे घर में दाखिल हुए। शास्त्री जी का पांव छूते हुए राजीव ने कहा-“ बहुत अच्छा हुआ बाबू जी ! आप आ गये, मैं तो तार भेजने वाला था।”

‘कहो! क्या खुशखबरी है? शास्त्री जी ने पूछा ।’

क्रिमिनल के एक चर्चित अधिवक्ता से मेरी बात हुई है उन्होंने आश्वासन दिया है कि मैं जमानत करा दूँगा । ‘ठीक है बेटा, तुम उनसे मिलकर आओ तब तक मैं स्नान-ध्यान सम्पन्न करता हूँ।

राजीव के चले जाने के कुछ ही देर बाद सीताराम भी आ गया। शास्त्री जी को देखते ही अति प्रसन्न हुआ, अभी शास्त्री जी पूजा से उठे ही थे, उन्होंने हाल-चाल पूछी सीताराम निहाल था जैसे निधि मिल गयी हो। वह

बोल पड़ा-" क्या कहूँ.. आपके आने से मेरा घर और समस्त प्राणी ऐसे हो जाते है जैसे निर्जीव में प्राण फूँक दिया जाय, सबसे अधिक तो मैं.., युवावस्था में लौट आता हूँ, अतीत की तमाम यादें मन पर उतर आती है। इतना कहते-कहते आँखें नम हो गयी थी। शास्त्री जी भी भावुक हुए बगैर न रह सके। अजीब सा वह दिन था, प्रातः ब्रस्म बेला में तीनों घूमने निकल पड़ते। तरह-तरह की बातें होतीं। एक साथ बैठ कर चाय पीते। शम्भू की जलेवियाँ खाते और अखबार बाँच कर फिर घर लौटते थे। चालीस वर्ष पूर्व की और अब की मुम्बई में कितना फर्क हो गया है खुली हवा, स्वच्छ सड़के फैली साफ सुथरी आवादी थी और आज पूछिए मत सुदूर तक कहीं साँस नहीं है न साफ वायु है न खाली सड़के कितनी तीब्र गति से जनसंख्या बढ़ रही है। ऐसा ही रहा तो मुम्बई में आक्सीजन साँस लेने भर की भी न बचेगी। बाहर गाड़ी का हार्न बजा। लो राजीव लौट भी आया और हम तैयार भी नहीं हो सके, सीताराम बाहर निकला, अधिवक्ता के साथ राजीव बैठक में प्रविष्ट हुआ। अधिवक्ता मनोज माँचवे सिविल कोर्ट में वकालत करते थे। श्रीव्रत के सन्दर्भ में जितनी जानकारी थी उसे शास्त्री जी ने बतायी। वकील ने कहा-'बाबू जी! आप निश्चिन्त रहे और आज भर का समय दें घटना के सन्दर्भ की छानबीन करके कल मैं स्वयं आऊँगा। संभवतः एक हफ्ते के भीतर ही जमानत भी दिला दूँगा। वैसे काम कठिन तो है क्योंकि हत्या का अभियोग है फिर भी ईश्वर ने चाहा तो सब......!

शास्त्री जी-पैसे की चिन्ता न करिएगा माँचवे साहब, आप को उचित पारिश्रमिक मिलेगा।

'क्यों मजाक करते हैं बाबू जी यदि वकील पैसों की चिन्ता करके काम करे तो कर ही नहीं सकता, फिर आप धैर्य रखें मैं आपका ढ़ेर सारा पैसा लेलूँगा। सभी हँस पड़े।

'राजीव ने शास्त्री जी से कहा-'चाचा से मिलना चाहें तो कार्यक्रम बनाया जाय।

शास्त्री-'बेटा! जब दो ही चार दिन में जमानत हो जायेगी तो मिलने से क्या लाभ?नासिक भी बहुत दूर है, जमानत की पैरवी में ही सचेष्ट रहना उचित होगा। बात सब को उचित लगी। राजीव ने कहा-' मैं गाड़ी छोड़ जाता हूँ जहाँ घूमना हो चले जाइएगा।'

राजीव के जाने के पश्चात् सीताराम ने कहा-'आज फैक्ट्री और साथ काम करने वाले लोगों से मिल लें।

शास्त्री-' ठीक है सीताराम, मेरी भी यही इच्छा है दोनों तैयार होकर उस कारखाने में गये जहाँ कभी शास्त्री जी काम करते थे। उन्हें काम छोड़े करीब सत्रह-अठारह वर्ष तो व्यतीत हो चुके थे।

'शास्त्री जी ने कारखाने की वस्तु स्थिति में काफी परिवर्तन देखा।' पुरानी मशीनों की जगह नवीन स्वचालित और कम्प्युटरी कृत मशीनें हैं। शास्त्री जी एक बेंच पर तो गंभीर होकर बैठ ही गये, बहुत कुछ बदल जाने पर भी यह बेंच वही है जिस पर काम से थके-माँदे शास्त्री एवं श्रीव्रत बैठकर तम्बाकू खाते एवं विश्राम करते, क्षणों परान्त नवीन चुस्ती अर्जित कर पुनः कार्य में तल्लीन हो जाते। सीताराम किसी से बाते करने लगा और शास्त्री जी अतीत की सुकोमल भावनाओं के पालने में झूलने लगे, वे सुखद दिन और कार्य के प्रति उत्साह, श्रीव्रत की समर्पित मित्रता और उसकी पहली पत्नी पार्वती का स्नेह, सह कर्मियों के हँसी मजाक के ठहाके, अचानक ही उस युवती दीपमाला का प्रेम-समर्पण क्रमशः चलचित्र की भाँति मानस तल पर उभर आया, प्रथम वार जब मुंबई आया तो कोई इक्कीस या बाइस साल का रहा होऊँगा । अल्प प्रयास से ही मुझे नौकरी मिल गयी, खार में रहने लगा, बड़ी विल्डिंग थी दूसरे तल के पूर्वी कोने पर मुझे कक्ष मिला, खुला एवं बड़ा बरामदा था, उनदिनों दो सौ पच्चास रूपयें पर था मेरे कक्ष के बगल मनोरथ का परिवार रहता था। दो-तीन माँह तो किसी से कोई सरोकार न रहा, पड़ोस ही में रहने वाले एक दूसरे को न जानते थे न जानना ही चाहते। मनोरथ का छोटा बेटा! एक रात किवाड़ पर दस्तक दी और बोला-नमक होगा? हॉ..हॉ ' मेंने पूरा डिब्बा ही दे दिया। वह चला गया किन्तु लगभग आधे घण्टे पश्चात् पुनः कक्ष की घंटी बजी तो मैने खोला एक सुन्दर लड़की जिसकी उम्र बीस के करीब होगी गेट के समक्ष खड़ी थी, मेरे मुँह से निकल ही गया जी अन्दर आइए, नमक का डिब्बा लौटाते हुए बोली 'नो.., 'थैंक्स'। वह चली गयी किन्तु अपने सौन्दर्य की सहज छवि मन मानस पर छोड़ गयी थी।

उस रात मैं गहरी उधेड़ बुन में था, सुना था मुंबई में कोई अगल-बगल भी मतलव नहीं रखता लेकिन यहाँ तो गाँव सा लेन देन है, वैसे

मुझे अच्छा लगा, सच्चा पड़ोसी वही है जो एक दूसरे के दुख-सुख में सहभागी रहे, धीरे-धीरे मुझे उस कक्ष में रहते वर्ष भर हो गया, आते-जाते मनोरथ के घर का कोई बच्चा मिलता तो नमस्ते अवश्य करता, मेंल-जोल फिर लेनदेन में बदला-कभी पच्चास तो कभी सौ, बाद में ज्ञात हुआ कि उस परिवार का मुखिया जो रंगाई मील में काम करता था, क्षय रोग के कारण मालिक ने निकाल दिया, दवा भी मँहंगी थी, बच्चे छोटे, एक लड़की दो लड़के। लड़की बड़ी थी जो बी०ए० में पढ़ते हुए ट्यूशन भी पढ़ाती थी, परिवार की आय का स्रोत वही थी। उनकी दशा का वृत्तान्त सुनते ही मुझमें सहनुभूति उमड़ी मैने उनकी पत्नी से पूछा-अरे आजकल मनोरथ भाई नही दिखते? बीमार हैं। वह बोली में भीतर कक्ष में प्रविष्ट हुआ, मुझे देख मनोरथ की पथराई बुझी सी आँखो में नवीन चमक फूटी। आपने काम क्यों छोड़ा ?

मालिक ने कहा-"तुम्हारी शारीरिक हालत अच्छी नहीं, उन्होंने निकल दिया।"

'कल मेरे साथ चलिए, मैं मालिक से बात कॅरूगा,।" मैने उसे समझाया।

"मेरी और उस फैक्ट्री के मालिक से कई मसले पर बातें हुई किन्तु वह मनोरथ के रखने को राजी न हुआ। मजबूरन हमने उसे धमकी दी कि कोर्ट में आने हेतु तैयार रहो। मनोरथ ने कहा-भैया! मेरी स्थिति कोर्ट कचहरी जाने की नहीं क्योंकि पैसों का कोई स्रोत नहीं रहा। मैने समझाया मैं साथ हूँ, मुकदमें बाजी शुरू हुई, तारीख पर तारीख अन्ततः मनोरथ जीत गया। उसे पच्चीस हजार दवा के लिए और बेटे को नौकरी हेतु न्यायालय ने निर्देश दिया, न पालन होने पर फैक्ट्री सीज करने का कड़ा निर्देश था। उस घर में खुशी का बसन्त वापस आ गया। बेटे को नौकरी मिली। मनोरथ एवं उसका परिवार मुझे फरिश्ता मानने लगा था।

मनोरथ की बेटी दीप की दृष्टि जब मुझ पर पड़ती तो ऐसा लगता जैसे कुछ कहना चाहती हो, शायद उसके हृदय-तन्तु को सहानुभूति ने झंकृत कर दिया हो, वह मुझे देखती तो मुस्करा उठती, सम्भवतः उसके मन में मेरे प्रति प्रेम का उत्प्लावन हो उठा था, रात्रि के करीब एक बजे होगे, आहिस्ता द्वार पर दस्तक सुन सोचने लगा पड़ोसी होगे, द्वार खोलते ही देखा दीपमाला मैं अवाक रहा। उसने भीतर प्रवेश करते हुए भीतर से साँकल बन्द कर दी,

घबड़ाते हुए मैने कहा-" तुम पागल तो नहीं हो गयी, उसने कहा-हॉ-हॉ मन विकार दमन से नहीं,. तृप्ति से शान्त होता है तत्क्षण मेरा अन्तः करण कॉप उठा, और सोचने लगा। हृदय-गर्भ में उमड़े सुनामी सदृश प्रलयकारी परिस्थितियों एवं उसके मानसिक -उन्माद को स्नेह एवं गंम्भीरता से ही मंद किया जा सकता था। मैं नायक नही था फिर भी उसके परिवार के प्रति समर्पण एवं सहयोग से लोगों में मेरे प्रति-आदर और सम्मान का विशिष्ट भाव तो स्थापित हो ही चुका था, जिसका प्रतिफल था निर्जन-विजन रात्रि में श्रीयुता किसी सुयौवना का आगमन.. प्रेम का इजहार और चुनौती-"दयाल..! आप कैसे पुरूष हैं? जिसमे महा प्रलय की परिकल्पना का लेशमात्र भी अंश नहीं? नारी के प्रति सहज आकर्षण एवं एकाकी-पल के समक्ष उद्वेग हीनता? अन्य पुरूषो की अपेक्षा क्या पुरूषत्व पर प्रश्न-चिन्ह नहीं..? आपके पाषाण सदृश निश्चल-दृढ़ हृदय में प्रेम एवं सौन्दर्य को स्थान नहीं..?'

नहीं दीप! नहीं!! शाश्वत मन में प्रणय की परिकल्पना से पहले आत्मसात करने का चित्र बनता है, किन्तु यहाँ ऐसा कुछ नहीं, जिसका कारण है प्रेम का शनैः-शनैः पलल्वन, पुरूषत्व वह नहीं जिसमे, धैर्य, क्षमा शीलता का परिबोध न हो, तुम जिस पुरूषत्व को जानती हो वह वासना एवं कामुकता है, क्षणिक आत्मतोष हेतु चरित्र-रत्न को ऐसे पंक में न ढ़केल दो दीप कि जीवन नर्क हो जाय। क्या तुम्हें अब भी कोई अपेक्षा है?

नहीं! नहीं!! नहीं!!! लरजते स्वर में वह बोली "नाथ! आप के उच्च-विचार से देवत्व बोध होता है जहाँ मेरा परिवार आपको मानव स्वरूप फरिश्ता समझता है वहीं मेरा मन.. आँखें नम होकर झुक गयी थी सुकोमल चेहरा ऐसे लगा सघन बादलों के संक्रोड़ में प्रज्जवलित विद्युत समा गयी हो और तत्क्षण नेत्र-रूपी अम्बर से प्रेमाश्रु बसरने लगे। दीप माला के गौर वर्णी कपोल अश्रु आवेग से गीले थे। अवरूद्ध कंठ बोली-'न जाने क्यों मेरे मन हृदय और आत्मा ने आप में पति-स्वामी एवं नायक के सम्पूर्ण गुण देखे हैं। कई माह से रात्रि के कोमल सपनों में भी आप इसी रूप में मिलते रहते हैं मैं स्वयं नहीं समझ पा रही हूँ कि इतनी रात गये आपके कक्ष में आने की हिम्मत कैसे हुई! काश मुझे (सहसा मेरे चरण पर वह लोट गयी) इन चरणों की सेवा का अवसर दें तो मैं स्वयं को धन्य समझूँगी।

“दीप....! तुम्हारा प्रेम भले स्थायी हो, फिर भी बरसाती बूँदों से अधिक आयु युक्त नहीं है मैं सिन्दूर पिन्हाकर एक युक्ती को जीवन संगिनी बना चुका हूँ। दीप...! वाह्य सौन्दर्य से श्रेष्ठ आत्मा का सौन्दर्य समझो, आत्मदीप जलाकर जीने से किसी से ज्योंति नहीं लेनी पड़ती, आत्मा को उन्नत उज्जवल करो, आत्म-चेतना सत्कर्म एवं त्याग ही जीवन का आश्रय है, त्याग किसी के सुख या परोपकार के निमित्त हो वह पुण्य पुंज बन जाता है”

सहसा उसमे परिवर्तन हुआ और चरणो को छू कर बोली-देव! मुझे क्षमा कर दो, समझनें में भूल हुई थी, आपमें अधिक गुरू के गुण हैं। विषय और विकार में अब मैं नहीं बँध सकती, वास्तविक जीवन क्या है उसकी परिभाषा मुझे मिल गयी। अब मैं अपनी ज्योति जलाकर जीना चाहती हूँ। वह चली गयी , दुख तो इस बात का कि घर नहीं न जाने कहाँ, बहुत ढूँढा गया किन्तु न मिली, मैं अतीत में डूबा हुआ था

कि तभी सीताराम आ गया। उसने कहा- अरे भाई! आप यहाँ बैठे हैं मैं कहाँ-कहाँ नहीं ढूँढा। चलो कारखाने के स्वामी तुमसे मिलना चाहते हैं, कुछ कह रहे थे कि तुम्हे सम्मानित करेंगें ।”

‘किन्तु मैने कौन सा ऐसा साहसी कार्य किया है ...जी ....।’

किस लिए करना चाहते हैं यह तो नहीं बता सकते हैं, अरे देखो वे इधर ही आ रहे हैं।

“ कौन..? डी.के. वारिया हैं क्या..? ”

हाँ, वही हैं सीताराम ने कहा।

“वारिया ने शास्त्री जी को नमस्ते किया, युग-युग जियो बेटा, बहुत छोटे थे जब बड़े साहब के साथ आते थे, घंटो तक मेरे साथ रहते मैं काम समाप्त कर आपको घुमाताा और साथ-साथ खेलता था।

वारिया-“याद है बाबू जी, किन्तु मैं आपका कुछ समय चाहता हूँ ”

शास्त्री जी-‘ आपके परिवार से स्नेह तो सदैव मिलता रहा, चलिए बाबूजी, आज आपको एक छोटे से समारोह को संचालित करना होगा। वारिया ने कहा।

ओह! मैं तो भूल ही गया था कि आज के दिन कर्मचारियों को बोनस मिलता है और सभी घर पर भोजन करते हैं क्योंकि इसी दिन कारखाने की नींव पड़ी थी।

हाँ बाबू जी आप को याद तो है, तीनो कार में बैठे और समारोह स्थल पर पहुँचे। वहाँ शास्त्री जी ने भाषण दिया और वारिया ने शास्त्री जी को कर्मशील श्रेष्ठ व्यक्तित्व के रूप में सम्मान चिन्ह दिया पत्रक तीन हजार रूपये , शाल भेट करके सम्मानित किया।

-: नौ :-

न्यायालय खचाखच भरा था, आज श्रीब्रत के मुकदमें की प्रथम पेशी थी, श्रीव्रत के वकील मनोज माँचवे ने अपने पेचीदे प्रश्नों के चक्रब्यूह में उलझा दिया। बोधू के पक्ष के अधिवक्ता ने न्यायालय से गुहार की न्यायदाता! मुल्जिम सात वर्षो से सजा भोग रहा है क्या इससे स्पष्ट नहीं होता कि वह हत्यारा है? माँचवे-' पुलिस तो अन्धी होती है मीलार्ड! यह जानते हुए कि असली मुल्जिम कौन है, फिर भी पैसा लेकर उसे आजाद कर देती है और कारागार के सीकचों में झोंक देती है बेचारे निरीह को । मैं बोधू से कुछ प्रश्न पूँछना चाहता हूँ मीलार्ड ।'

न्यायाधीश - आदेश है ।

माचवे-' मैं जो पूँछू उसी का उत्तर देना-' तुम विद्या से प्रेम करते थे?

बोधू- नहीं..।

माँचवे -' नोट किया जाय मीलार्ड! इसने पुलिस से स्वीकार किया है कि मैं विद्या से प्रेम करता था...। क्या विद्या तुम्हारी रिश्तेदार थी? नहीं..? बोधू ने कहा। पुनः माचवे ने पूछा- उससे प्रेम नहीं था, रिश्तेदार नहीं थी, (उच्च स्वर में) फिर उसके केस की पैरवी किस हैसियत से कर रहे हो? बोधू चक्कर में पड़ गया, पसीने छूटने लगे, तभी उसके वकील ने कहा-मेरे

क्लाइन्ट को परेशान किया जा रहा है मीलार्ड, कितनी घटिया दलील है, रिश्तेदार या प्रेमी ही किसी के सहयोग का अधिकारी हैं मैं माचवे से पूँछना चाहता हूँ कि क्या उनकी नजरो से इन्सानियत का पर्दा उठ चुका है क्या समाज में मानवता भाई-चारे का कोई मूल्य नहीं? क्या किसी को इन्साफ वही दिला सकता है, जो सम्बन्धी हो? यह कहाँ का संस्कार है मीलार्ड!

मेरा आशय यह नहीं न्यायदाता! बगैर किसी सम्बन्ध के हत्या जैसे उलझाऊ मामले की पैरवी कैसे हो सकती है...? क्लाइन्ट का बयान साफ है, श्रीव्रत की अधिक उम्र का इस चरित्रहीन ने फायदा उठाया और विद्या से अवैध सम्बन्ध जोड़ लिया, मोहल्ले वालों का भी यही बयान है"

विपक्षी वकील छावड़ा-" सत्य है मीलार्ड! न्यायालय में बैठे समस्त लोग आश्चर्य से छावड़ा का मुँह देखने लगे, आगे उन्होंने कहा-' सत्य है कि मेरा मुवक्किल विद्या का आसिक था, मुझे दुःख है कि बेचारे श्रीव्रत वृद्धावस्था में इश्क के प्रवाह में बहते हुए शादी नव यौवना-विद्या से कर बैठे। उन्हें तो यह भूल ही गया कि शादी -विवाह पैसे-रूपये का सौदा नहीं है, सभी की अपनी निजी भूख होती है अपराधी इश्क के नशे में अन्धा हो गया, धन का लोभ देकर विद्या का जीवन नष्ट कर दिया। कोई भी भूखा अपनी भूख-प्यास मिटाना तो चाहेगा। वही किया विद्या और बोधू ने , यहाँ तक अपराध कहाँ.. ? वह तो तब प्रारम्भ हुआ जब इस बूढे ने देखा कि विवाह मैने किया और. .., उसने विद्या को मार डाला।

वाह रे! छावड़ा साहब, आपने अच्छी सफाई दी, शास्त्री जी ने कहा-'किन्तु न्यायाधीश बोले-'आप को जो कुछ कहना हो सशपथ कहिए और इस घेरे में आकर।

शास्त्री जी ने अपने बयान में कहा''-न्यायाधीश महोदय मैं इस बदनसीब का अभागा मित्र दीनदयाल शास्त्री हूँ। उम्र के अन्तिम पड़ाव पर हूँ इस मिथ्या मूल्य हीन संसार में बहुत कुछ खोया पाया है झूठ बोलकर अगला जन्म भी विगाड़ना उचित नहीं समझता। जिसके आरोप प्रत्यारोपो की बौछारें हो रही हैं उसे इस स्थान पर पहुँचाने का अपराध मुझसे हुआ है, न्याय दाता मुझसे ..। मुझे कड़ी से कड़ी सजा दी जाय मीलार्ड..! फाँसी से भी सख्त.... ....इतना कहते हुए आखें भर आयी। हृदय करूणा भूत हो उठा। न्यायालय में उपस्थित लोग एवं वादी-प्रतिवादी वकील स्तब्ध शास्त्री जी की

भाव विह्वलता को देखने लगे। निष्ठुर पृष्ठभूमि पर जैसे कर्तव्य की परीक्षा हो। शास्त्री जी ने ससाहस पुनः कहना प्रारम्भ किया- श्रीव्रत मानव के रूप में फरिस्ता है सत्य का साक्षात देवता है किन्तु दुर्भाग्य की बात कि हमारा कानून सत्य को कम तथ्य एवं धन को अधिक प्रश्रय देंता है कानूनी पृष्ठों में तो जैसे सच्चाई और सरलता को कोई स्थान ही नहीं दिया गया है इसकी पहली बीबी मर गई तो ऐसा लगा उसके वियोग में पागल हो जायेगा। इसने नौकरी छोड़ दी , कारण था बेटी, जिसे उसकी पहली पत्नी छोड़ गयी थी। उसकी परवरिश हेतु मैने उसे समझाया बुझाया, यहाँ तक कि फैक्ट्री के स्वामी और अन्य कर्मचारियों ने कोशिश की तब कही यह विवाह हेतु तैयार हुआ। विद्या का स्वभाव अच्छा न था, बात-बात पर वह झगड़ती रहती थी।

छावड़ा-नोट किया जाय मीलार्ड कि विद्या का स्वभाव अच्छा न था, वह झगड़ाऊ किस्म की महिला थी, तो क्या सम्भव नहीं कि उस रात किसी गम्भीर विषय पर पहले दोनों में नोंक झोक हुई हो। और फिर मुल्जिम ने गुस्से में आकर उसे मार डाला हो और रात्रि के सघन-निविड़ में उसकी लाश दरिया में फेंक दी हो ।

शास्त्री जी-'झूठ है न्यायदाता मिथ्या आरोप है, असत्य को एक मात्र लिबास पहनाया जा रहा है सच तो यह है, विद्या स्वयं इतनी टूट चुकी थी कि घिनौना जीवन और जीना नहीं चाहती थी वह स्वयं सागर में कूदकर आत्महत्या कर बैठी और व्यक्ति (बोधू की तरफ इशारा करते हुए) विद्या को न पाया तो इसकी लड़की का अपहरण कर लिया, बाद में जब श्रीव्रत ने सफाई में विद्या द्वारा लिखा गया पत्र कि मैं स्वेच्छा से आत्महत्या कर रही हूँ बोधू को दिखाया तो बोधू उसे छीन कर फाड़ डाला ।

छावड़ा-"मीलार्ड! मैं शास्त्री जी से कुछ पूँछना चाहता हूँ.. क्या आदेश है?

न्यायाधीश-'पूँछ सकते हैं,'

छावड़ा-' शास्त्री जी.. आपने अभी यह स्वीकार किया था कि आप की आयु उम्र के अन्तिम पड़ाव पर है, मुझे विश्वास है कि आप मिथ्या नहीं बोलेंगे, तो यह बताऐं जब विद्या की हत्या हुई तो आप कहाँ थे?

शास्त्री-' अपने गाँव'

छावड़ा- फिर आपने जो कुछ इतिहास सुनाया दिव्य-चक्षु से देखा था? मीलार्ड-रेत की दीवार बनाने वाले शास्त्री जी की बातें तथ्यहीन है। उस पर विचार करना कानून और न्याय को ताक पर रखना होगा। शास्त्री चुप हो गये, जैसे जुबान को लकवा मार गया हो उन्होंने विस्फारित नेत्रों से श्रीव्रत को देखा, मानसिक रूग्ण जैसा विक्षिप्त रूप, बढ़े-हुए दाढ़ी बाल। जो अपलक शास्त्री जी को देख रहा था। उसका मन स्मृतियों के अरण्य में गति करने लगा। कभी पहली पत्नी तो कभी विद्या का क्रूर वर्ताव, बेटी का भोला-भाला स्वरूप, मानस-तल पर आच्छादित रहा। कारागार की परिधि में परतन्त्र रहते हुए जैसे उसके आत्म बल का क्षरण हो चुका हो। तभी आँखों से टप-टप आसू चू पड़े। शास्त्री से वर्दाश्त न हुआ वे श्रीव्रत के समीप जाने को हुए किन्तु पुलिस ने रोक दिया। शास्त्री जी भी बच्चों सा सिसकनें लगे, अदालत की कार्यवाही अगले सोमवार तक टल गयी।

समाचार पत्रों के माध्यम से विद्या हत्या काण्ड का प्रकरण चर्चित हो उठा था। आज उसकी पैरवी का दिन था। न्यायालय में बहुत भीड़ थी। दोनों पक्ष के गवाहों का बयान होना था। पैसे की व्यवस्था शास्त्री जी और सीताराम द्वारा हुई थी। बहँस प्रारम्भ हुई। अधिवक्ताओं के वाद - सम्वादों से लगता बाजी श्रीव्रत के पाले में है तभी छावड़ा और बोधू की कूटनीति ने घटना को मौंड़ दे दिया। जहाँ सुबह से ही माचवे की दलील पुष्ट थी वहीं गवाहों के बयान ने लोगों को हतप्रभ कर दिया, गवाह भी कोई और नहीं, श्रीव्रत के पड़ोस के लोग जो उसी की चाल में रहते थे उन्होंने स्पष्ट कहा कि श्रीव्रत ने मेरे सामने हत्या की थी। मैने प्रत्यक्ष देखा है, मेरा मुँह बन्द रहे, उसका मुझे दस हजार रूपये मिला है इसी तर्ज पर रामधन, सुधाकर और शीतल ने बयान दिया। माचवे नें अनेक पेचीदे प्रश्न भी किए किन्तु न्यायालय पर कोई विशेष प्रभाव न पडा। आखिर बेचारे श्रीव्रत को विद्या की हत्या के जुर्म में आजीवन कारावास की सजा बैध मान ली गयी। जिस समय फैसला पढ़ा जा रहा था, आजीवन कारावास की सजा सुन शास्त्री का चेहरा उतर गया। उनकी दृष्टि निर्दोष श्रीव्रत पर पड़ी। वह जैसे कुछ कहने का आकांक्षी हो पुनः शास्त्री आगे बढ़े, पुलिस श्रीव्रत को खींचती गाड़ी की तरफ गयी, श्रीव्रत ने पीछे मुड़-मुड़कर भावुक मन से निहारा, जैसे किसी नवजात शिशु को मातृत्व सुख से वंचित किया जा रहा हो। किसी बछड़े को उसकी माता गाय से दूर किया जा रहा हो। श्रीव्रत की आखें शुष्क एवं पथराई हुई थी। जैसे दुख का

सदन हो, उसका आत्मतेज घुट-घुटकर प्रस्वेद के रूप में मूलरोम मार्ग से बहिर्गत हो चुका हो। वह न्याय और अन्याय के भीषण संग्राम में लड़ते हुए वीर गति प्राप्त योद्धा की भाँति था। शास्त्री ने ललकार कर कहा रूक जाओ ! पुलिस किसके...? उन्होंने रद्दी के बोरे की भाँति खींचकर गाड़ी में ढकेला। गाड़ी सड़क पर गतिशील हो उठी। ठगे से खड़े शास्त्री जी सान्त्वना के एक भी शब्द न कह सके। प्रशासन की इस निर्दयता से उनका हृदय उदिग्न हो उठा था। इससे अच्छा तो अंग्रेजो का शासन था। जिस स्वतंत्रता को पाने के लिए प्राण-हथेली पर रखकर लड़े, जेल काटे विविध यातनाओं को भोगा उसी देश की यह दशा...? प्रजातन्त्र का मिथ्या ढ़ोंग... राजनेताओं की कोरी भाषण बाजी ..! हॉ यह सच है ..जाके पैर न फटी विवाई सो का जाने पीर परायी? जिसने परतन्त्रता का स्वाद चखा न हो उसे क्या पता? गॉधी जी, पटेल, नेहरू, शास्त्री जी आदि को पराधीनता का मूल्य मालूम था। उनके समय में न इतनी घूसखोरी थी न दादागीरी...! उनका सिर चकराया तभी समीप के वेन्च पर बैठ गये । ऐसा लगा जैसे गिर पड़ेंगे। क्षण भर आँखें मूँद के हरि स्मरण करना प्रारम्भ किया, तत्क्षण कई बार जम्हाई आई, पुनः सचेष्ट हुए तभी सीताराम ने कहा-आप दुखी न हो, पुनः प्रयास किया जायेगा।

सीताराम..! दुःखी न होंऊँ! कैसे न होऊँ हृदय की आत्म पीड़ा का बोध तो मुझे है, ...इस दुःख से प्रिय तो मृत्यु होती ।

माँचवें-' बाबू जी!" दुःख किसी गूढ़ विषय का समाधान नहीं, संतोष का महज संकल्प है। निरन्तर सफलता के पथ पर बढ़ते हुए भी असफल होना दुर्भाग्य नहीं तो क्या है? हमे अपने परिश्रम और क्रिया पद्धति पर पूर्ण विश्वास था परन्तु अपने ही लोगों ने झूठी गवाही से हमे निढ़ाल कर दिया।"

शास्त्री-वकील साहब! आप निरन्तर वाद-विवाद की लड़ाई लड़ते हैं क्या लगता है?

माचवें-' मेरा कलाइन्ट अर्थात श्रीव्रत निर्दोष है ।

शास्त्री- तो न्याय रूपी उस सत्य तूलिका का क्या होगा जिस पर सत्य के स्थान पर असत्य का तुल्यांक अधिक हो। क्या वह आस्था एवं विश्वास के ललाट पर अविश्वास एवं अयोग्यता का चिन्ह नहीं..., राष्ट्रीय लोकतन्त्र के उन्नत भाल पर कलंक का टीका नहीं .., काश मेरे निर्दोष मित्र

को समुचित न्याय न मिला तो मेरा मानसिक नियंत्रण विकृत हो सकता है यह कैसी न्याय व्यवस्था कैसा लोक तन्त्र है? मुझे मेरे मित्र से मिलने न दिया गया।

माँचवें- कौन रोका?

शास्त्री- पुलिस..!

माँचवें- अरे बाबू जी! मुझसे कहे होते...पुलिस की आँखों में जैसे मानवता ही नहीं हमारे ही खून से पैदा पुलिस इतना बदल क्यो जाती है वह किसी भी व्यक्ति के व्यक्तित्व का बगैर मूल्याँकन किये अप्रिय शब्दों का प्रयोग कर बैठती है आखिर यह क्यों है..? यह समाज का दोष है या उस पद का..? दोनों बाते कर रहे थे तभी सीताराम का बेटा आ गया। उसे भी सब कुछ बताया गया।

बकील साहब! मामले को पुनः उठाना हो तो उच्च न्यायालय की शरण लेना होगा।

माँचवें-हाँ

उसे दायर करवाइए! कितने पैसे खर्च होगें?

माँचवें- करीब- दस हजार।

सौ-सौ की एक गड्डी देते वह बोला-पैसे और मिलेंगे, कृपया किसी कर्मठ अधिवक्ता का चयन कर लीजिए। किसी भी स्तर पर चाचा श्रीव्रत को छुड़ाना है चाहे उनके बराबर पैसा क्यो न लग जाये।

*****

आत्मीयों से यदि सहज नोंक-झोंक हो और बात-चीत बन्द हो जाय तो दोनों के समक्ष होने पर एक अजीब सी स्थिति प्रत्यक्ष होती है ऐसे प्रेमी-हृदय के संक्रोड़ में उपजी अलौखिक स्पन्दन एवं विह्वलता आन्तरिक प्रेम-प्रवेग को उद्भूत करती हुई निस्तेज मन पर अप्रत्यक्ष मिलन की कोमल-लकीर खींच देती है, कभी-कभी तो अहम की प्राबल्यता के चलते दूरी बनी ही रहती है

किन्तु ज्ञानी जन आत्म-बोध के बल पर अज्ञानता की दीवार गिराकर प्रेम का दीप जला देता है

साक्षी और प्रकाश में सामान्य नोंक-झोंक थी । प्रकाश साक्षी में प्रेम का ऐसा विम्ब देखता है जो उसे शाश्वत शक्ति और ऊर्जा देता है किन्तु साक्षी नहीं चाहती कि प्रकाश पर उसके भाग्यहीन जीवन की प्रच्छाया पड़े। कितना विभेद, 'प्रकाश' ज्योति का यथार्थ पुंज होते हुए भी स्वयं को साक्षी से कान्तित समझता है साक्षी भी प्रकाश को अत्यधिक चाहती है तभी तो चाहकर भी प्रकाश के जीवन से दूर रहना चाहती है दोनों में नोंक-झोंक का यही कारण है जो आगे स्पष्ट होगा, मुम्बई के मेंडिकल कालेज में होली का अवकाश हुआ तो प्रकाश को घर की याद आई, सीधे गाँव आ गया। बात-चीत बन्द होने से इस बार प्रकाश को साक्षी कुछ अधिक ही याद आयी थी। घर जब दोनों सम्मुख होते तो अजीब स्थिति बनती। दोनों एक दूसरे को देखते, लगता जैसे मुख का कार्य भी नेत्रों ने ले लिया हो। माँ ने एक दो बार कहा भी कि दोनों क्यों गूँगें हो, तो प्रकाश बोल पड़ा, अरे माँ! एक कहो में तो बोल नहीं चिल्ला रहा हूँ... गूंगी तो 'ये है....ये!' रही बात बोलूँ भी तो किससे ..? पेड़ो से धरती आसमान से। इतनी दूर से तो चलकर आया कि अच्छा त्योहार बीतेगा किन्तु यहाँ तो सब मौनब्रती हो रहे हैं।

सावित्री-"होली का पर्व है शाम को घर के सामने चौपाल पर गाँव के लोग जुटेंगें, जाओ बाजार से सामान ले आओ। प्रकाश चला गया। बच्चों एवं वृद्धों में अत्याधिक उत्साह था, वृक्ष नवीन वर्णो से सज-धज उठे तो बच्चे सूखे पत्ते, लकड़ियाँ संकलित करने में खुश थे गाँव के बाहर सरकारी बाग में होलिका माँ का चबूतरा था, पिछले वर्ष शास्त्री जी ने मरम्मत भी करवाया था। प्रातः चबूतरे पर गाँव का मुखिया चोआ-चन्दन छिड़क आता, दोपहर से बच्चे जलाने के सामान रखते और रात को होलिका जलायी जाती ग्रामीण ढ़ोल-झाँझ एवं मंजीरो को बजाते फाल्गुनी गीत गाते शास्त्री जी के द्वार के सामने बनी चौपाल पर इकट्ठा होते , आज भी वैसा हुआ। ढ़ोल पर थपकियाँ पड़ने लगी सरजू और विमल पंडित ढोल बजाने में माहिर थे, पोड़ई और दीनू के मंजीरे तो छवि लगा देते।

एक बड़े थाल में गोझिया (करंजी) दूसरे में नमकीन और कटोरे में भाँग से बनी बर्फी आयी, सबों ने खूब खाया और प्रशंसा की, गीतो के

सरगम से वातावरण -ध्वनित हो उठा, मन में एक अजीब आनन्द की लहर तरंगित हो उठी थी। अर्द्धरात्रि तक यह कार्यक्रम चला जब रात्रि ऊँघने लगी तो कार्यक्रम भी समाप्त हुआ।

निर्मल इन्दु की रजत रश्मियाँ धरती के आँचल को स्नायित कर रही थी, पवन के मन्द झोंको में गुलाबी ठण्ड महसूस होती। तीनों बाहर बैठे ही थे बासन्ती मौसम का कुछ अधिक ही ठाट होता है, प्रकृति स्वयं मदमस्त थी, हरसिंगार और बेला की कलियों में प्रौढता आने लगी क्योंकि उनकी अनाध्रात सुगन्ध से वायुमंडल सुरभित हो उठा था। रह-रह कर कूजती कोकिल की रसीली राग-फाग के आगमन को सूच्य कर रही थी, अब चॉद आसमान में सिर के सीध में चमकने लगा, आम्र कोपलों पर विछलती उसकी किरणें ऐसे प्रतीत होती जैसे पिघलते जल कुण्ड में स्नान् कर निकल रही हो, मेरी आँखें आसमान से उतरती धौत चन्द्रिका की किरणों पर थी तभी माँ ने कुछ मजाकिया शब्द कहा जिसे सुन साक्षी जी भर कर हँसी इतना हँसते तो पहली बार देखा था, झट मैने माँ से कारण पूछा-“माँ का अॅगुठा दबाते साक्षी कुछ फुस फुसाई माँ ने कहा-“बेटा कुछ बातें एक बार में कही जाती है। सुनने वाला भले ही जीवन भर प्रयोग रूप में कहे, जहाँ पक्ष-विपक्ष हों वहाँ भावना या साधना में नहीं, सावधान होकर रहना चाहिए।”

सूर्य की सिन्दूरी किरणें धरती पर उतरीं रंगों भरा सवेरा था । प्रातः कालीन सूर्य की किरणे ऐसी लगती जैसे रंगों से स्नान कर निकली हो, अंजार, बचाऊ एवं कांजी ग्राम की सुबह मनोहर होती ही है, यहाँ जैसे प्रकृति ने अपने को सजा सँवरा रखा हो, ग्रामीण बच्चों की हल्ला, ‘भाग चौकड़ी ’प्रारम्भ हुई कोई गोवर घोल कर कोई मिट्टी घोल कर एक दूसरे को सरावोर कर रहे हैं , कीचड और गोवर की होली तो मुझे कतई रास न थी, छोटे-लड़के तीतर की भाँति गुथ्थम-गुथ्थ रहे थे। वे खेतों में खड़े धोख या मिट्टी के वीर की भाँति लगते थे, एक विशेष किस्म की अवीर मेरे पास थी। जिसे साक्षी ने लाया था।

घर के ठीक सामने चौपाल और दाहिनी तरफ घर से सटी हुई बैठक जिसकी फर्श मिट्टी की थी। बैठक के पूर्व दिशा में तीन तख्त मेंहमानों के लिए पश्चिम में बापू का और मेरा था,मेरे तख्त के सामने दीवाल में ताखे थे, जिसमे मेरी निजी किताबें थी, बैठक के सामने छोटे-बड़े कुछ फूल थे,

जिससे प्रायः छनकर खुशबू बैठक में आती, मैं मुँह हाथ-धोकर बैठा ही था। माँ जी ने आवाज दी नाश्ता तैयार है तीनों ने नाश्ता किया। साक्षी कुछ न बोली, मैने माँ जी से कहा-मेरी रंगों की पिचकारी कहाँ है?

माँ जी-'क्या पता,बड़ी पेटी में नीचे होगी, ऊपर से कपड़े हैं। इसका मतलब लोग मुझपर रंग डालें और मैं ताकूँगा, समय मिला तो ढूढ़ दूँगी आज तो ढेर सारे कार्य है। मैं चुपचाप बैठक में आया और पढ़ने लगा। पुस्तकों में खोया था कि तभी किसी के आने की आहट हुई चौंककर पृष्ठ भाग में देखा, सने हुए गोवर की बाल्टी के साथ साक्षी थी । मैं विस्तर से उछला और पूरे शक्ति से भागना चाहता कि तभी वह बाल्टी नीचे रख जोर-जोर से हँसने लगी। माँ जी एवं आसपास के कुछ लोग उसकी हँसी पर वहाँ आ गये। अरे! मैं तो अच्छा बुध्दू बना, वह गोवर मुझ पर नहीं, बल्कि बैठक की जमीन पर लेप करने आयी थी। वह लेप करने लगी और मैं पुस्तको से दृष्टि हटा कर अनमने मन से देखने लगा। सुधर-सुन्दर कपोल पर प्रस्वेद कणिकाएँ मोती सदृश्य झिलझिला रही थी। मैने हाथ ताखे की तरफ बढ़ाया जिसमे केशर युक्त अबीर थी, जी में आया कि उसके सुकोमल गाल पर मल दूँ। सोचने लगा कि बोल चाल नहीं है, कहीं बुरा मानकर चिल्ला न उठे । मन ने कहा-"पिचकारी भी तो नहीं है और न खेलने वाली से बात-चीत, अच्छा होगा रंग ही न खेलो। एक बूँद भी रंग न पड़े, यह कैसे सम्भव है सुबह से तो धमाल चौकड़ी मची है, किसको-किसको मना करूँगा हाथ जोड़ता फिरूँगा कि साक्षी से नाराज हूँ, भैया मुझ पर दया करो, रंग न डालो। (चुटकी बजाकर) वाह पहले पकवान का स्वाद लें लूँ साक्षी बाहर जमीन का लेप कर ही रही थी, तभी मैं भीतर पहुँचा जहाँ भरमागरम पकवान तैयार हो रहे थे। कुछ तैयार भी थे, माँ ने कहा आओ - आओ। गरमा गरम पूड़ियाँ निकल रही है, उन्होंने भोजन परोस दिया, और मैं भोजन सम्पन्न कर सीधे बैठक में गया। और चद्दर तान ली। साक्षी कई बार उधर से गुजरी, माँ जी को भी सूचना दे आयी, बीच में कार्य छोड़कर माँ भी देखने आयी। पहले तो घवड़ाई, कहीं ज्वर तो नहीं है फिर उच्च स्वर में बोली-क्या बात है प्रकाश? मुँह खोलते हुए मैं बोला-'कुछ नहीं माँ जी बस शरीर में कुछ कंपकपी है बदन स्पर्श करते माँ ने कहा-' बुखार तो नहीं है, आराम करो... कंपकपी के बाद ही बुखार होता है। साक्षी भी वहाँ पहुँची और लठ्ठमार

शब्दों में बोली-'"ये सब बहाने है, मैं उसकी आँखों में झाकतें हुए मुस्कुराया, और फिर माँ जी के जाते ही अगूँठा दिखाकर चादर ओढ़ लिया।

मेरे कुछ दोस्त आये, कुछ ने व्यंग्य बाण छोड़े तो कुछ मजाकिया लहजे में बोले , चेहरा तो यही बताता है, प्रेम रोग जैसा चक्कर है वे चले गये, एक अजीब सी घटना घटी, मैं लघु शंका हेतु बिस्तर छोड़ा ही था कि राह में अचानक आती लड़कियों कि टोली ने घेर लिया, उसमे साक्षी भी थी, मुझ पर रंगो की बाल्टियाँ उड़ेली जाने लगी, धरती रंगीन हो उठी थी। गर्व से हँसते हुए साक्षी बोली-"और डालो ,, यही कंपकपी की दवा है जनाब को कंपकपी छूट रही है मैने पूरी ऊर्जा से रंग भरी बाल्टी छीन ली और साक्षी पर डाल दी, संयोगात उसके हाथ से अबीर का पैकेट गिर पड़ा मैने सारी अबीर एक ही साथ उसके कपोल पर मल दी। तभी मुझसे छिपते हुए बोली- ये कैसी हरकत है? हरकत नहीं'- मौसम का उन्माद और पैगाम है, जो तुम सब पर चढ़ा था वही मुझ पर आ गया। इधर-उधर देखा मेंदान साफ था,उसकी सहेलियाँ दूर खड़ी तमाशबीन थी। भीतर से माँ जी दौड़ी आयी और साक्षी पर खूब डाट पड़ी।

छुट्टी समाप्त हुई और एक दिन पूर्व से ही मेरी तैयारी प्रारम्भ हो गयी थी, साक्षी ने कहा-'फिर कब आओगे..? जी...ये तो नहीं बता सकता जब बड़ी छुट्टी होगी तभी आऊँगा। उसकी चम्पे की कली सी अँगुली उठी- "देख रहे हो ! 'हाँ' ... साक्षी कहो! देख रहा हूँ, मैने उसकी सुधर बड़ी आँखों में झाँका असीम प्रेम की प्रच्छाया,और प्रेम की निर्झरिणी रेशमी अलकों पर चाँद की रजत रश्मियाँ फिसल रही थी, साक्षी-जब मैं- चाँद देखती हूँ तब तुम्हारी बहुत याद आती है चाँद को कहीं तुम भी देखते हो?

महानगर के कृत्रिम बैद्युतीय चकाचौध में दूज के चाँद को मैं बहुत ढूँढ़ता हूँ, वह तुझे बहुत प्रिय है न.., हाँ' उसकी आँखों में अश्रु निर्मित मोती सदृश्य चू पड़े। साक्षी! तुम रो रही हो..? हाँ प्रकाश..! भाग्य पर तुम्हारे भीतर यह जिज्ञाशा होगी कि यह कैसी लड़की है, किस मिट्टी की बनी है? कभी नाराज होती है, हँसती है, प्यार करती है तुम क्या जानोगे मेरे भाग्य में क्या है? आप और आप का परिवार मुझे बहुत प्रिय है, मैं नहीं चाहती मेरे कारण आप का भी जीवन झंझाबातो एवं संघर्षो में व्यतीत हो। तुम मुझसे इस लिए रूठे थे न , तुम्हारी भावनाओ का आदर करूँ..... किन्तु यह कैसे हो

सकता है प्रकाश! मैं तुम्हारी हूँ किन्तु पत्नी नहीं , भाव-प्रेयसी समझ सकते हो ।

आखिर क्यों?

मैं तुम्हे धोखा नहीं दे सकती प्रकाश, समय आने पर तुम्हें ज्ञात हो जायेगा कि हम दोनों का विवाह क्यों नहीं हो सकता?

प्रकाश-' आज क्यों नहीं?

साक्षी-' मेरी जन्म कुण्डली में है कि जिससे मेरी शादी होगी वह कभी सुखी नहीं रहेगा, विविध, द्वन्दों, समस्याओ के झंझावाती बादल उसके जीवन को ढ़क लेंगे और एक-एक पल पहाड़ सा दूभर हो जायेगा ।

मैं इन बकवास बातों पर विश्वास नहीं करता। मुझे अपने परिश्रम पर पूर्ण विश्वास है लक्ष्य के प्रति अभीष्ट चिन्तन और कर्तव्य परायणता ही व्यक्ति को सफल बनाता है मुझे भाग्य वाद पर नहीं कर्मवाद पर विश्वास है,

"नारी हृदय की संवेदना एवं प्रेम-सर्मपण की गहनता को तुम क्या समझोगे प्रकाश? वह पुरूष से अधिक भावुक एवं भावनाओं की धारा में बहने वाली होती है सौन्दर्यबोध एवं आर्कषण के प्रति आकृष्ट होना उसका विशिष्ट गुण है, अस्तु जिसके प्रति समर्पण हुआ तो उसे दुखी नहीं देख सकती , उसमे त्याग तितिक्षा की प्रवृत्ति प्रभावी रहती है, वह नहीं चाहती कि कृतघ्नता जैसे घृणित शब्दों का वह पयार्य बनें।

मैं कल सुबह की गाड़ी से चला जाऊँगा किन्तु कान खोलकर सुन लो.."होनी को कोई टाल नहीं सकता, जो होना है वही नियति है और सत्य है, वह होगा उसे सम्भव बनाने हेतु परिस्थितियॉं भी और परिवेश भी वैसे होने लगते हैं, मैं एक माध्यम हूँ जो सोचता हूँ वही दिवा स्वप्न है, प्रायः अनचाही एवं अनिश्चित वस्तुओं से हमे सामज्जस्य करना होता है यह तो मान ही लो साक्षी, तुम और तुम्हारा प्रेम मेरे जीवन में रच-बस चुका है, तुम्हे न पाकर मैं अधूरा रहूँगा। यही आत्मा की आवाज है।

*****

कालेज में वार्षिकोत्सव की तैयारी चल रही थी, जहाँ आज तक मुझे ग्रामीण क्षेत्र का होने से हेय देखा जाता, वहीं, विविध प्रतियोगिताओं में प्रथम आने से लोगो की दृष्टि मुझपर गड़ने लगी। उन्हीं दिनों क्रिकेट मेंच का आयोजन हुआ। मुझे उसका अच्छा अभ्यास न था। गाँव में गिल्ली-डण्डा जैसे खेल का मर्मज्ञ था, आखिर मुझे प्रथम वर्ष की तरफ से खेलने का अवसर मिला। खुद ही आश्चर्य था कि कैसे मैने चौहत्तर रन जोड़े मुझे खेल का मेंन ऑफ दि मेंच का खिताब मिला। बस बन गया हीरो, प्रथम सेमेंस्टर की परीक्षा में सर्वाधिक अंक मिले, छात्र-छात्राओं से भरे सभाकक्ष में प्राचार्य जी ने पीठ ठोककर शाबाशी दी मेरा हृदय बल्लियों उछल पड़ा था, काश! साक्षी भी उपस्थित होती ।

मेंडिकल कालेज के छात्र और प्रोफेसर जहाँ खुश थे वही लड़कियॉ, इसलिए नाराज थी कि मैं किसी से बात नहीं करता, उस दिन मैं जब हैगिंगार्डेन पार्क में बैठा था कि समीप बेन्च पर बैठी लड़की जो मेरी तरफ देख रही थी, पर दृष्टि पड़ी जो साथ पढ़ती थी, मैने कहा-' जी आप सुचिता हैं, उसका चेहरा कमल सा खिल उठा, विहँसकर बोली-'मुझे आश्चर्य है कि आप मेरा नाम तक जानते हैं।?

'जी इसमे आश्चर्य की क्या बात है? आप साथ पढ़ती हैं, साथ तो बहुत सी लड़कियॉ पढ़ती हैं क्या आपको सबका नाम ज्ञात है? यह आवश्यक नहीं है कि सृष्टि के समग्र मानव एक ही किस्म के हों और बर्ताव भी एक जैसा हो। अर्थात यह कह लीजिए, कुछ वस्तु सामान्य तो कुछ प्रिय और अति प्रिय होती है। शायद समझ ही गयी होगीं। आपके विचार और बातें साधारण किस्म की नहीं होती, यहाँ सें करीब ही मेरा घर है, चलो न मम्मी से मिलवा दूँ। उनसे तो प्रायः तुम्हारी ही चर्चा होती है प्रकाश-आह! सुचिता, मुझे अविलम्ब होस्टल पहुँचना है दुखः है कि आपके प्रतिवेदन को स्वीकार नहीं कर पा रहा हूँ। हॉ आज तो नहीं किन्तु किसी दूसरे दिन चलूँगा। में वहाँ से होस्टल लौट आया।

*****

"संध्या की लालिमा फव्वारे के जल-प्रवेग एवं संगठित धवल जल -कणिकाओं से क्रीडा करने लगी थी पार्क में लगे वृक्ष के शीर्श पर गोधूली का प्रभाव

स्पष्ट था , जहाँ मैं कई-कई घंटो बैठा प्राकृतिक सुषमा को निहारता और शनैः शनैः उनमें डूब जाता, ऐसा तो कवि अथवा दार्शनिक ही करता है, मैं न तो कवि था न ही दार्शनिक । मगर कुछ था तो साधक, वह भी साक्षी के प्रेम और अलौकिक आकर्षण का, रूप लावण्य का । वह महज सुन्दर ही नहीं, मृदुभाषिणी, संवेदनशील विविध गुणों से सम्पन्न थी। उसमे कुशल जीवन-संगिनी के समग्र गुण विद्यमान है आज मैं जैसे ही पार्क में बैठा, पीछे से आवाज आयी, प्रकाश..?

मैं साश्चर्य देखने लगा संदीपा थी, साथ पढ़ने वाली एक लड़की । कुछ पूँछने से पूर्व बोली-'आप से मिलने गाँव की एक लड़की आयी है?

'कहाँ है? " उठते हुए सविस्मय पूँछा।"

'जी' .....मेरे हास्टल में...।

'किन्तु उसे यहाँ क्यों नहीं लायी...?'

जी आप जानते हैं कि लड़को के होस्टल में ....लड़कियों का ......

हाँ...हाँ. जानता हूँ फिर तुम्हारे होस्टल में..., ।

ठीक है, भला आपसे किसको आपत्ति होगी। आगुन्तुक लड़की से मिलकर वापस जाइएगा, वह मेरे साथ रहेगी। संदीपा ने कहा तत्क्षण साक्षी का रूप मेरे मन व मस्तिष्क पर तिरआया, कहीं-वही तो नहीं है संदीपा का भी प्रस्ताव उत्तम लगा और उसके पीछे-पीछे जाने लगा। सहसा रुक और सोचने लगा मेरे साथ धोखा तो नहीं हो रहा है? साक्षी का आने का कोई उद्देश्य ही नहीं है आखिर वह क्यों आयेगी? मैं क्षण भर रूका और सोचने लगा। संदीपा ने पूछा-"क्या बात है प्रकाश..?

प्रकाश-"सोच रहा हूँ छात्राओं के होस्टल में मेरा.., वह भी रात में जाना उचित है? द्वार पर खड़े गार्डो को अपत्ति नहीं होगी?

संदीपा-कायरता पुरूषोचित नहीं? प्रकाश!

मैं लड़की होकर तुम्हारे होस्टल में आ सकती हूँ, और तुम..,भीरू बने हो..किन्तु हाँ यदि तुम्हारे भीतर किसी प्रकार की कोई आशंका प्रतिघात कर रही हो तो लौट जाओ, वह लड़की मेरे होस्टल में है ही सेवा में कमी न होगी, कल दिन में मिल लेना।

नहीं संदीपा, चलता हूँ, किन्तु क्या ऐसा नहीं हो सकता..?

संदीपा-'क्या .? देख तो लूँ कौन है फिर कल मिलूँगा।

मेंन गेट पर चलने की क्या जरूरत? छोटे गेट से चलते हैं, वहाँ एक ही चौकीदारी बैठता है, जिसे हमने पटा रखा है सामने छोटा गेट था, संदीपा ने चौकीदार से कहा इन्हे जाने दो ये हमारे मेंहमान है।

चौकीदार ने कहा-' जाइए ! जाइए !

मैं अवाक् उसे देखता रहा, सोचने लगा यह इन लड़कियों के हाथ विका होगा। संदीपा आगे थी और मैं पीछे-पीछे संकुचित मनोभाव के साथ, किसी युवा लड़की के साथ चलना अनैतिक एवं अनुचित प्रतीत हो रहा था, लिंक मार्ग के दोनों ओर फूलदार पौधे थे, विविध वर्णो के पुष्प उनकी सुगन्ध से आस-पास का वातावरण सुगन्धित एवं मादक था। करीब पच्चास मीटर के अन्तराल पर बिजली के खम्भे उन पर आधुनिक किस्म की मरकरी ट्यूब प्रकाशित थी। आगे सघन-झाड़ियों के मध्य से मार्ग था, अचानक संदीपा रूक गयी, मेरा हृदय-धक्-धक् करने लगा। हे ईश्वर क्या होगा ? कहीं त्रिया-चरित्र के जाल में उलझ तो नहीं गया हूँ। बचाओ प्रभो! मन में कहा ही था कि तभी संदीपा ने ताली बजायी और होस्टल की कई छात्रायें वहाँ आ गयीं। उनमें छात्रा की नेता मीनाक्षी भी थी उसने कहा-"अच्छा फँसे बुद्धूलाल,"

प्रकाश-"मीनाक्षी..! मेरे लिए षड़यन्त्र धोखा, कैसे कोई किसी पर विश्वास करेगा। मैं तुम्हारी इस करतूत को कल ही सार्वजनिक करता हूँ।

मीनाक्षी- बहुत भोले हो प्रकाश, मैं मानती हूँ तुम होनहार डाक्टर बनोगे, किन्तु राजनीति और युग के साथ चलने की कला तुममें लेश मात्र भी नहीं है

प्रकाश- अच्छा होगा कि मीनाक्षी तुम राजनीति छोड़कर अपने पेशे के प्रति कृतज्ञ बनो, आस्था रखो, तुम्हारे साथ इन लड़कियों का कैरियर भी दिशा हीन हो रहा है मीनाक्षी-"एक शर्त पर तुम्हारी बात मान सकती हूँ?

प्रकाश-कहो?"

मीनाक्षी-' मैं तुम्हे प्यार करती हूँ, तुमसे शादी करना चाहती हूँ, क्या अनुबन्ध स्वीकार है ?

प्रकाश-इस विषय पर निर्णय करने का अधिकार मेरे पास कहाँ है?

मीनाक्षी-' फिर किसके पास है?

प्रकाश-पिता जी के, जिन्होने मुझे पैदा किया है

मीनाक्षी-'कितनी घटिया सोच है,(ह...ह) सभी लड़कियॉ हँस पड़ी, प्रकाश! तुम्हारी सोच विल्कुल गँवई गँवारो जैसी है युग तेजी से बदल रहा है और तुम...........!

प्रकाश- (उच्च स्वर में) मीनाक्षी! "युग नहीं कहता की अपनी मूल परम्परा रीति-रिवाज, सदाचार संस्कृति और त्यौहारों की मर्यादा के ताक पर रख कर पाश्चात्य संस्कृति का अन्धानुकरण करें। मानवोचित भारतीय आदर्शो की धज्जी उड़ाये। युग विकास का पक्षधर होता है न अव्यवहारिकता का।"

मीनाक्षी- प्रकाश! तुम्हारी हिम्मत की जितनी प्रशंसा की जाय कम है छोड़ो यार आज मेरे साथ रहना होगा। नाचना गाना होगा। तब दर्शन जिसे तुम तोते की तरफ रट रखे हो उससे तुम्हारी सोच एवं दृष्टि में परिवर्तन होगा।

प्रकाश- ' तो तुम मेरे साथ रैंकिग करोगी?

मीनाक्षी- काफी समझदार हो प्रकाश भूल गये वह दिन जब तुमने प्राचार्य जी से फटकार लगवाई थी। यही शिकायत थी न मैं तुम्हें छेड़ती हूँ। आश्चर्य! आज तक तो लड़के लड़कियों को छेड़ते थे किन्तु शायद तुम सृष्टि के प्रथम व्यक्ति हो जो प्राचार्य के समक्ष लड़की के छेड़ने की शिकायत लेकर गये थे, तुम्हें आज तुम्हारे किये की पूरी ईमानदारी से सजा मिलेगी। तभी प्रकाश की दृष्टि सुचिता पर पड़ी।

प्रकाश-" सुचिता! तुम और इन लड़कियों के साथ?

मीनाक्षी-'सुचिता को कुछ ज्यादा ही पहचानते हो प्रकाश..? आज जो छेड़छाड़ तुम्हारे साथ होगी वही करेगी।'

प्रकाश-' मीनाक्षी! रेत के पुल न बनाओ, तुम जैसी भ्रष्ट लड़कियों की हिम्मत नहीं कि मुझसें आँख मिलाकर बातें करें, कष्ट तो इस बात का है कि तुम्हारे सम्पर्क में सीधी-साधी भोली-भाली अच्छे कैरियर वाली लड़कियों का जीवन व्यर्थ हो रहा है में इसकी शिकायत प्राचार्य जी से करूँगा।"

मीनाक्षी–' मेरी बिल्ली मुझसे म्यों, मैं तुझे उसके लायक छोड़ूँगी तब न ..। तुम मुझे नहीं जानते प्रकाश ...? प्राचार्य से एक साधारण शिकायत का हश्र भोगने जा रहे हो, काश उतने से भी न सुधरे तो ....?

प्रकाश–' मुझे धौंस न दो मीनाक्षी, तुम्हारी धौंस वही सुनेगा, जिसे तुमसे कुछ अपेक्षा होगी।,

मेरा नाम मीनाक्षी है, इस नाम से अच्छों-अच्छों के पसीने छूट जाते हैं और तुम ..., जीवन भर याद करोंगे प्रकाश.., मैं चाह लूँ तो जिस प्राचार्य की तुम धौंस दे रहे वह आफिस में नहीं बैठ सकता।

प्रकाश–' मुझे धमकी न दो मीनाक्षी चरित्र को न तो दुश्चरित्रता डंस सकती है न ही यथार्थ को असत्य। पुरूष के रूप में तुमने आज तक कायर देखा है... मैं कमजोर पुरूष नहीं हूँ जो तुम्हारे सौन्दर्य-रूपी दम्भ की बन्दर घुड़की से भयभीत हो जाऊँ।

मीनाक्षी–'ओह! सुचिता, संदीपा, अनुभा पकड़कर इसके कपड़े उतार लो। लड़कियों ने उसे घेर लिया। प्रकाश बोला- मैं कहता हूँ मेरा रास्ता छोड़ दो...वरना....।

मीनाक्षी–'वरना क्या करोगे?

प्रकाश–' शोर मचाऊँगा।

ह..ह...ह....ह..सभी जोर से हँस पड़ी।

मीनाक्षी–' कितने बुद्धू हो प्रकाश, शोर भी मचाओगे पकड़े भी जाओगे, इसे भूल रहे हो कि इस समय लड़कियों के होस्टल में हो। यहाँ तुम सीधे जेल जाओगे। जेल के नाम पर पॉव काँप गया। मन यथार्थ के निष्ठुर पथ पर विचरण करने लगा। यहाँ ऐसी परिस्थितियॉ बनने वाली थी जिसकी स्वप्न में भी अपेक्षा न थी। नीति का मत है परिस्थितियॉ विपरीत हो तो सांमजस्य स्थापित करते हुए मौन अथवा सरल बनकर कार्य हल कर लेना चाहिए । मुझे आश्चर्य था शहर की इन बिगड़ी हुई लड़कियों पर, उनके यौवन-उमंगों की शरारत पर, धर्म और मर्यादा के रक्षार्थ समय से समझौता करना उचित मानते हुए मैने कहा-'तुम्हारे प्रत्येक दण्ड मान्य है?

प्रकाश- आदेश करो।

मीनाक्षी-‘“ह..ह...ह... (मुस्कुराकर) आये न राह पर, सच है सीधी अंगुली घी नहीं निकलता। आओ मेरे पीछे, याद रहे भागने की कोशिश करोगे तो मँहगा पड़ेगा, मेरा मन बन्द पिजड़े में पंछी की भाँति आगे बढ़ा कि तभी मीनाक्षी बोली-तुम्हारी ये रात मस्ती भरी होगी, दोनों साथ खायेंगे-पियेंगे नाचेंगे साथ सोयेंगें किन्तु कोई छेड़छाड़ नहीं होगी।

प्रकाश-“ मुझे जाने दो मीनाक्षी! क्या किसी पुरूष के साथ ऐसा अभद्र व्यवहार अनुपयुक्त नहीं? तुम्हें सब करते अपराध बोध नहीं होता?”

मीनाक्षी-“ पाप-पुण्य, अपराध और उचित अनुचित पर अधिक विचार कायर करते हैं, मेरी आत्मा जो कहती है वही करती हूँ आत्म-तृप्ति ही पुण्य है, सुख का साधन है, अपराध वह है जिसे नहीं करना चाहिए, किन्तु कभी-कभी अनचाहे में हो जाता है तुम्हें बोध हो चुका होगा कि अपराधी कौन है, तुम या मैं..? ”

प्रकाश-” परिभाषाओं को तोड़कर प्रस्तुत करना न्याय नहीं, तुच्छ आत्मतोष, एवं जज्बात में बहते हुए, गुरू-परम्परा की मर्यादा को मटिया मेंट करना है, अध्ययन शील छात्र-धर्म को दूषित करते हुए उसे वैचारिक-विम्बो से जोड़ना क्या उचित है? यह न भूलो मीनाक्षी, सहिष्णुता और सत्कर्तब्य से पूर्ण जीवन सफल और श्रेष्ठ होता है कर्म वही प्रधान है जिसमे लोकहित की मर्यादा जुड़ी हो, किसी की आत्मा को कष्ट देकर निजी सुख की अभ्यर्थना निश्चित ही आत्मा की निर्वलता का प्रतीक माना गया है

मीनाक्षी- मुझमें आत्मा की आवाज सुनने की क्षमता है?

प्रकाश-“ कहो मीनाक्षी स्वागत है, किन्तु यथार्थ को परिप्रेक्ष्य में रखकर, और समय पर विश्वास करके ।”

मीनाक्षी-“यह अन्तर तो तुम्हीं कर सकोगे। तुम यह भी कह सकते हो कि मैं तुम्हारे पीछे क्यों पड़ी हूँ? सब का एक ही कारण है -

‘रूप गुण’ और पुरूषार्थ नारी इन्हीं गुणों से सम्पन्न पुरूष को आत्मदेव बनाना चाहती है, प्रथम दृष्टि में ही तुम्हारी उल्लास सम्पन्न हँसी मेरे हृदय-तन्तु को आत्मसात कर गयी थी। करीब आने और नेत्रसुख के लिए योजनाओ का तानावाना बुन ही रही थी कि आपने मेरी शिकायत प्राचार्य जी तक पहुँचा दी।”

प्रकाश -' संयम ही नारी का आभूषण है, क्षमाशीलता और गम्भीरता उसके प्रधान गुण, मीनाक्षी तुममें उत्तम नारी के गुण नहीं हैं, और न ही तुमको अध्ययन के नियमों की मर्यादा का बोध है, तुम्हें यह तो सोचना ही था कि तुम जिसे चाहती हो क्या वह भी तुम्हें चाहता है.......?

मीनाक्षी- हॉ..हॉ... बताओ प्रकाश मुझे चाहते हो..?

नहीं!नहीं! .....लेश मात्र भी नहीं, तुम्हारा जैसा आचरण है उससे मुझे घृणा है तुम्हें उल्लास-विलास और वैचारिक स्वप्नों में जीने की आदत है। जबकि मैं कर्तब्य को जीवन का प्रमुख अंग मानते हुए यथार्थ में जीने का आकाँक्षी हूँ। प्रकाश ने कहा।

मीनाक्षी बोली-" शतरंज का खेल देखे हो प्रकाश ..? शायद नहीं , हार मानना मेरा स्वभाव नहीं , जीवन-रूपी शतरंज की चाल में ऐसी गोटी चलूँगी कि समर्पण ही आखिरी विकल्प होगा।"

प्रकाश-" दिशा एवं संस्कार हीन तुम्हारा जीवन विकृतियों के अरण्य में भटक गया है तुम्हें अपनी मर्यादा का लेशमात्र भी चिन्तन नहीं? अच्छे परिवार में जन्म हुआ है पेशे से डाक्टर होने जा रही हो, डाक्टर भगवान का रूप होता है और तुम...., छिः छोड़ दो अपनी घिनौनी जिद को और आदर्श नारी बनने का प्रयास करो ।"

मीनाक्षी-" तुम्हारी इन्हीं अदाओं की कायल हूँ प्रकाश, न जाने तुमने कैसा जादू कर दिया है कि भुला नहीं पा रही हूँ, मुझे चाहने वाले लड़को की कमी नहीं किन्तु ...।

प्रकाश-" क्या कहूँ मीनाक्षी मैं गाँव से सम्बन्धित हूँ और गाँव में शादी भी कम उम्र में हो जाती है मेरा विवाह हो चुका है, बेहतर होगा कि तुम किसी और को हृदय के आसपास रखो।"

मीनाक्षी-"यही तो मुझमें कमी है प्रकाश, हार मानना मेरे शब्द कोश में नहीं है, तुम्हारी शादी हुई तो क्या...? मेरे साथ लुत्फ तो उठा सकते हो, जीवन में बहुत कुछ मिलता और खोता है बेहतर जीवन जीने हेतु आनन्द -सागर में डुबकी लगाना अनिवार्य है मेरे परिरम्भ में रात गुजारोगे तो असीम सुख की अनुभूति होगी, यौवन एक सागर है, सागर रूपी यौवन में भोग अक्षुण एवं सुखद है अब मैं नहीं चाहती कि मुझे दर्शन की शिक्षा दो, स्मरण

रहे मधुप पराग के लोभ में सरोज पर बैठता है, अतृप्तावस्था में उससे विलग नहीं हो पाता और उसी में रात भर पड़ा रहता है ठीक तुम भी अतृप्तावस्था में बार-बार मेरे पास आओगे, कोई भी मार्ग प्रथमतः कठिन किन्तु बाद में सहज हो जाता है"

सत्य है, किन्तु एक हाथ नहीं बजता, हठात् ली गयी वस्तु या दी गयी वस्तु मूल्यहीन एवं अनुपयोगी समझी जाती है मैं मानता हूँ कि कमल अपने आकर्षण चक्र में मधुप को आकृष्ट कर भरमाता है किन्तु सरोज तो बनो अपने भीतर आकर्षण एवं सुरभि तो सहेजो तब तुम्हें किसी को हठ पूर्वक नहीं बुलाना पड़ेगा। वह स्वयं तुम्हारे लिए ललचाएगा और आस-पास मड़रायेगा और तुम्हारा बनना चाहेगा।"

मीनाक्षी-" सुनो प्रकाश! विचार विचारक और सिद्धान्त अलग-अलग है अंगार का स्वभाविक गुण जलाना है फिर भी उसका सौन्दर्य अलौकिक है" बुझाने पर धुआँ निकलने लगता है मैं सरोज तो नहीं बन सकी आग तो बन सकती हूँ। मुझे तृप्त करो प्रकाश....तृप्त .. ।

मूढ़ के समक्ष अलाप उचित नहीं, विकृत संस्कृति एवं कुत्सित वातावरण में पालन-पोषण का यही प्रभाव है मैने गम्भीर श्वॉस छोड़ते हुए सोचा-" सत्य के ललाट पर पाखण्ड का तिलक, धोखा? पुरूषार्थ के प्रति प्रतिकार, अनाचार...ओह! दुष्ट कुल्टाओं के चंगुल से कैसे निकलूँ...इन्हें तो क्षण भर में सबक सिखा दूँ किन्तु क्षोभ है कि इनके होस्टल में हूँ, इनके शोर मचाने या चिल्लाने पर पुलिस मुझे गिरफ्तार कर सकती है क्या करूँ या न करूँ कुछ समझ में नहीं आता। काश बाहर होता तो इनकी गुण्डा-गर्दी की धज्जियॉं उड़ा देता, इन्हें ऐसी सीख मिल जाती जो कभी न भूलती । कैसी विड़म्बना है, अच्छे परिवार से आने वाली ये लड़कियॉं परिवार और समाज को कितना बड़ा धोखा दे रही हैं। मैं गम्भीर खड़ा विचार-सागर में निमग्न था तभी मीनाक्षी और सुचिता में कुछ बातें हुई। दोनों जोर से हँसी, मीनाक्षी भीतर चली गयी।

सुचिता ने कहा-'प्रकाश! मुझसे कैसी अपेक्षा रखते हो?

मुझे इस मुसीबत से मुक्त कर दो सुचिता, कैरियर का प्रश्न है किन्तु प्रकाश, तुम्हारी विडियो ग्राफी हो चुकी है, हालांकी उसे भी मैं रफ करने का प्रयास करूँगीं जाओ और पीछे मुड़कर मत देखना,।

धन्यवाद! पिजड़े में कैद पंछी की भाँति मुक्त होते ही मैं भागा, झाड़ियों की घनी छाया में छुपना ही मेरे लिए उचित था। कहाँ गया कैसे चला गया ? मीनाक्षी की सख्त आवाज मेरे कानो में पड़ी, चप्पा-चप्पा छान मारो, यहीं कहीं छिपा होगा। अँधेरे से, उजाले की, गतिविधि पर दृष्टि रखी जा सकती थी। टार्च जलाते हुए मेरे समीप से एक टोली गुजरी और में ईश्वर का स्मरण करने लगा, गाँव का लड़का था, तभी स्मरण हुआ शहरी लड़कियॉं बहुत डरती हैं, उन्हें डराया जा सकता है शरीर में जोश उमड़ा और झुककर पत्तों को हिलाते हुए फो....फो की तेज ध्वनि से झाड़ियों के भीतर ही करछाल मार दी और हाथ पॉव के बल चला, करामात सार्थक सिद्ध हुई। लड़कियों ने न आव देखा न ताव , सरपट भाग खड़ी हुई। किसी के हाथ से टार्च गिरी तो किसी का डुपट्टा किसी की चप्पल छूटी तो कोई मुँहके बल गिरी। हाँफतें हुए सभी भाग निकली , गर्व से सीना ताने मैं बाहर आया, दो दुपट्टा और टार्च मेरे हाथ लगी, अब सुन्हरा मौका था, मुड़े हुए ऊँचे लोहे के गिरिल में दुपट्टे को फँसा कर चहरदीवारी पार की। भीतर लड़कियों के साथ गार्ड की भी आवाज सुनायी देने लगी। कौन था कहाँ गया ..? जान बची तो लाखों पाये, जैसे-तैसे मैं अपने होस्टल पहुँचा, हृदय गति अब भी तीव्र थी, होती भी क्यों न, अजीब मुसीबत से मुक्त हुआ था। सच है चौबे गये थे छब्बे बनने दूबे होकर लौटे। मन में विविध भाव उमड़ने लगे, मियाँ भाग तो आये किन्तु तुम्हारी तस्वीरे, कल प्राचार्य जी के समक्ष आयेगी तो क्या होगा? हृदय की तीव्र गति हो गयी, सोने का प्रयास किया किन्तु आँखो में नींद कहाँ..? मैं उठा और कक्ष से बाहर निकल आया, बरामदा पार कर सीढ़ियों से उतर कर कालेज के भीतर बने लान में बिछी हुई बेंच पर बैठ गया। सनामन्न सोता हुआ होस्टल ऊँघते हुए तरू, शान्त और स्निग्ध वातावरण था। बेंच के हत्थे से सिर टिकाने पर कुछ आराम महसूस किया, विश्व का श्रेष्ठ आर्थिक नगर, भौतिक चकाचौध ऐश्वर्य के समग्र साधन, किन्तु उन्हीं के लिए जिनके पास धन है, कितने तो नाली के किनारे तो कितने फुटपाथ पर मच्छरों की भाँति जीवन-यापन करते हैं, व्यक्ति का यही प्रारब्ध भोग है क्या स्वर्ग और नर्क यही है..?, फिसलनदार सौम्य दीवारें संगमर विछी चमकदार फर्स, लाखों के सजावट के उपकरण मखमली विस्तर भौतिक ऐंश्वर्य की सम्पूर्ण व्यवस्था नौकर-चाकर, कार बिलासिता के समग्र साधन, सुविधा, क्या यही स्वर्ग भोग है..? मन ने कहा-हॉं यही स्वर्ग है, नर्क भोग

अभाव ग्रस्त जीवन है, दुर्गन्ध युक्त नालियों, कचड़पट्टियों में रहने वाले इन्सान हैं।

मेरी आत्मा ने मन से पूछा तुम कहाँ हो? म..य.. मैं...अच्छा प्रश्न है.? यही हूँ बस.. न स्वर्ग में न नर्क में । मन ने आत्मा को गोल-मोल उत्तर देकर बहकाया। क्षणोपरान्त आत्मा बोली मैं उत्तर से सन्तुष्ट नहीं हूँ, जब स्वर्ग नर्क दोनों यही है तो एक में होना ही है मन मौन था, आत्मा पुनः बोली -मेरा विचार सुनों मैं इस समय नर्क में हूँ। जिस प्रकार सुख और दुख मन की अनुभूतियॉ हैं, ठीक वैसे ही स्वर्ग और नर्क भी, उसी अनुभूति से परिबद्ध है। दोनों का एक दूसरे से सामन्जस्य है जहाँ सुख-स्वर्ग का परिबोधक है वहीं नर्क-दुख का। दुख-सुख, स्वर्ग-नर्क का सम्बन्ध साधन से नहीं, मानसिक अनुभूतियों से है देखो, सोने का उत्तम साधन होते हुए भी बेंच पर क्यों बैठे हो ..?क्योकि तुम दुखी हो, यही नर्क है साक्षी के साथ अहसास के जो तुम्हारे क्षण रहे हैं। वे सुख दायक थे, वे स्वर्गानुभूति के क्षण थे किन्तु मखमल पर सोने वाला व्यक्ति नहीं सो पा रहा है, नींद की दवा से कुछ नींद आयी थी तो उसका भी असर चला गया। बालकनी में खड़ा नाली के किनारे ठेलों पर सोने वालों को देख कर सोच रहा है, कितने भाग्यशाली हैं ये लोग.. भर नींद सो तो रहे हैं। किसी को सन्तान का शोक तो किसी को ब्याधि का। स्वर्ग और नर्क मन के अस्थायी विकल्प हैं, अनुभूतियॉ है, जो समय के साथ परिवर्तित होती रहती हैं, हमारे कर्तब्य उन्हें बल देते हैं और मार्ग के प्रस्तोता होते है।

-: दस :-

न्यायालय में चहल-पहल थी, 'विद्या हत्याकाण्ड' की सुनवाई आज उच्च न्यायालय में होनी थी, शास्त्री, सीताराम एवं राजीव दो दिन से अधिवक्ताओ से सलाह लेने और श्रीव्रत की जमानत कराने में व्यस्त थे। राजीव ने उच्च न्यायालय के श्रेष्ठ अधिवक्ता को चुना था, एक दो सामान्य पेशी तो ऐसे ही बीत गयी, और आज बहस का दिन था, पक्ष के अधिवक्ता वी०एन० मिश्रा को विश्वास था कि श्रीव्रत की बेल अवश्य करा दूँगा। उनके

वाद-प्रतिवाद के अवसर पर तो कभी-कभी न्यायाधीश भी दंग रह जाते। उनकी बहस सुनने और सीखने हेतु अनेक जूनियर अधिवक्ता उपस्थित रहते थे। मृदु भाषी श्री मिश्रा के समक्ष विद्या एवं बोधू पक्ष के अधिवक्ता श्री बतरा थे, जो कई बार सरकारी वकील रह चुके थे।

"बहस के प्रथम चक्र में श्री बतरा ने श्रीव्रत से पूछा -" जब तुम्हारी शादी हुई तो उम्र क्या थी?

श्रीव्रत- " कोई सत्तावन वर्ष।"

अधिवक्ता-विद्या की उम्र क्या रही होगी ?

श्रीव्रत- यही कोई पच्चीस-छब्बीस वर्ष ।

तुम्हारी बेटी की उम्र ..?

दो वर्ष ...!

जब विद्या सागर में छलाँग लगाई तो तुम कहाँ थे...?

श्रीव्रत- " मैं उसके पीछे कोई पच्चास कदम पर था। मुझे क्या पता वह सागर में कूद जायेगी।"

बतरा-" तुम नहीं जानते थे कि सागर में कूद जायेगी।"

श्रीव्रत- नहीं ,

मीलार्ड, मुल्जिम की उम्र और मृतका की उम्र में बाप-बेटी सा अन्तर था, मुल्जिम का मानना है कि वह नहीं जानता था कि सागर की तरफ बढ़ने का क्या तात्पर्य है सच तो यह है मीलार्ड, मुल्जिम ने अपनी पत्नी को घर में ही वाद-विवाद के पश्चात् गला दबाकर मार डाला और सूनसान देख विद्या का शव दरिया में फेंक दिया। अब गवाह के तौर पर बोधू का बयान सुने..।

बोधू-"में पवित्र ग्रन्थ गीता पर हाथ रखकर कहता हूँ कि सत्य के सिवा कुछ न कहूँगा, मैं काम से लौटा था थकामाँदा सोचा, सागर तट पर बनीं बेच पर बैठ कर विश्राम कर लूँ तभी एक बोरे में रखी कुछ वस्तु को एक व्यक्ति कन्धे पर रखे सागर के किनारे बढ़ा जिसे सहसा सागर में डाल दिया, मैने उस व्यक्ति को पकड़ा जिसे श्रीब्रत के रूप में पहचानता

था और यह भी जानता था कि उससे और उसकी पत्नी से आये दिन झगड़ा होता था, मैने जब उससे पूँछा कि तुमने अपनी पत्नी की हत्या कर सागर में फेंक दी तो वह मुझे पैसे के बल पर शान्त रहने का प्रलोभन दिया जिसे मैने अस्वीकार कर दिया। "मिस्टर बोधनाथ उर्फ बोधू तुम्हीं हो ..? अधिवक्ता मिश्रा ने पूछा। जी तुम उस व्यक्ति को कब से जानते हो और बोरे में उसकी पत्नी की लाश है यह कैसे जान गये? जी, मैं इन्हें दो वर्षो से जानता हूँ और पत्नी से इनकी नोंक झोंक चलती रहती थी, तथा इनकी पत्नी इन्हें पसन्द नहीं करती थी।"

बस अब और कुछ नहीं पूँछना है मीलार्ड यहाँ तो दूध का दूध पानी का पानी अलग हो चुका है महोदय, मुल्जिम की शादी हुए दो वर्ष हुआ और यह व्यक्ति तभी से मुल्जिम श्रीव्रत को जानता है दूसरा नोट करें मीलार्ड कि मृतका अपने पति को न चाहते हुए किसी और को चाहती थी क्योकि उसे किसी जवान की आवश्यकता थी, वह कोई और नहीं बल्कि मिस्टर बोधनाथ जी हैं और उन्हें पति-पत्नी के मध्य होने वाली प्रत्येक गतिविधियों की जानकारी थी। किसी पति-पत्नी के बीच किसी तीसरे की भागीदारी का हश्र क्या होता है यह तो समक्ष है मैं भी बतरा से पूँछना चाहता हूँ कि यदि उनके और उनकी पत्नी के मध्य मैं आ जाऊँ और उनकी पत्नी इनके समक्ष मुझे सर्वसुख अर्पित करें तो...ये..मीलार्ड ! ये वाहियात किस्म की बातें मिस्टर मिश्रा को करने से रोका जाय।

मीलार्ड! पैर में पत्थर से ठोकर लगता है तो चोटिल पत्थर नहीं पैर होता है और यही नियम मुल्जिम और बोधनाथ के मध्य लगता है पाप करने वाले से कराने वाला अधिक होता है न्यायालय से निवेदन है कि उलझी हुई गुत्थी को मनोवैज्ञानिक ढंग से सुलझाया जाय तो निसंदेह अपराध और अपराधी का असली चेहरा स्पष्ट हो जाएगा। हमे चेहरे से और पहनावे से भी अपराधी की पहचान होती है आत्म ग्लानि एवं सम्मान के क्षरण होने की ज्वाला में जलते उस निरीह व्यक्ति को... जिस पर दुख का पहाड़ टूट पड़ा है और पापिष्ट बोधनाथ को जो कहता है कि...जेल में अपराधी दुखी नहीं होता, दुख तो उसे होता है जो निर्दोष हो, अभी तो आपने स्वयं देखा न्यायदाता कि विपक्षी वकील साहब अपमान का सहज घूँट न पी सके वैसे ही कोई भी सम्मानित व्यक्ति नहीं बर्दास्त करेगा, मीलार्ड मैं बोधू की पत्नी और

विद्या के माता-पिता का वयान लेना चाहता हूँ न्यायदाता, आप की अनुमति चाहिए।

न्यायाधीश-'अनुमति है..।"

अधिवक्ता-'बोध नाथ जी तुम्हारी पत्नी कहाँ है और विद्या के माँ-बाप ..?

बोधनाथ- "जी..जी , मेरी तो अभी शादी ही नहीं हुई है और विद्या के माँ-बाप हैं।

मिश्रा- "नोट करें मीलार्ड! इनकी शादी नहीं हुई है.. मेरे विचार से इन्हें, आवश्यकता भी नहीं है, एक विद्या गयी दूसरी आ जायेगी। दूसरी गयी तीसरी आ जायेगी जिसे दूसरे की पत्नी देखना है उसे........।"

विपक्षी अधिवक्ता बतरा बोले-" मेरा मुवक्किल अर्थात बोधनाथ जी एक सम्मानित व्यक्ति हैं, बगैर किसी साक्ष्य के आरोप लगाना किसी अपराध से कम नहीं है मीलार्ड! मिस्टर मिश्रा के ऐसे वाहियात किस्म के सम्बाद पर रोक लगायी जाय न्यायदाता।"

अधिवक्ता मिश्र-"मैं मिस्टर बतरा से पूँछना चाहता हूँ कि उन्हें बोधनाथ के दुस्चरित्र होने के कितने साक्ष्य चाहिए?" क्या यह कम है कि मृतका की माता सगे सम्बन्धी होने के बावजूद भी केश की पैरवी बोधनाथ द्वारा हो रही, मैं श्री बतरा और बोधनाथ और आप से पूँछना चाहता हूँ मीलार्ड कि किस हैसियत से विद्या हत्या काण्ड की पैरवी कर रहे है मृतका से उनका क्या सम्बन्ध था ? क्षण भर न्यायालय शान्त रहा किन्तु तुरन्त बतरा ने कहा-"नारी उत्थान नामक संस्था के सक्रिय कार्य कर्ता होने से नारी उत्पीड़न पर बोधनाथ जी का कदम अग्रणी रहता है

न्यायाधीश-' मिस्टर बतरा अगली तिथि पर मृतका के माता-पिता को प्रस्तुत

करें" अधिवक्ता बतरा-" इसके लिए समय चाहिए मीलार्ड, वे गाँव में रहते हैं।

न्यायाधीश-'आज की कार्यवाही स्थगित की जाती है

भगवान भास्कर... की स्वर्णिमि किरणें जलनिधि की तरंगो से क्रीड़ा करती हुई उसके वक्ष पर नर्तन कर रही थी। उठती-गिरती लहरे जीवन में होने वाले उतार-चढ़ाव की द्योतक थी। प्रकाश सागर तट पर बैठा गंभीर चिन्तन में डूबा था, उसके मानस तल पर साक्षी का सौम्य रूप उमड़ा ...प्रेम का नवधा-तरु और उसका सुखद पल्लवन संवेदनाओ का नवल-चित्रण और अजेय कल्पनाएं। इस नश्वर संसार में मैं एक आत्मा हूँ, जो साक्षी की निर्मल आत्मा को असीमित आकर्षण मानती है मैं उसे प्रेम करता हूँ, क्या प्रेम आत्माओं की सुखानुभूति अथवा मन का समर्पण है? वस्तु या व्यक्ति के प्रति कोई क्यो आकृष्ट होता है दूसरी तरफ कुछ लोगों से हम कन्नी काटते हैं। क्या प्रेम दो आत्माओं की घनिष्ठता या अन्तर्मन का नाद है हृदय का शाश्वत मिलन, अथवा ग्रह-नक्षत्रों के सामंजस्य का प्रतिफल । शायद प्रेम पूर्व जन्म के सम्बन्धों की पुनरस्थिति का अविस्मृत दस्तावेज है

'साक्षी और मेरा जन्म जन्मान्तर का सम्बन्ध है, इस कालेज में बहुतायत लड़कियॉ मुझे चाहती हैं किन्तु मैं उन्हें नहीं चाहता। एक पक्षीय चाह को कभी प्रेम नहीं कहा जा सकता। सुचिता से भी सुन्दर लड़कियॉ मुझे चाहती हैं लेकिन मैं उन्हें नहीं 'सुचिता के प्रति आकृष्ट हूँ ना चाहते हुए भी मेरा अन्तर्मन उसके प्रति खिचा जाता है ऐसा क्यों है क्यों मैं साक्षी को प्रथम दृष्टि में ही ऐसा सोच बैठा कि यह मेरी जीवन संगिनि है? इस कालेज के प्रिसिंपल क्यों मुझे प्रेम करते हैं..? आप सब सोचे किन्तु मैं दार्शनिक नहीं एक डाक्टर हूँ यदि कुछ गलत सोचता हूँ तो अन्यथा न समझे-मेरी दृष्टि में जन्म से मृत्यु के मध्य कितने सम्बन्ध होते और छूटते हैं, कुछ सुख देते हैं तो कुछ दुःख, कुछ से प्रेम होता है तो कुछ से शत्रुता, जैसे हम किसी महत्वपूर्ण कार्य जिसे योजना बध्द तरीके से करते हैं, कुछ आज करते हैं तो शेष दूसरे दिन ठीक उसी प्रकार हमारा गहरा शत्रु यदि अपनी शत्रुता का बदला नहीं ले सकता है तो अगले जन्म में किसी न किसी रूप में अवश्य लेगा, तभी कल ही एक बदमाश का एनकांउटर किया, यहाँ हम यही जानते हैं कि पुलिस ने बदमाश को मार डाला, इस शत्रुता का सम्बन्ध पिछले जन्म का था जो इस जन्म में पूर्ण हुआ।

मैने पिछले जन्म में साक्षी को बहुत चाहा था.. किन्तु कुछ परिस्थितियॉ ही ऐसी हुई कि लाख चाहकर अपना न सका इसी कारण इस जन्म में पैदा कहाँ हुई और आ कहाँ गयी। सुचिता से भी पूर्व जन्म का मेरा

कोई न कोई सम्बन्ध रहा होगा। मृत्यु के पूर्व जिन्हें हम बेहद चाहते हैं जिन सम्बन्धो से आत्मा अतृप्त रहती है उन सम्बन्धो का चित्र आत्मा रूपी कम्प्यूटर में फीड रहता है और मृत्यु के पश्चात् दूसरे जन्म में आत्मा जब उन लोगो से मिलती है तो अति निकट होने लगती है यहाँ तक उसके पाने के लिए प्राण तक गवाँ बैठती है, किन्तु ऐसा वही करते हैं जिनका आत्मबल कमजोर होता है मैने यहाँ तक सुना है कि पुत्र ने बाप को मारा तो वह इस जन्म का बेटा भले है किन्तु वह पूर्व जन्म में शत्रु था जो पुत्र बनकर बदला लेने आया है

यहाँ तो यह स्वीकार करना होगा कि प्रेम अन्तर्मन का शाश्वत नाद है और आत्माओं को सौन्दर्यता, एकात्मकता, घनिष्ठता एवं पवित्रता की कसौटी है जो कम से कम दो पक्ष को प्रभावित करता है प्रेम स्वयं एक आदर्श त्याग और तपस्या का फल है

दिन के नौ बजे थे, प्रकाश को पिछली रात की घटना याद थी, याद ही नहीं रह-रह कर हृदय में शूल सी चुभ रही थी। आज कालेज में उसकी प्रतिक्रिया क्या होगी..? होनी का दुष्चक्र प्रबल होता है जो होगा वही हरि इच्छा है वह सागर तल से उठा और मेंडिकल कालेज के लिए बस पकड़ा कालेज में सुचिता मिली, उसने कहा आप मीनाक्षी से क्षमा माँग लें, वह आप को कालेज से निकलवाने का सबूत इकठ्ठा कर चुकी है प्लीज प्रकाश तुम उसे और उसके नेटवर्क को नहीं जानते। प्रकाश-' मैं उससे क्षमा मांग लूँ, जो चरित्रहीन और भ्रष्ट है, में उसके सारे नेटवर्क ध्वस्त कर दूँगा, वह भी याद करेगी कि किसी से पाला पड़ा था, मैं अपने नैतिक मूल्यों से समझौता कदापि नहीं कर सकता हूँ। वह जो अन्यायी हो, और उसे बढ़ावा दे, मुझे टूटना प्रसन्द है झुकना नहीं, मेरा हृदय उत्स ज्वालामुखी सा धधक रहा है... बेहतर होगा...वह सुधर जाय मुझे तुमसे भी शिकायत है सुचित...।"

सुचिता-" होनी भी चाहिए, मैं उसके साथ नहीं रहती थी, संजोग ही समझिये। दोनों बातें ही कर रहे थे कि तभी चपरासी वहाँ आया और बोला- "आपको प्राचार्य जी ने बुलाया है प्रकाश का हृदय पहले धक से किया किन्तु पुनः संयमित होते हुए बोला-चलो आता हूँ,।।

में प्राचार्य जी के कक्ष में प्रविष्ट होता कि तभी कक्ष से मीनाक्षी बाहर निकल रही थी। वह मेरे तरफ आँख तरेरते हुए चली गयी। कैसेट और

उसके प्रतिकूल पड़े प्रतिवेदन पत्र को दिखाते हुए प्राचार्य जी ने कहा-" यह सब क्या है प्रकाश..? तुमसे ऐसी अपेक्षा न थी, तुम कल रात में छात्राओं के होस्टल में क्यों गये थे...? तुम जानते हो, ऐसा करने से सजा मिलती है प्राचार्य जी ने कहा'।

मेरी आँखे भर आयी थी, मंद स्वर में बोला मेरे साथ धोखा हुआ है सर.......। प्राचार्य-धोखे में कोई किसी के चरित्र पर हाथ ड़ाले या घर में घुस जाय तो भी सजा का भागीदार होता है

'बिना किसी गलती के किसी निर्दोष को फँसाया जाय तह तक पहुँचे वगैर, किसी को सजा देना क्या उचित होगा?

बेटा ! "आज साक्ष्य के आधार पर सजा दी जाती है, जो पर्याप्त रूप से मीनाक्षी ने प्रस्तुत किया है तुम जानते हो वह नेता है उससे कैसे उलझ गये ? एक मात्र मुझे परेशान किया जा रहा है सर! मैं अपने काम से काम रखता हूँ, यही कारण है आप संस्था के प्राचार्य हैं जो सजा देगें, सहर्ष ग्राह्य है, किन्तु उसके समक्ष नहीं झुकूँगा।

डा० भटनागर-'बेहतर होगा कि तुम कुछ दिन के लिए गाँव हो आओ सब ठीक हो जायेगा।

" तो क्या अन्याय के प्रति न्याय की हार नहीं हुई? समझने के लिए कुछ भी समझो, मैने सोच समझ कर कहा है, 'नंगे से गंगा हार जाती है, तुम उसके मकड़ जाल को नहीं जानते।

आप का आदेश है तो ठीक है सर......।. प्रकाश बाहर निकला उसे देख अजय और मीनाक्षी दोनों ने ठहाका लगाया। यही हसी प्रकाश के हृदय को तीर सदृश बेध गयी। अकारण की सजा से जहाँ दुःख था वहीं क्रोध भी, आँखे सुर्ख लाल और मुठ्ठियाँ भिंची थी। न चाहते हुए भी मैने उस पर व्यंग्य बाण छोड़ा। बगुले सा अपना मुख कभी शीशे में देखा है?"

अजय को सहन न हुआ, उसने कहा- हराम जादे! बगुले और तोता तुम्हारी बहन होगी, आगे जुबान खोलने की कोशिश की तो मौत को दावत दोगे। प्रकाश ने कहा-" चट्टू.....चमचे!.....। लफंगे !!!"

अजय ने घूँसा प्रकाश पर चलाया किन्तु प्रकाश सम्भल गया और अजय का प्रयास व्यर्थ रहा। वह संभलता तब-तक प्रकाश का घूँसा उसके जबड़े पर जा लगा जो विल-बिला उठा। मीनाक्षी पीछे हटी जो अपने अन्य चट्टे वट्टों को बुलाने लगी। उन्हें भी प्रकाश ने ढ़ेर कर दिया। तभी प्राचार्य जी कक्ष से बाहर निकले, प्रकाश के इस कौशल से उनका हृदय गद्‌गद्‌ हुआ किन्तु कालेज के अनुशासन को बनाये रखने हेतु उन्होंने प्रकाश को रोका।प्रकाश रूका तो किन्तु पीछे से अजय ने उस वार किया दूसरा भी करता किन्तु तभी सुचिता वहाँ पहुँची और डण्डे को पकड़ ली। प्रकाश को मौका मिला वह बाझ सा टूट पड़ा और खूब पीटा। कालेज में अफरा-तफरी मच गयी, मौके पर पुलिस भी बुलायी गयी, जिससे लड़ाई शान्त हुई। प्राचार्य के निर्देश पर अगले दिन प्रकाश गाँव चला गया। गाँव में प्रकाश एक-दो दिन गुमसुम रहा, शास्त्री जी अभी मुम्बई में ही थे, माँ के पूँछने पर तो कुछ न बताया लेकिन साक्षी को सब बता दिया। वह दुखी भी हुई और प्रकाश के उत्तम चरित्र पर प्रसन्न भी हुई उसने कहा-" प्रकाश! वहाँ से चले आने से लोग यही सोचेंगें की भयभीत हो कर भाग गये। धत्‌ पगली! उनके दाँत खट्टे करके आया हूँ। अस्पताल में होगें, उन्हें स्वप्न में भी मेरा स्मरण होगा तो चिल्ला उठेंगे। तुम साथ रहो तो मुझे ईश्वर से भी डर नहीं:, लकिन.......।"

"लेकिन क्या.........? "

"यही कि तुम कन्नी काटती रहती हो। कभी तो प्रेम करती हो कभी दूर भागती हो यह क्या है साक्षी...........क्या यही प्रेम की परिणति है? "

मैं स्वयं भाग्य और परमात्मा के निर्णय पर क्षुब्ध हूँ। मेरा जीवन अहर्निश जलती एक चिता है ईश्वर ने क्या दिया है? आखें खुली मातृहीन हुई, बड़ी हुई तो पिता का साया हटा.....। और......"

प्रकाश-"ऐसा न कहो तुम्हारे बापू शीघ्र लौट आयेंगे।'

सच है प्रकाश यही सुनते-सुनते कई वर्ष व्यतीत हो गये, और देखने को आँखें तरस गयी। माँ ने प्रकाश को भीतर बुलाया, वह चला गया और साक्षी अतीत में खो गयी, जब वह बहुत छोटी थी और बाहर खेल रही थी एक त्रिकाल दर्शी महात्मा द्वार से गुजरे, नई माँ ने अपना भाग्य पूछा तो वे क्षण भर मौन रहने के पश्चात्‌ बोले-ईश्वर भला करे ...कुछ बताना उचित नहीं समझता देवी....और हाँ यह लड़की महादुर्भाग्यशालिनी है जिससे विवाह

होगा वह चिरजीवी नहीं रहेगा, और बेचारी का जीवन झंझाबातो में व्यतीत होगा। मैं छोटी जरूर थी किन्तु महात्मा के कथन का तात्पर्य भली-भाँति समझती थी।

"क्या साक्षी! मिथ्या संसार में कौन अमर है, होनी तो होनी ही है, जो जितने दिन के लिए आया है उससे अधिक कहाँ रह सकेगा ?"

मैं मानती हूँ प्रकाश कि व्यक्ति परिस्थितियों का दास है, कभी..कभी तो वह चाहकर भी कुछ नहीं कर सकता जैसे महा प्रतापी पाण्डवों के समक्ष द्रोपदी का चीर हरण, जहाँ तक मैं जानती हूँ प्रकृति और प्रवृत्ति दोनों का विषय क्षेत्र और उद्‌गम स्थल अलग-अलग है, जहाँ प्रवृत्ति विचार मूलक होती है वही प्रकृति-हृदय मूलक। जब मन से कार्य होता है तब समय और सामंजयस्य के अनुरूप प्रवृत्ति एवं रूचि परिवर्तित होती है किन्तु प्रकृति का परिवर्तन सहज नहीं। उसके बदलाब की नियत हृदय पर पड़ने वाले आकस्मिक प्रभाव पर निर्भर है इसी कारण मैं और मेरे विचार चाहते हुए भी परिवर्तित नहीं हो पा रहे हैं।

प्रकाश ने कहा-' साक्षी तुम किस-किस भाषा में बोलती हो मेरे जेहन में नहीं उतरता। साहित्य वालो से भगवान बचायें। यह सब कहाँ से सीखी हो?

'जी' तन्मयता टूटी बोली- बच्चा पैदा होता है तो सीख कर नहीं, उसे देश काल और परिवेश का बोध आस पास के मॉहौल और परिवार से मिलता है आपकी रूचि और रूझान प्राणी विज्ञान अर्थात डाक्टरी क्षेत्र में है, और मुझे साहित्य में आनन्द मिलता है दोनों की अलग-अलग प्रकृति है छोड़ो ये प्रकृति वकृत की बातें। नहीं तो तुम ईश्वर को कोसती हो। मैं धन्यवाद देता हूँ किस बात पर ...? तुम्हे जो इतना सुन्दर बनाया।

साक्षी-' सुन्दरता स्वयं में पूर्ण कहाँ......उसके प्रति आकर्षण तो सहज है पर समर्पण अनुचित।

प्रकाश-' क्यो?'

साखी-' सौन्दर्य बोधक वस्तुऍ चिरायु नहीं होंती, उनसे विछोह मानव हृदय को उद्वेलित कर देता है विछुड़न की पीड़ा से धारक का वैयक्तिक विकास रूक जाता है समय के साथ आत्म तोष का भी क्षरण होता है।"

प्रकाश–‘ ओह! “अच्छा किया जो समझा दिया, मेरी तो आँख खोल दी। मुमताज भी अद्वितीय सुन्दरी थी, शाहजहाँ को वियोग की पीड़ा देकर असमय ही विलग हो गयी थी। संयोग और वियोग कितने प्रिय सम्बोधन हैं। इतना तो मेरी समझ में आता है कि दोनों प्रेम के सुपुत्र हैं। बात काटते हुए साक्षी बोली–अच्छा तो इतना श्रीमान् जी जानते हैं।

(मुस्कराते हुए) जानता नहीं, स्वयं उसकी परिधि में हूँ। मुझे तो दोनों से अलग-अलग सुखानुभूति होती है समीप रहने पर संवाद-योजना एवं मधुर नोक-झोंक तथा प्यार की मीठी-मीठी बातों की और दूर होने पर शीघ्र समीप्यता की कामना और अदृश्य उमंग तथा मिलन के प्रति उत्साह की।

साक्षी–‘ इन सब का मतलब जानते हो? तुम्हे किसी से प्यार हो गया है।

प्रकाश–‘हॉ..!हॉ! जानता हूँ तुमसे।

साक्षी–‘ यही तो तुम्हारी नासमझी है, कभी एक हाथ ताली नहीं बजती है, मैं तुमसे हरगिज विवाह नहीं कर सकती। मैं तुम्हारे जीवन को झंझाबातों में ढकेलना नहीं चाहती तुमसे बता चुकी हूँ कि जिससे मेरा विवाह होगा वह अल्पायु होगा। बकावास है, कुत्सित सोच है, भविष्य किसने देखा है? ये पंड़ित, ज्योतिषी, ठग हैं, निजी स्वार्थ में किसी को कुछ भी कह देते हैं। व्यक्ति यदि पढ़ा लिखा नहीं है तो उनकी बातों को यथार्थ मानकर आत्मबल का क्षरण कर बैठता है और उसमे शंका, शोक, उदिग्नता समा जाती है चुप रहो प्रकाश, किसी पर उंगली उठाने से पूर्व गंभीरता से सोचना चाहिए। वे ज्योतिषी नहीं ईश्वर तुल्य थे। उन्होंने किसी से कोई अपेक्षा न की न किसी को कुछ बताते ही थे। वे सिद्ध थे, उनके अपमान में कहे प्रत्येक शब्द वापस लो। किसी को कुछ कहने से पहले निजी गिरेवान में झॉकना चाहिए। निजी स्वार्थ में तुम स्वयं हो तभी तो सत्य और साधना का मूल्यांकन ढोंगी और ठग से करते हो। कान खोल कर सुन लो मेरा विवाह तुमसे संम्भव नहीं तुम केवल डाक्टर हो, सुयोग्य जीवन साथी ढूँढ़ो मैने ढूढ़ लिया है, आत्म प्रकाश के प्रति मन में आस्था है और समर्पण, ‘क्या...? मंदिर का पुजारी युवक..?

चकित मत हो प्रकाश मुझे कल्पना में नहीं यथार्थ में जीने की आदत है। तुम बच्चे नहीं हो, विचारो में उच्चता लाओ। कोई बुरा नहीं होता।

न कोई गरीब-अमीर, परिभाषा तो हम आप देते हैं। आत्म प्रकाश होनहार युवक है (गंभीर स्वर-में) ईश्वर उसकी रक्षा करें। मुझे ऐसा लगता है जब तक मैं परायी नहीं होती बापू का संकट नहीं टलेगा।

प्रकाश-" तुम्हारे मन में शंका की ग्रंथि ऐसी निर्मित हो चुकी है जिसका कोई उपचार नहीं है, प्रकाश की आँखो में आँसू थे और स्वर भारी, पुनः बोला- तुम स्वतन्त्र हो साक्षी, चाहे जिससे विवाह करो, मैं यही सोचूँगा मेरा प्रेम मृग मरीचिका सदृश महज भ्रम और भावात्मक स्वप्न था जो नींद खुलते ही लुप्त हो गया। मेरा प्रेम उस जुआरी के समान है। जो खेलने से पूर्व ही हार गया हो। वह सिसकते हुए बाहर निकल गया।

साक्षी विचारों में खो गयी वह प्रकाश को इतना दुःखी कभी न देखी थी, उसे आत्म प्रकाश के विषय में बताना उचित न था, तकिये से मुँह ढ़ककर रो पड़ी ...आखिर क्या करूँ? हे ईश्वर! क्या करूँ ..? विवश हूँ। प्रकाश से विवाह कर इस कुल का दीपक बुझाना नहीं चाहती। रही बात आत्म प्रकाश से तो वह सहज, सरल और गंभीर है....पति पत्नी जैसा कोई सम्बन्ध नहीं रखूँगी। वह बाहर निकली, बैठक में प्रकाश गुम सुम बैठा था।

प्रकाश!" प्लीज तुम्हारा नाराज होना मुझे बहुत खलता है होनी को कौन रोक पाया है? जो होना होगा, होगा मेरी बातों को बुरा न मानिए, मुझे यकीन है प्रकाश कि तुम मुझे बहुत चाहते हो.., मैं भी चाहती हूँ किन्तु ...?

किन्तु क्या....? " कह दो ज्योतिषी ने कहा था...?यही कहना चाहती हो न कहो.. जी भर कर कहो, समझ ही न पाया किस मिट्टी की बनी हो..? न जाने किस रूढ़ि वादी पुरातन पंथी विचारों में डूबी रहती हो . ..जाओ चली जाओ मुझे छोड़ दो अकेला मेरे हाल पर।

दोनों में संवाद चल ही रहा था तभी शास्त्री जी को देख साक्षी उछल पड़ी बापू आ गये, प्रकाश बाहर आया, सावित्री पड़ोस में थी आवाज सुनते ही आ गयी। साक्षी, चाय और पानी लाने भीतर चली गयी, बाहर ही कुर्सी विछी तीनों बैठे, क्षण भर मौन का वातावरण था, सावित्री बोली-'क्या हुआ? फैसले में एक नया मौंड़ आ गया है गवाही होगी विद्या के माताा पिता की।

सावित्री-" किन्तु ',

शास्त्री -' हॉ' केस दिलचस्पमोड़ पर है वे मर चुके हैं? बाजी पाल्हे में दिखती है बोधू ने जीवित बताया है, वह कह रहा था गाँव में हैं, उन्हीं की संस्तुति पर मुकदमें की पैरवी कर रहा है! जब बच्चूलाल को ज्ञात होगा कि वे इस दुनियाँ में नहीं हैं तो पहाड़ टूट पडेगा।

सावित्री-'कहाँ हैं भगवान सुन लेते।

शास्त्री- "फैसला जिस बेन्च पर होना है.. उसका न्यायाधीश न्याय प्रिय, सरल, सुबुद्ध खुश मिजाजी है उसने मुझे भी बोलने का मौका ही नहीं बल्कि मेरी बातों को गंभीरता से सुना। सामने मेंज पर चाय की ट्रे रखते हुए साक्षी बोली-' बापू मिले थे..?

हा बेटी! मिले ही नहीं थे, ईश्वर ने चाहा तो इस बार साथ आयेंगे भी..........।

लाख शवाश! सीताराम और उसके बेटे को जो अपने सारे काम-काज छोड़कर दिन-दिन कोर्ट में डटा रहता है ईश्वर सब को ऐसी औलाद दें यही नहीं सावित्री वह पैसे को पानी की तरह फेंकता है काश वह न होता तो मेरा दोस्त कभी न छूटता..। कहते-कहते आँखे भर आयी। पुनः संयमित होते बोले-" मैं परसों ही चला जाऊँगा। कुछ जरूरी काग-जात लेने थे चला आया।

-: ग्यारह :-

मुम्बई की हाईकोर्ट में विशेष चहल-पहल थी ब्रिटिश काल का वास्तु निर्माण, अधिवक्ताओं के सामूहिक चेम्बर, क्लाइंटो की भीड़ आवा-जाही थी। शास्त्री जब तक नौकरी में थे तो उन्होंने कभी भी कोर्ट-कचहरी का मुँह नहीं देखा, मित्र के लिए वृद्धावस्था में कहाँ-कहाँ नहीं भटकना पड़ा। मित्रता शब्द की मर्यादा का पूर्ण निर्वहन किया। आज के बदलते परिवेश में ऐसे व्यक्ति कम दिखते हैं। लोक सेवा समाज -सेवा के कारण उनके चेहरे पर तेज है इस उम्र में भी हृष्ट-पुष्ट हैं, कारण महज निःस्वार्थ सेवा गॉधी बादी विचार एवं आदर्श जीवन शैली।

आज पुनः वे अदालत में वैरिस्टर मिश्रा के पास बैठे मंत्रणा कर कर रहे थे। सभी विश्वस्त थे कि आज मेरी जीत हो जायेगी। बोधू विद्या के मरे माँ...बाप को कहाँ से लायेगा? समग्र योजना पूर्व से नियोजित थी। उच्चासन पर न्यायाधीश आसीन हुए। उन्होंने विद्या के माँ-बाप को प्रस्तुत करने का आदेश किया। देर हुई तो मिश्रा ने कहा-न्यायदाता! कहाँ से लायेंगे? स्वर्ग लोक से आने की कोई सुविधा तो है ही नहीं।

साश्चर्य क्या....? स्वर्गवाशी न्यायाधीश ने पूछा।

'एस मीलार्ड! इट इज करेक्ट'।

तभी बोधू के साथ एक वृद्ध और बुढ़िया बहॉ उपस्थित हुई, विहँसते हुए विपक्षी बकील वतरा बोले -ये हैं बदनसीब मृतका के माता-पिता। बेटी के निधन से क्षुब्ध इनके ममता के आँसू सूख गये हैं। दोनों जज के समक्ष आते ही सिसकने लगे। शास्त्री जी धवड़ाये, मिथ्या, अन्याय, घोर, अन्याय वे चिल्लाए मगर बात अनसुनी ही हुई। आगे बढ़ते पक्ष के अधिवक्ता श्री मिश्रा ने साधारण भाव में कहा- मैं इनसे कुछ पूँछना चाहता हूँ मीलार्ड! आर्डर! आर्डर!!

आप कहाँ के रहने वाले हैं, मतलब मुलुक कहाँ है? वे असमंजस में मौन रहे । फिर बूढ़ा जो बताया सत्य था।'

दोनों अपने नाम बताओ-' उत्तर सही था।'

मृतका का नाम- ' सही था।'

पुत्र और पुत्रियों के नाम-'सही निकला।'

विपक्षी वकील और शास्त्री जी हारे जुआरी से हतप्रभ हो उठे। पुनः श्री मिश्र ने पूँछा आपने अर्थात अपनी बेटी मृतका का विवाह किस वर्ष व कितने उम्र के लड़के से किया था, वृद्ध की नजर नीचे झुकी और बोला- सत्य निकला ।

मिश्र इसबार बारीकी से अध्ययन में लगे थे तभी न्यायाधीश ने कहा-किसी को कुछ और पूँछना है? मौन का वातावरण था। विपक्षी के चेहरे पर व्यंगात्मक हास्य का भाव। शास्त्री के उकसाने पर अधिवक्ता मिश्रा बोले - मीलार्ड! मुझे और मेरे क्लाइन्ट को पूर्ण विश्वास है कि ये दोनों किराये के

टट्टू हैं। मृतका के माँ-बॉप काल-कवलित हो चुके है। इसकी जॉच करायी जाय, तभी न्याय के द्वार तक पहुँचा जा सकेगा ।

न्यायाधीश बोले-केस को अधिक लिंगर नहीं किया जा सकता। तुम्हारे प्रश्नों के सही जबाब से स्पष्ट होता है कि निचली कोर्ट के तथ्य सही थे। वे अपने फैसले को जैसे ही लिखने को तत्पर हुए तभी शास्त्री जी मूर्च्छित होकर गिर पड़े। सीताराम और राजीव उन्हें सम्भालने लगे। श्री मिश्र का तेज तर्रार दिमाग कुछ सोचने लगा न्याय दाता! क्या दो प्रश्न और पूॅछने का आदेश है? फैसला तो स्पष्ट हो चुका है, विपक्षी वकील वतरा ने गरजते हुए गर्व से कहा-" लीपा-पोती करने से सत्य को नहीं छिपाया जा सकता मीलार्ड! निचली कोर्ट ने सोच समझकर अभियुक्त को अजीवन कारावास की सजा दी थी।"

न्यायाधीश ने कहा-"इसी प्रश्न के पश्चात फैसला सुना दिया जायेगा, कहो क्या कहना है?

मिश्रा-" हत्या करने वाले अर्थात् तुम्हारे दामाद का क्या नाम है

पुनः वृद्ध ने सिर नीचे किया और बोला -श्रीब्रत आश्चर्य था कि मिश्रा जी जितना पूछँते गये उत्तर के अतिरिक्त एक भी शब्द विद्या के माँ बाप न बोले पुनः श्री मिश्र ने कुछ और पूँछने की चेष्टा की तो विपक्षी वकील वतरा ने कहा-" दो प्रश्न से अधिक प्रश्न की अनुमति नहीं दी गयी थी।" मैं कुछ पूँछना भी नहीं चाहता। सभी स्तब्ध मिश्रा का मुख देखने लगे। बोधू खुशी से फूला न समाया।

बतरा-अब विद्या के माता-पिता की कोई आवश्यकता नहीं, क्या ये जा सकते है।

तभी मिश्रा ने कहा-मुझे आवश्यकता है वह पुनः आगे बढते हुए कहा-"मीलार्ड! वृद्ध अर्थात मृतका के आदरणीय पिता जी की हथेली देखने का आदेश चाहता हूँ।

आदेश है न्यायाधीश ने कहा।

बूढ़ा ही नहीं बतरा भी घबड़ा गया। बूढ़ा हाथ से हाथ रगड़ने लगा, कि तभी बढ़कर श्रीमिश्र ने उसकी हथेली देखी जिस पर पूँछे गये प्रश्नों के

उत्तर लाल कलम से साफ लिखे हुए थे। तीस पृष्ठों के फैसले में विद्वान न्यायाधीश ने बोधनाथ को मुल्जिम तथा श्रीब्रत को बाइज्जत वरी करने का आदेश दिया था। तत्क्षण बोधनाथ को गिरफ्तार करने का आदेश दिया था। एक बार फिर असत्य जीतते-जीतते हार गया। अस्पताल में जब यह सूचना शास्त्री जी को मिली तो वे बल्लियों उछल पड़े, उन्होंने आह्लादित होते हुए कहा-"मुझे क्या हुआ है, चलो...! वे भी राजीव के साथ चल पड़े।

शास्त्री जी अत्यन्त खुश थे, होते भी क्यो न आज जो उनका प्रिय मित्र श्रीव्रत सात वर्षो पश्चात बंदी गृह से मुक्त हो रहा था। कई घंटों के लिखा-पढ़ी के पश्चात उसे जेल से छोड़ा गया। शरीर सूख कर काँटा हो गया था, प्रेत से बढ़े बाल निस्तेज उत्साहहीन चेहरा। पिंजरे में कैद पक्षी मुक्त होते ही खुली हवा में आनन्द की अनुभूति करता है ठीक वैसा ही बंदी गृह से बाहर आते ही श्रीव्रत ने महसूस किया। अगवानी में शास्त्री एवं सीताराम थे, श्रीव्रत शास्त्री व सीताराम के गले लगा और बच्चों सा खूब रोया। सीताराम ने समझाते हुए कहा-होनी को कौन रोक सका है, जो होना था हुआ और जो होना है होगा। दोनों के मन का गुवार कुछ हल्का हुआ दोनों शान्त हुए। भावुकता के प्रबल प्रभाव में वे कुछ बोल न सके, ऐसा भावुक क्षण तभी होता है या जब लड़की ससुराल जाती है आत्मीय जनो से लम्बी विछुड़न के पश्चात मिलन का पल सुखद होता है

तीनो आगे बढ़े जहाँ सीताराम की कार खड़ी थी। सामने नाई की दुकान देख शास्त्री जी ने कहा-'यहीं हजामत करा लो। हजामत होने के पश्चात चेहरे पर कुछ निखार आया, शायद यह सूर्य की आजाद रश्मियों एवं समीर के वेरोंक स्पर्श का प्रभाव था। ड्राइवर को लेकर वे चार थे। होटल में नाश्ता हुआ फिर वे कपड़े की दुकान में गये। श्रीव्रत हेतु कपड़े लिए गये वहीं शास्त्री जी ने अपने लिए भी लिया । पैसा देते समय श्रीव्रत देने लगा तो सीताराम हाथ पकड़कर बोला-बन्धु! इतनी सहज सेवा का अवसर भी न दोगे? यहाँ नहीं, मैं आप सब के एहसान से वैसे दबा हुआ हूँ इस जन्म में चुका भी पाऊँगा या नहीं ऊपर से और कुछ न करो भैया। कमा कर लौटा हूँ। गाढ़ी मेंहनत के बीस हजार मिले हैं। उनका क्या करूँगा। हठात् सीताराम बिल चुकाते हुए बोला-मित्र श्रीव्रत! जहाँ अपनापन है वहाँ एहसान नहीं होता। हमने जो किया। आत्मीयता के नाते किया है, वह कर्तव्य था और 'मानव धर्म ' कर्ता-धर्ता ईश्वर है सत्य और न्याय के पथ पर खर्च किया धन व्यर्थ नहीं

जाता। भाव मैं कृपणता एवं नियति में खोट न हो तो व्यक्ति कभी आर्थिक तौर पर असन्तुलित एवं असंन्तुष्ट नहीं हो सकता हाँ कर्म के प्रति निष्ठा परमात्मा एवं बड़ों के प्रति नम्रता अवश्य हो, तथा अवसर के प्रति दृष्टि पैनी होनी चाहिए। श्रीव्रत! की घिग्धी बँध गयी, निस्तब्ध सीताराम को देखता रहा, शास्त्री जी भी आश्चर्य में थे। श्रीब्रत से रहा न गया तो बोला-" सीताराम इतनी गम्भीर बात तुम बोल रहे हो? अगूँठा ठाप अनपढ़! नियति में ऐसा परिवर्तन ...? शास्त्री ने कहा-सृष्टि सत्य है, उसका नियामक ईश्वर और उसकी संतान मानव प्रबुद्ध है, मनुष्य के लिए असम्भव एवं दुर्लभ शब्द...? सीताराम वह सीताराम नहीं रहा बन्धु। इन्हीं के बदौलत आज तुम बाहर हो तुम्हारे छुड़ाने में इसने पानी सा पैसा बहाया है बेटा इंजीनियर है अकूत धन है नौकर-चाकर, गाड़ी बँगला फिर भी सामान्य, कोई बनावट नहीं है पढ़ाई से कढ़ाई श्रेष्ठ होती है

'नहीं मित्र! नहीं सब कुछ ईश्वर का है आप सब का है मुझे तो बस इतना चाहिए दान-पुण्य, हरिकीर्तन और उदर-पालन कर सकूँ। भैया! शास्त्री जी से और सत्संग से ही मुझे जो कुछ मिला, वही सच्चा धन है, बाकी तो माया की परिधि एवं लोभ के प्रवर्तक है।'

कार नियत स्थान पर रूकी आगे शास्त्री बीच में श्रीव्रत और पीछे-पीछे कपड़े का बण्डल लिए सीताराम था। ड्राइवर ने लपकर वण्डल ले लिया घर पहुँचे तो श्रीव्रत और शास्त्री की आरती उतारी गयी चरण धोकर कमरो में छिड़का गया।

श्रीव्रत अतीत में खो गया । कल और आज में कितना परिवर्तन .? आकस्मिक एवं अलौकिक प्रायः ही ड्यूटी से छूटने के पश्चात हम दोनों पैदल ही चार किलोमीटर घर आते, जेब में कुछ पैसे होते तो मूँगफली चबाते हुए चलते नहीं तो बाते करते। सीताराम पहले से ईश्वर के प्रति समर्पित था। नियम से प्रत्येक शाम बाबुलनाथ और प्रातः मुम्बा देवी मन्दिर जाता यह सब दैवीय चमत्कार नहीं तो क्या..? कहाँ घर में अन्न के लाले थे, प्रायः मैं उसका सहयोग करता वही सात-आठ वर्षो में कहाँ से कहाँ पहुँच गया। भाग्य के देहरी पुरूषार्थी ही लाँघ सकता है-पुरूषार्थ से मानव अलभ्यता को सार्थकता का रूप दे सकता है आनन्दमय जीवन का राज समर्पण है आशा कृतित्वशीलता एवं विश्वास है धन तो बहुत से लोग कमाते हैं किन्तु धन को

सार्थक के पथ पर लगाते हुए लोग सुख-सौख्य क्षणिक आत्मतोष विलसिता के लिए खर्च कर देते हैं। श्रम एवं परिश्रम से कमाया धन स्थायी तोष का प्रस्तोता होता है सीताराम के परिवार का संस्कार, धन्य है इस मन्दिर के निवास कर्ता, इन्होंने अतिथि देवो भव को चरितार्थ कर दिखाया है

गम्भीर विचारों में खोया देख शास्त्री जी बोले- कहाँ ,खो गये मित्र श्रीव्रत! कहाँ अतीत से वर्तमान तक का चित्र तो मानस-तल पर नहीं उमड़ रहा या कहीं आदर्शों की पराकाष्ठा के संक्रोड़ में उपजे पल्लवित, फले -फूले विचारों की पवित्रता के प्रति चिन्तन तो नहीं ।

"वैचारिक-चिन्तन क्रमागत प्रवणता खण्डित हुई, वह बोला-' आपके कथ्य पूर्णतः सत्य है बन्धु आज तक मानवता की परिभाषा किताबों में ही पढ़ी थी किन्तु आज साक्षात्कार भी हो गया। परिवार का ऐसा संस्कार न देखा था न देखूँगा। जैसा कि सुना था धन का साथ लोलुपता-मादकता और विलासिता नहीं छोड़ता, किन्तु ऐसा नहीं। मैं निर्दोष था मुझे सात वर्षो के कारागार से जितना विषाद था और जीवन एवं मानव के प्रति चिढ़ थी एक ही क्षण में सब दूर हो गयी।"

शास्त्री जी स्नान करने चले, सीताराम और श्रीव्रत बातें करने लगे। सीताराम बोला मैं तुमसे नाराज हूँ मित्र!

किन्तु क्यों ...? शायद इसलिए ईश्वर भी मुझसे नाराज था। नहीं मित्र ऐसा नहीं , जब तुम पर विपत्ति पड़ी निर्दोष फँसाये जा रहे थे तो क्यों नहीं याद किया ? पुलिस चौकी से ही मामला रफा-दफा हो जाता, पुलिस को चॉंदी का जूता मारना था।

विपत्ति काल में बुद्धि भी विपरीत हो जाती है अपने पराये हो जाते हैं किन्तु तुम ऐसे नहीं हो सकते थे। बस मुझे तुम्हारा स्मरण ही न हो सका।

"स्नान कर शास्त्री जी बाहर आये , श्रीव्रत भी नहाया, इतने खुशबूदार साबुन से तो प्रथम बार स्नान किया था। शरीर पर जमी मेंल की पर्त छटी और बदन स्वच्छ चमकने लगी। नये कपड़े पहनते ही चेहरा खिल गया हालॉकि शरीर कृषकाय था, आत्मबल एवं अभ्यान्तरिक उर्जा का क्षरण तो शनैः शनैः भरेगा। करीब पन्द्रह वर्ष पश्चात ऐसा सौभाग्य आया कि तीनों मित्र एक साथ भोजन पर बैठे थे। शास्त्री जी कह ही बैठे याद करो सीताराम

बरसात की वह रात जब हम तीनों श्रीव्रत के घर साक्षी की माँ के हाथ की खीर और पूड़ी खाये थे। साक्षी का नाम सुन श्रीव्रत के हृदय-तन्तु में सुखद टीस हुई। संतान से मिलन की उत्कंठा में अजीब सी हलचल होने लगी। वही स्थिति जैसे सागर के सन्निकट पहुँचते-पहुँचते नदी की होती है कितनी बड़ी होगी मेरी बेटी? भूख मर सी गयी, रोटियों का ग्रास मुख तक पहुँचाने में शिथिलता की अनुभूति करने लगा, तभी प्रथम पत्नी के उस क्षण का स्मरण हुआ जब तीनों साथ बैठे हँसी-मजाक में भांग की ठण्डई पीकर रसोई के सम्पूर्ण पकवान चट कर गये और पार्वती मुस्कुराते यह कहते सो गयी कि मेरी क्षुधा तो पकवान बनाते ही तृप्त हो उठी। कहीं मिठाई बनाने वाला उसे खाता है उसका मन तो देखते-देखते भर जाता है एक टुकड़ा गुड़ और गिलास भर पानी पीकर सो गयी थी। काश वह आज होती तो मुझसे सुखी कोई दूसरा न होता। लक्ष्मी थी.., पत्नी की आवश्यकता की अनूभूति और मूल्य तो तब ज्ञात होता है जब वह नहीं होती, पुरूष का जीवन नारी बिना शून्य है, निरीह है अपूर्ण है

शास्त्री जी को समझने में देर न हुई, कि श्रीव्रत का मन अभी अस्थिर है परिस्थितियों की तीक्ष्ण छुवन और अनुभूति उसके जीवन को झंकृत कर निरीह एवं निढ़ाल बना चुके हैं। आन्तरिक उत्साह और जिजीविषा शक्ति मृत हो चुकी है तभी तो अतीत का तनिक सा स्मरण करते वह वहीं डूब जाता है, डूबे भी क्यों न अतीत की अपेक्षा वर्तमान मृत एवं असहज जो रहा। उन्होंने महसूस किया। उसे सहज एवं सुख से जीने हेतु आत्मीयता एवं स्नेह की जरूरत है जब तक वर्तमान पुष्ट नहीं होगा तब तक उसमें जिजिविषा न जग सकेगी, क्योकि उसमे बैराग्य के प्रति अधिक आकर्षण का प्रभाव दिखता है।

भोजन कर तीनों उठे , शास्त्री घर जाने को तैयार होने लगे तो सीताराम एक-दो दिन और रूकने का अनुरोध किया किन्तु शास्त्री ने यह कहते हुए समझाया भैया! श्रीब्रत जब तक बेटी से नहीं मिल लेता तब तक उसका आत्मबल पुष्ट न होगा । सीताराम कुछ न कह सका वह कार से स्टेशन तक छोड़ने गया। गाड़ी में बैठते शास्त्री जी की आँखें भर आयी, पॉव पकड़ते सीताराम बोला-मुझे भुला न देना मित्र मेरी ये आँखें तुम्हारे पथ को सदैव निहारती रहेगी। गाड़ी रेंगने लगी अकेला सीताराम जड़वत अपलक दृष्टि से उन्हें तब तक निहारता रहा जब तक कि ओझल न हो गये।

लौह पथ गामिनी की गति सहज थी, साथ -साथ दौड़ते गाँव और शहर शनैः शनैः रजनी के सुकोमल अंक में ऊँघने लगे। बाहर पसरी निविड़ की काली विस्तृत चादर शान्ति का निलय चीरती- चिल्लाती सीटी बजाती वह चली जा रही थी। तभी अचानक चरमराहट की ध्वनि करती गाड़ी रूक गयी। घबड़ाये लोग खिड़कियों से इधर-उधर देखने लगे, बाहर का दृश्य भयावह झाड़ी एवं सघन वृक्षों से संयुक्त था। पिछले डिब्बे से चिल्लाने का शोर सुन शास्त्री ओर श्रीव्रत उठ खड़े हुए और उसी तरफ बढ़े, दरवाजे पर खड़े एक व्यक्ति से स्थिति का बोध किया गया? उसने बताया बाबू उधर न जाओ डाकू डिब्बा लूट रहे हैं। दोनों ठिठक कर पहले तो रूके फिर सोचने लगे। गाड़ी में गरीब और अमीर दोनों होगे किन्तु पिछला डिब्बा तो चालू है उसमे गरीब के अतिरिक्त अमीर कहाँ होते हैं? संयोग ही था पीछे से आता एक पुलिस दिख पड़ा। उनकी बाछें खिल गयी बोले- भैया पिछले डिब्बे को डाकू लूट रहे है।, क्या करूँ जान बधवाऊँ...? बच्चों को अनाथ करूं? नहीं यह मुझसे नहीं होगा। शास्त्री जी को चिन्ता हुई कैसा जमाना आ गया है, लोग अपने कार्य के प्रति इतने उदासीन देश का क्या होगा? जब पहरेदार द्वार पर बैठ कर द्वार की रक्षा न कर सके। तो उसकी क्या आवश्यकता, अपने को रोंक न सके आगे बढ़े पीछे श्रीब्रत था। दो डाकू इन्हीं के डिब्बे की तरफ आ रहे थे। शास्त्री जी के बगल से वे निकलने लगे तो शास्त्री जी ने रोका बेटा! तुम भी गरीबों को ही सताते हो...वह चौंक उठा.....क्या कहा...? मैं गरीबों को ...? 'हॉ...हॉ, इस डिब्बे में कौन चलता है ....? वह मौन रहा, ईमान से बताना कितना मिला..? तब तक बन्दूकवाला सरदार भी पहुँच गया था, पुन शास्त्री ने पूँछा - बेटा! बात का जबाब बन्दूक से देना मानवता है....? तुम भी किसी के बेटे होगें..? हमे दर्शन मत बताओ -और नाम न लो उस शराबी बाप का और माँ ? शास्त्री ने पूछा... उसकी आँखें भर आयी, वह देवी थी, छोड़ो अतीत को वर्तमान का क्या पूँछना चाहते हो ..?

यही कि तुम कितना पैसा लूटे हो...?

तुमसे मतलब, डाकू कहीं गिनकर लूटता है?

लगभग.....।

अभी कहाँ..? कुल चार-पॉच हजार । बेटा तुम जिस डिब्बे में लूट पाट कर रहे हो जानते हो इसमे सब गरीब ही यात्रा करते हैं। तुम तो गरीब

नहीं लगते, नहीं मैं अगले डिब्बे से आया हूँ? आप कष्ट क्यों किए मैं स्वयं उसमे आ रहा हूँ। ठीक है बेटा! मैं दस हजार रूपये दे रहा हूँ इन गरीबो के पैसे उन्हें लौटा दीजिए। सरदार-' अरे चाचा...? कैसी बचकानी बातें करते हो? कहीं किस्से कहानियों में भी तो डाकू को पैसा लौटाना नहीं सुने होंगें? "

आपने मुझे चाचा कहा है.... मैं किसी डाकू से नहीं भतीजे से कहता हूँ।

दूसरा डाकू -" छोड़ो सरदार इसकी मीठी बोली बातों में न आइए समय कम है अधिक देर गाड़ी रोकना उचित नहीं, श्रीब्रत सामने आया और बोला-आप ...। दद्दा... कब छूटे...? शास्त्री जी कभी श्रीब्रत तो कभी सरदार को देखते रहे वह श्रीब्रत के पॉव छुआ और बोला-" मेरे साथ चलो दद्दा! जीवन का श्रेष्ठ आनन्द भोग करोगे। नहीं भैया नहीं..., पूर्व जन्म का भोग तो कर रहा हूँ कम से कम वह जन्म बना लेने दीजिए। मेरे मार्ग की बाधा है पुत्री 'साक्षी' उसके हाथ पीले होते ही सन्यास लेकर प्राणिमात्र की सेवा करूँगा।'

सरदार-आप तो जानते हैं दद्दा मैं जेल की दीवारें फाँदकर भागा मुल्जिम हूँ सरकार खोज रही है मैं चाहकर भी नेक इन्सान नहीं बन सकता मुझ पर हत्या... अपहरण..लूटपाट के अनेक अभियोग है। (इशारा कर) ये आपके साथ हैं...? हॉ इन्हीं के चलते बाहर हूँ। ये अनाथ के नाथ हैं मेरी बेटी के पालक यही है।

वोह! मैने आपका दिल दुखाया..चरण छूकर मॉफ कर दो, उठाते हुए बेटा तुम दोषी कहाँ? एक डाकू का कार्य ही लूटपाट करना है और एक सज्जन का मानव के भ्रमित मन को शान्त करना। दोनों में महज यही फर्क है क्या मैं मानव नहीं बन सकता? (डाकू ने कहा)

क्यो नहीं बन सकते ? उसके लिए त्याग की आवश्यकता है, जो शायद असम्भव है

आश्चर्य से क्यों?

तुम जहाँ से भागे हो पुनः जाना होगा। स्वेच्छा से, हॉ तुम्हारी सजा स्वतः कम हो जायेगी। तुम्हें विचारों में परिवर्तन लाना होगा। मानवीय सिद्धान्तो एवं नैतिक मूल्यों के प्रति सचेष्ट होना होगा । तभी अन्य डाकुओं ने

अपनी-अपनी बन्दूकें सरदार और शास्त्री पर तान दी.. अब तुम सरदार नहीं रहे, तो तुम्हें जीवित रहने का भी अधिकार नहीं जेल की यातना से अच्छा तो मौत है स्थिति में परिवर्तन देख शास्त्री जी बोले-'इनसे आपका अहित?'

पुलिस को हमारा ठिकाना बताकर हमारी नींद हराम कर देंगे? अन्य डाकुओ ने कहा। शास्त्री- मित्रों! विरोध सत्य का नहीं,सदैव अन्याय का करना चाहिए। मानसिक हीनता ही मानव को उत्तरोत्तर पतन पथ का अनुसरण कराती है तुम सब का जीवन अमूल्य है, आवश्यकता है स्वयं को पहचानने की जैसे छोटा बच्चा मेंले में खो जाय, उसके परिजन उसे अन्ततः ढूँढ ही लेते हैं। लेकिन मेरे परिजन मुझे .....संतोष ..ही कर चुके हैं। डाकू बोले ।

शास्त्री - भाई ! कोई किसी का न मित्र है न शत्रु, तुम्हारे खास परिजन तुम्हारे नेक विचार हैं, बालमीकि जैसा डाकू कौन था? उसके भीतर का परिजन जागा और वह महान हो गया । अन्य डाकू -" हम पापी हैं.. घृणित और हत्यारे है ..? समाज हमे न माफ करेगा न जीने देगा।

शास्त्री-पाप और पुण्य महज मन के बोध की वस्तुएँ हैं? यदि आत्मा आपको पापी मानती है तो वैसा कृत्य भी करते हैं। आपके भीतर की बुराइयॉ मृत हो गयी तो आत्मबल और आत्म ज्योति जल उठेगी..आपमें असहज परिवर्तन होगा अन्ततः आत्म तेज को देख, तुम्हारे प्रति निहित कटुता क्षीण हो उठेगी और समाज तब और अब के कृत्यों का मूल्याकन करेगा। आपके निरन्तर श्रेष्ठ परोपकारी कार्य आपको आदर्श मानव के महनीय पथ पर पहुँचा देंगें, और समाज के समक्ष वर्तमान ही शेष रह जायेगा ।

ठीक है हमे भी आत्म समर्पण स्वीकार है, गाड़ी चल पड़ी, शास्त्री जी पूँछ-पूँछ कर सब के पैसे वापस किये। स्टेशन पर डाकुओं को समर्पण कराते हुए शास्त्री जी बोले- मुझे विश्वास है जेल से छूटते ही आदर्श मानव बनकर राष्ट्र का विकास और मानव सेवा करोगे। उनकी आँखें आर्द्र और कंठ रूँधे थे, सरदार ने कहा हमे विश्वास है वह दिन शीघ्र आयेगा, आप मुझे दीक्षा देकर सधन्य करेंगे। डाकू जेल गये और शास्त्री जी गाँव, जैसे-जैसे गाँव की दूरी कम होती श्रीब्रत के हृदय की उत्कण्ठा तीव्र , कितनी विभिन्न स्थिति है बेटी का मासूम चेहरा नेत्रों पर उमड़ा, सात, आठ वर्ष पूर्व वह बहुत छोटी थी, अब बडी व समझदार हो चुकी होगी। धूम-धाम से विवाह करूँगा, बचपन

से साक्षी पर माँ बाप का साया उठ गया, अच्छा होगा कि शास्त्री के बेटे से विवाह हो जाय। सुना है डाक्टरी पढ़ता है, दोनों की जोड़ी खूब फबेगी। उनके जीवन का नवीन घरौदा खुशियों भरा होगा। तभी दोनों घर के सामने पहुँचे। सूर्य रस्मियाँ शान्त, गम्भीर और रक्तिम थी।

प्रतीची दिशा में सागर के वक्ष पर आग का लाल गोला स्नान हेतु उतरा सन्ध्या सुन्दरी उससे विश्राम करने का अनुनय करने लगी थी। शास्त्री ने द्वार पर दस्तक दी, हिरणी सी कुलाचें भरती एक लड़की फुदक कर आयी। दरवाजा खुलते ही लड़की एवं श्रीब्रत के नेत्र मिले, पहले तो पहचान न सकी किन्तु शास्त्री के संकेत से समझ गयी, अनकहे नेत्र अश्रुपूरित हो उठे, सन्तान मिलन का अन्तराल, बाप-बेटी का प्रेम जो त्याग और समर्पण का पर्याय था, वह स्वयं को रोक न सकी, पिता के सूखे शरीर से लिपट ऐसे रोने लगी जैसे ससुराल जा रही हो। पिता का हृदय भी भावुक हुआ और वातावरण करूण गंगा से स्नायित होने लगा। भीतर से सावित्री दौड़ी आयी, वह साक्षी को समझाते हुए बोली बेटी! अधीर न बनो, इतने दिन बाद लौटे हैं, आँसुओं से स्वागत् करने की अपेक्षा उन्हें सेवा और प्रेम की आवश्यकता है चिन्ता तो चिता से श्रेष्ठ होती है देखो..., इनका शरीर सूखकर काँटा हो गया। कौन कहे चुप होने को वह और उसके रूदन की गति और तीव्र हो उठी। जैसे कोई नन्हा शिशु माँ के आँचल से मुँह छिपाये रोता है एक अजीब सी पीड़ा और हलचल पुत्री के हृदय में थी, अर्द्ध मूर्च्छितवस्था में सावित्री ने साक्षी को अलग किया। खून के रिश्ते की गहराई का अनुभव उन्हें आज ही हुआ था। जब साक्षी भीतर नाश्ता बनाने चली गयी तो शास्त्री जी बोले-" मेरे पास बेटी नहीं थी श्रीब्रत तुम्हारी बेटी को अपनी बेटी से अधिक सुख-सुविधाएँ एवं प्यार देकर भी वह स्थान प्राप्त न कर सका न ही उस कोने को भर सका जो माँ एवं बाप का होता है, माँ का अभाव सृष्टि की कोई भी वस्तु पूर्ण नहीं कर सकती, उसकी ममता सुख के फब्बारे सी अथक, अहर्निश झरा करती है सन्तान के सुख को एवं उसकी पीड़ा को निजी पीड़ा मानती है उसके रूग्णावस्था में अपने आँखों की नींद तो त्यागती ही है अभाव में आभूषणों तक बेंच दवा करती है

'पिता-" संतान के जीवन-रथ की चक्रिका है, समय-समय पर पारिवारिक आवश्यकताओं की पूर्ति करते हुए संतान को सामाजिक एवं

ब्यवहारिक ज्ञान प्रवेश स्थापना अनुशासन आदि में उसकी सफल भूमिका रहती है

‘ पति और पत्नी, ‘सावित्री ने पूछा-शास्त्री जी मुस्कराये, श्रीब्रत ने सावित्री का पक्ष लिया -

“ पति और पत्नी, जीवन रूपी रथ के दो पहिये हैं, एक के अभाव में दूसरे के जीवन-रूपी रथ की वही नियति होती है जैसा एक पहिए पर खड़ा रथ। पति के अभाव में पत्नी की ऐसी स्थिति होती है जैसे ज्योति के बिना वर्तिका पति के जीवन में पत्नी की वही भूमिका है जैसे दीपक में तेल जैसी है, पत्नी पति के जीवन को सदैव ऊर्जा, उत्साह एवं सुख प्रदान करती रहती है पुरूष के जीवन संचालन में उसकी सहभागिता अमृत तुल्य है”

श्रीब्रत स्वयं को एक चक्रीय रथ सा पंक से घिरा पाया। जीवन के रोम -रोम अतीत के भोगे क्षणों से भयभीत थे। शास्त्री ने श्रीब्रत की एकाग्रता भंग की, तभी मेंज पर नाश्ता लगा, सावित्री भीतर आयी, साक्षी दोनों को खिलाने लगी। पिता के झुर्रियों युक्त दुबले चेहरे पर शरीर के निखार को सोचने लगी। बापू की इतनी सेवा करूँगी कि शीघ्र स्वस्थ हो जायेंगे रात और दिन यों में गुजर गये । अगले दिन श्रीब्रत ने प्रकाश के सन्दर्भ में पूँछा तो सावित्री ने बताया अभी तीन-चार दिन पूर्व सप्ताह भर रहकर गया है छुट्टियों में आता है

शाम का समय था। सूर्य सागर की गोंद में उतरने लगा, अंजार से बचाऊ और उसी के समीप काजीग्राम जो गॉधीधाम से करीब सौ किलो मीटर दूर है भुज तथा गॉधी धाम के मध्य का यह क्षेत्र अन्यन्त सुन्दर है, जहाँ की भूमि खेती के योग्य है वहाँ आम के

बगीचे हैं, अंजार एवं गॉधीधाम का क्षेत्र जलवायु एवं कृषि की दृष्टि से अच्छा है यहाँ गर्मी के दिनों में अधिक गर्मी एवं ठण्डी के दिनों में ठंण्डी अधिक पड़ती है पुरूष पजामा कमीज एवं स्त्रियॉ घाघरा-ब्लाउज एवं चोली घघरा और हाथ में सफेद चूड़ी पहनते हैं, लेकिन कुछ लोग जो बाहर से आकर बसे हैं अथवा पढ़े-लिखे है। उनके पहनावे में अन्तर है।

होली -दीपावली नवरात्रि पूजन आदि त्योहार उत्साह के साथ मनाने का प्रचलन है दो प्रान्तों के मध्य का क्षेत्र होने से मिली जुली संस्कृति सभ्यता

और पहनावा भी है यहाँ गोशालाएँ अधिक हैं गाय, भैंस का पालन अधिक होता है, भुज में जहाँ लोग-बाजरा-घी, खजूर का गुड़ भुट्ठा आदि खाते हैं। वहीं काजीग्राम अंजार आदि क्षेत्रों में हर तरह की खेती होती है और लोग गेंहूँ चावल, दाल आदि अधिक उपयोग करते हैं।

शाम का समय था, शास्त्री और श्रीव्रत दोनों सैर से लौट रहे थे, श्रीव्रत ने कहा-'भैया! बेटी अब सयानी हो गयी है, उसके माँ की इच्छा थी. . बात काटते हुए शास्त्री ने कहा हॉं! हॉं प्रकाश और साक्षी दोनों की अच्छी जोड़ी रहेगी दोनों घर पहुँचें। गर्मीली रात थी, दिन भर की उमस के पश्चात् शीतल समीर चली जो हृदय को आनन्द रस पान कराने लगी थी। चन्द्रिका के निर्मल प्रकाश से धरती स्नायित हो रही थी। दोनों मित्र बाहर लान में बैठे थे सावित्री भी आयी फिर चाय की ट्रे लिए साक्षी बोली-लीजिए चुस्ती आ जायेगी। शास्त्री ने कहा-बेहतर तो नीबू-रस था उसमे ग्रीष्म-समन का विशेष गुण होता है सभी जोर से हँस पड़े।

शास्त्री-" अरे भाई! आप सब मुझ पर हँस रहे हैं? युग के साथ बदलिए या चुप रहिए सावित्री ने कहा। शास्त्री ने श्रीब्रत की आँखों में देखा, श्रीब्रत अर्थ समझाते हुए बोला-शर्बत का कुछ अलग ही महत्व है, प्रथम तो हृदय को ठंण्डक, दूसरा शरीर में पानी की कमी नहीं होने देता। उससे गर्मी का असर नहीं होगा। अरे बापू! आप लोगो को हकीम व डाक्टर होना चाहिए, साक्षी बोली "

डाक्टर का नाम आते ही श्रीव्रत बोला-"बेटी ! कुछ पूछूँ..? पूँछने की अनुमति तो वहाँ ली जाती है जहाँ अधिकार हीनता हो, आप का आदेश ही सबसे बड़ा प्रसाद है बापू...। बेटी! बच्चे जब बड़े हो जाँय तो उनसे सलाह लेना नीतिगत है सानुग्रह साक्षी बोली-शब्दों के जाल में न उलझाएँ बापू । जहाँ तक मैं समझती हूँ तो जब लड़की युवा दिखने लगे तो पिता को उसके विवाह के अतिरिक्त कुछ और नहीं दिखता.... अहर्निश हाथ पीले करने की चिन्ता, क्या यही समस्या तो नहीं..? शास्त्री जी मुस्कुराये, और बोले - देखा श्रीब्रत! इसको कहते है दिमाग ...मनः स्थिति को समझ लेने का विज्ञान ..। मान लिया भैया। श्रीब्रत ने कहा।

"सन्तान सुखी रहे, माँ-बाप यही सोचते है, सावित्री बोली। अब तक तो बेटी थी, किन्तु बहू के रूप में स्वीकार करो भाभी, श्रीव्रत ने कहा।

'बापू..? साश्चर्य साक्षी चीखी.., सम्भव नहीं..,।

बेटी, तुम ....। हॉ.... मैं... पैतृक गृह एवं ससुराल में दूरी होती है इस घर में पली-बढ़ी हूँ, बहू नहीं हो सकती।

शास्त्री-'किन्तु बेटी! तेरी माँ ने वचन लिया था। अतीत से वर्तमान अलग होता है परिस्थिति के अनुसार मनुष्य के विचारों में परिवर्तन होना सहज है, उस समय कौन जानता था किसे कहाँ रहना है जो नियति और प्रारब्ध है हो रहा । जल एवं समय की गति को नहीं रोक सकते केवल सामान्य परिवर्तन होता है, कहते साक्षी भीतर चली गयी।

शान्त वातावरण भंग करते श्रीव्रत बोला-"पत्नी न थी तो सोचा बेटी है, किन्तु आज वह भी मर गयी। पिता होने के नाते कहीं न कहीं ब्याहना ही होगा।

सावित्री-' भाई साहब! ऐसा न सोचिए, ऐसी बेटी तो नसीब वालों को मिलती है। गम्भीर , संवेदनशील और समर्पित शान्त स्वभाव वाली है तुम्हारे लिए कितना तड़पी है, वर्णन नहीं कर सकती। मुझे कभी आभास ही नहीं हुआ यह मेरी खुद की बेटी नहीं है मन्दिर का पुजारी हॉ..हॉ क्या हुआ उन्हें...घबड़ा कर शास्त्री ने पूँछा ।

सावित्री-" आप तो बहुत जल्दी घबड़ा जाते हैं, उन्हें कुछ न हुआ उनका बेटा गुणी, सुन्दर सुशील और बेटी को भी पसन्द है"

शास्त्री-" अपनी साक्षी ने उसे देखा है? "

हॉ उसी के कालेज में पढ़ता था और अभी होली में भी सबसे मिलने आया था। सावित्री ने बताया।"

शास्त्री-" वाह प्रकाश की माँ, वहाँ तक तो किसी का ध्यान ही न जाता, उत्तम शादी है, लड़के का नाम आत्म प्रकाश है जो किसी सरकारी कालेज में अध्यापक है, गोरा-चिट्टा ज्ञानी युवक है दिया लेकर खोजने से भी ऐसा रिश्ता नहीं मिल सकता, पुजारी भी सज्जन है"

श्रीव्रत -" फिर तो बात चलाइए।"

शास्त्री-" अभी तो समझाऊँगा मेरे घर को उसकी आवश्यकता है, साक्षी सी बहू मुझे कहाँ मिलेगी? "

श्रीव्रत मन्दिर गया, सावित्री पड़ोसी के यहाँ शास्त्री ने साक्षी से पूँछा-"बेटी! आखिर प्रकाश से विवाह क्यों नहीं करना चाहती। पहले तो उसने बताना उचित न समझा किन्तु शास्त्री के पूँछने पर उसे बताना ही था। किसी सन्यासी ने भविष्यवाणी की थी जिससे मेरा विवाह होगा वह अल्पआयु होगा, जो मैं नहीं....चाहती कि यह कहते-कहते वह सिसकने लगी। समझाते हुए शास्त्री ने कहा-"बेटी! तुम देवी हो। तुम्हारा अहित न होगा....किन्तु तुम नहीं चाहती तो न सही, क्या पुजारी का बेटा आत्मप्रकाश..पसन्द है...?"

'जी..' इस सन्दर्भ में आप एवं बापू का फैसला अन्तिम होगा। मुझे जहाँ और जिससे ब्याह देंगें .... वही मेरा देवता होगा...।

*****

रविवार का दिन था। कालेज बन्द थे, शास्त्री जी को सूचना हुई कि आत्म प्रकाश आया है और शाम को चला जायेगा। उन्होंने श्रीब्रत को साथ लिया और पुजारी के यहाँ जा पहुँचे पॉव छूते आत्म प्रकाश ने कहा-" आप तो इस गाँव के देवता हैं जब से आये हैं.. तो कितना विकास हुआ है घूसखोरी समाप्त हुई है किसी को ठगने या अन्याय करने की किसी में हिम्मत नहीं।

शास्त्री-"अरे बेटा! जिस के पास तुम जैसे बेटे हों उसे भला क्या चिन्ता? किन्तु मैं आज तुम्हारी शादी के सन्दर्भ में आया हूँ?

इसमे मेरी संस्तुति की क्या आवश्यकता, आप हैं, पिताजी हैं। हॉ मेरी तरफ से बस इतना है कि दहेज एक पैसा न लूँगा ...बस दूसरा और कुछ नहीं...।

आत्म प्रकाश की बातों से शास्त्री जी और श्रीब्रत का हृदय गदगद हो उठा।"

-: बारह :-

जैसे-तैसे मेंडिकल कालेज में उमड़े दुख के पीड़ा प्रद बादल छँटे, दूध का दूध पानी का पानी अलग हुआ। मीनाक्षी की करतूतो का भण्डाफोड़ सुचिता ने

किया। उसने उस सी०डी० को सर्वविदित किया, जिसमे मीनाक्षी के आपत्ति जनक चित्र थे। यह उस समय हुआ जब मेंडिकल कालेज में अध्यक्ष पद का चुनाव था। जिसके उम्मीवार प्रकाश, अजय, अजीत, द्रवित थे, वहीं छात्राओं से महामन्त्री पद पर सुचिता, मीनाक्षी और सोनी को उम्मीदवार बनाया गया था। इधर चुनाव की गर्मा-गर्मी की व्यस्तता थी वहीं साक्षी के विवाह की चिट्ठी मिली।

मुझे विश्वास है अवश्य आओगे, अन्तिम समय तक इन्तजार करूँगी प्रकाश! तुम जो चाहते थे सम्भव नहीं था मैं इसे नहीं मानती कि प्रेम के पवित्र पथ पर वैवाहिक बन्धन से कोई अवरोध होता हो। तुम देवता हो प्रकाश! मेरी -आत्मा रूपी मन्दिर में प्रकाश रूपी देवता सदैव बने रहोगे। परिणय के अवसर पर मेरे नेत्र देवता के दर्शन हेतु व्यग्र रहेगे । मैं तुम्हारी न हो सकी इसका दुःख तो स्वाभाविक है किन्तु इसे न भूलना देव देवता... आस्था का विषय है, वह व्यक्ति विशेष का तावेदार नहीं होता। आप मुझे बेहद प्यार करते हैं, यह सच है, किन्तु त्याग के बिना प्रेम का क्या मूल्य?

पूर्णविश्वस्त हूँ प्रकाश! मेरे सात्विक प्रेम का पुष्ठ अंकुरण आपमें प्रोत्साहन की ऐसी ऊर्जा रोपित करेगा कि जिससे विकास एवं सफलता की समग्र रश्मियाँ तुम्हारे चरणों पर होगी प्रतिक्षा रत अभागिन....

साक्षी....।"

अगणित बार पढ़-पढ़ कर पत्र गल गया, अश्रु-ज्वार से भीग-भीगकर उसे गलना ही था। ज्योतिषी के उस कथन एवं मनहूस घड़ी को कोसते हुए, हृदय में सघन पीड़ा के तीव्रतर तूफान उमड़े। प्रकाश बड़बड़ाया, साक्षी, तुम मेरे अतिरिक्त किसी और की नहीं हो सकती। कैसा संयोग! जिस दिन तुम्हारी शादी है उसी दिन चुनाव..? नियति की क्रूर परीक्षा.... आस्था के ललाट पर सन्देह की काली चादर, सत्य को असत्य का पंथ दिखाने का षड़यन्त्र। नहीं, मैं चुनाव नहीं लडूँगा.....नहीं (सहसा सुचिता का प्रवेश) पागलों सा अकेले में क्या बड़बड़ा रहे हो प्रकाश! सूर्य और चॉद अपनी नियति भले बदल दें- तुम्हारा चुनाव लड़ना नहीं टल सकता। कालेज में तुम्हारी जीत के डंके पहले से बजने लगे हैं। मेरी प्रतिष्ठा तुम्हारी जीत पर है में हारूँ या जीतूँ इसका मुझे गम नहीं किन्तु तुम्हें जीतना होगा। साहस से काम लो प्रकाश, साहस एवं पुरूषार्थ व्यक्ति का सर्वश्रेष्ठ आभूषण है तुममें

श्रेष्ठ नायक की परिभाषा का समग्र रूप दिखायी पड़ता है न जाने क्यों तुम्हारी सफलता के सपने मेरी आँखों में आने लगे हैं।

प्रकाश-" यह एक रोग है सुचिता, संयम से काम लो...काश इससे ग्रसित हुई तो जीवन नर्क हो जायेगा। सुचिता "तुम्हें लेकर मन में तरह-तरह के भाव उठते-गिरते हैं ये सब क्या है प्रकाश...? प्रकाश मन की नासमझी भावनाओं और उम्र का प्रवेग तुम्हे तो ऐसा कुछ नहीं होता।" सुचिता ने पूछा।

प्रकाश-" होता तो है, तुम्हारे प्रति नहीं सुचिता-"नारी के हृदय की सुकोमलता का तुम्हें लेश मात्र भी बोध नहीं है" किन्तु प्रकाश मेरे नेत्रों में प्रथम बार किसी युवक के प्रति ऐसा आकर्षण हुआ था। यदि तुम्हारे मन मस्तिष्क पर किसी और का साम्राज्य है तो रहे, तुम्हें एक झटके में मेरी भावनाओ की हत्या करना उचित न था।

किसी को धोखा देना मेरे स्वभाव में नहीं सुचिता, मैं मानता हूँ मुझपर तुम्हारे उपकार हैं किन्तु इसका आशय नहीं कि मैं तुम्हें प्रेम करने लगूँगा, कैसा ईश्वरीय विधान है, जिसे हृदय ने चाहा परायी हो रही है जिसे नहीं चाहता ....करीब आ रही है प्रकृति का खुला अन्याय और नियति की विकृत विडंम्बना नहीं तो क्या है?

ठीक है प्रकाश! मैं तुम्हे भूलने का प्रयास करूँगी, उन स्वप्नों के प्रति सचेष्ट रहूँगी, जो तुम्हें रखकर देखती रही हूँ। हे ईश्वर! भँवर में जाने एवं डूब जाने से पूर्व मेरी जीवन-नौका को उबार दो, मुझे वह प्रेम नहीं चाहिए जो पहले किसी का हो चुका है मुझे सत्य की निर्मल चादर चाहिए जिसमे दाग न हो, वह चली गयी।,

क्षण भर में क्या हो गया? द्वैत और अद्वैत अर्थात साकार और निराकार की स्थिति, यदि साक्षी निराकार भाव की परिकल्पना है तो सुचिता साकार भाव की सहज रूप, चित्त में दौविध्य स्थिति, किसी योद्धा की भाँति प्रश्न-युद्ध में फँसा हुआ किसे भूलूँ किसे अपनाऊँ... विचारों में उथल-पुथल.., रात्रि बीतती चली गयी और नेत्रों में नींद कहाँ..? सोचता रहा ख्यालों में खोये-खोये जाने कब आँख लग गयी... समक्ष साक्षी थी अलकें विखरी ... घनी काली रात्रि की तरह चेहरे पर उदासी नेत्र सजल थे, मैने पूँछा-" अब यहाँ क्यों आती हो..?"

साक्षी-"शिष्टाचार भी भूल गये ...? अतिथि से ऐसा नहीं पूँछा जाता बल्कि स्वागत किया जाता है"

अतिथि तो वह होता है जो कभी-कभी आता है, तुम अतिथि कैसे . .?

साक्षी-" फिर क्या हूँ..?

प्रकाश-मुझे धोखा देने वाली...हृदय को छलने वाली एक महिला..... आत्म प्रकाश की होने वाली पत्नी..........।"

साक्षी-" सत्य से मत भागो प्रकाश! मैं तुम्हारी शुभ चिन्तक और प्रेरणा हूँ....।

प्रकाश-" कैसी प्रेरणा...? मेरी नहीं आत्म प्रकाश की कहो....। मैं नहीं, कल से तुम्हारा स्वामी आत्म प्रकाश होगा।

कितने भोले हो, प्रकाश तो प्रकाश ही होता है, चाहे वह बाह्य हो या आभ्यान्तरिक। पर्याय से गुण नहीं बदलता। प्रकाश तो एक सहज स्थिति है, और शाश्वत उपांग, आत्मा का भी हो सकता है, सूर्य, दीप एवं चॉद का भी साक्षी बोली। ,

प्रकाश-" मूर्ख न बनाओ, सत्य एक है, शेष सत्य के आस पास की वस्तुएँ हैं।"

साक्षी-" यही तुम्हारी भूल है सत्य वह है जिस पर हमे विश्वास है, जो घटित हो रहा है, और घटित होना है सत्य वह जो निस्वार्थ भाव से किया गया हो। जो पहले चुभता है फिर सुख देता है

"काश ऐसा ही होता, मैं उस दिन का इन्तजार करूँगा । साक्षी! जब तुम मेरी सिर्फ मेरी रहोगी।"

जीवन की लम्बी यात्रा में क्या होगा, नियति पर छोड़ दो , जो हो रहा है वह एक संयोग है और जो होना है वही सत्य है यथार्थ की निठुर भूमि-रंग शाला है और हम संघटक। इस यात्रा में कुछ मिलता है तो कुछ खोता है। बस यही जीवन चक्र है।

साक्षी-"मैं यह कहने आयी हूँ सुचिता को अपना लो वह तुम्हारे चित्त को प्रसन्न रखेगी। जीवन को सशक्त दिशा देगी। प्रकाश कुछ कहता तभी,

साँकल पर खटखट की ध्वनि से निद्रा टूटी, सुचिता थी,

प्रकाश! धूप चढ़ आयी है और ....तुम सो रहे हो । तुम्हे भूल गया क्या आज चुनाव है।

याद है बाबा..., मैं आज ही गाँव जा रहा हूँ।

क्या...? वह चीखी, पागल तो नहीं हो गये ?

"गाँव कल परसो भी जा सकते हो , गाँव अपने स्थान से दूर नहीं जायेगा, तुम क्यों नहीं समझते प्रकाश! प्रतिष्ठा का प्रश्न है मेरे लिए ही समझो, बात साधारण नहीं रही। कहाँ मुँह दिखाऊँगी?" प्रकाश कहीं खो गया। सुचिता बोली होश में आओ प्रकाश, तुम्हें मेरी कसम....किसी भाँति चुनाव जीतना है, नहीं तो जीना दूभर हो जायेगा।

मुझे तो हार में सुख मिल रहा है सुचिता..., मैं हार कर भी खुश हूँ.... मैं हारकर भी खुश हूँ ह ....ह....ह....लगातार हँसने लगा। सुचिता घबड़ाई, पागल पन का यही लक्षण है कुछ साथियों के सहयोग से उसे हास्पिटल में भर्ती कराया गया, उसने साहस से काम लिया और प्रकाश के प्रचार में जुट गयी, छात्रों की सहानुभूति प्रकाश को मिली, और वह विजयी भी हुआ। शाम को गणना हुई, सफलता प्रकाश के पाल्हे में गयी। जीत का गजरा उसे पहनाया जाने लगा तो बड़बडाया....नहीं साक्षी...नहीं ... मुझे तो हार प्रिय है, इस गजरे पर आत्म प्रकाश का हक है लोग घबड़ा गये, किसी को कुछ समझ में न आया। दोस्तों में कानाफूसी हुई, साक्षी, आत्मप्रकाश आखिर माजरा क्या है, वे चले गये सुचिता रूक गयी, उसकी दृष्टि गले में पड़े गजरे के फूल पर पड़ी आश्चर्य से नेंत्र फैल गये, अरे! इतनी जल्दी मुरझा गये, ऐसा क्यों? उसके ललाट पर हाथ ले गयी जो तप रहा था। भाग कर डाक्टर के पास पहुँची, तब तक उसके साथ पढ़ने वाले अन्य युवक और युवतियाँ भी वहाँ आ गये। उन्होंने प्रकाश का बढ़ा ताप नापकर दवाइयाँ दी। सुचिता गीले कपड़े की माथे पर पट्टियाँ रखी। शनैः शनैः ताप कम हुआ तो आँख लग गयी। प्रकाश की जेब का एक कागज का टुकड़ा बिस्तर पर गिरा

देखसुचिता ने खोला-पुता हुआ अक्षर, आँसुओ से भीग-भीग कर अक्षर मिट सा गया था। अन्तिम शब्द स्पष्ट था। तुम्हारी बस तुम्हारी प्रतिक्षार्थिन साक्षी।' उसे अब समझने में देर न लगी कि प्रकाश साक्षी से प्रेम करता है पुनः सोचने लगी, इस गजरे पर आत्म प्रकाश का हक है... कहीं ऐसा तो नहीं आत्म प्रकाश से साक्षी की सगाई होने वाली हो । इस पत्र को पढ़ने के पश्चात् ही प्रकाश की मनः स्थिति में परिवर्तन हुआ था। सुचिता स्वयं के ही प्रश्नों के ब्यूह में उलझती चली गयी।

यह स्पष्ट था कि प्रकाश उसे नहीं साक्षी से प्रेम करता है, प्रिय वस्तुओं से विछोह की कल्पना असहज होती है निशा का साम्राज्य विस्तृत होने लगा था। मेंडिकल कालेज के चिकित्सा विभाग के चतुर्थ तल की खिड़की से सुचिता ने देखा, बस्तियों के अतिरिक्त कुछ और न दीख पड़ा, शान्त और स्निग्ध रात्रि, अस्पताल का विशेष कक्ष, किसी पुरूष के साथ उसका एकाकी रहना सर्वथा अनुचित था, सोचने लगी प्रकाश के पास किस हैसियत से हूँ? पत्नी या प्रेमिका इन दोनों ही स्थानो की स्वामिनी साक्षी है वह उठी और द्वार खोलकर बाहर सीढ़ियाँ उतरने लगी। सीढ़ियाँ उतरती जा रही थी और सोचती, क्या अच्छा कर रही है संसार रूपी हाट में महज दो ही रिश्ते अविशिष्ट हैं प्रेमिका और पत्नी नहीं मानवता से बड़ा रिश्ता शायद कोई नहीं, अन्य सम्बन्धों में स्वार्थ का फल लगता है जबकी मानवता आत्मिक आनन्द रूपी अमर फल है प्रकाश को बीमार हालत में छोड़कर जाना अनुचित होगा सुचिता...। वह पुनः सीढियाँ चढ़ने लगी थोड़ी देर बाद वह जैसे ही कमरे में प्रविष्ट हुई तो मुख से लम्बी चीख निकली, जोर-जोर से रोने लगी। प्रकाश रक्त से लथफत, फर्स पर तडपकर जीवन की अन्तिम साँस ले रहा था। हे ईश्वर यह सब क्या हो गया। वह भय से काँपने लगी। रक्त अधिक निकल जाने से प्रकाश धीरे-धीरे मुर्च्छित होने लगा। सच कहा गया है विपत्ति काल में बुद्धि भी साथ नहीं देती, सुचिता को कुछ समझ ही न आ रहा था क्या करे तभी वहाँ पुलिस आ गयी, पीछे-पीछे डाक्टर। उन्हें देख गिड़गिड़ाई प्रकाश को बचा लो प्लीज डाक्टर। डा० रस्तोगी के साथ वह नर्सिंग में जुट गयी। हॉफतें हुए भागकर आक्सीजन का सिलेन्डर लायी और लगाने लगी। पुलिस इन्सपेक्टर खड़ा स्थिति का अध्ययन करने लगा। सहयोगी से बुदबुदाया विचित्र बात है, यह लड़की हत्या करती तो यह सब क्यों करती, वह तो भागने का

प्रयास करती, ताल ठोंकते भीमसेन ने कहा- आप की नजर से अपराधी बच कहाँ पाता है?

इन्स्पेक्टर भाटिया-‘ ईश्वर करें बच जाय, वरना केस उलझाऊ होगा।’

ये लड़की तो पूरा पटाका है साहब! पूँछताछ मुझे करने देते तो अच्छा होता बनावटी तर्ज पर खाँसते हुए। ”

भीमसेन! तुम्हें शर्म नहीं आती बेहूदा हरकत करते हो तुम्हारी लड़की जैसे उम्र है, यही कारण है कि तुम आज तक पुलिस ही रह गये। पुलिस भीमसेन ने सिसकते हुए कहा-कह दो न कि मैं पुलिस हूँ। आँसू तो जैसे उसकी नाक पर रखे रहते थे। इंसपेक्टर ने कहा-‘उसमे कौन सी लगने जैसी बात बोल दी, सचाई बुरी लगती ही है दोनों की बातों का सिलसिला तब टूटा जब डाक्टर करीब दो घंटे पश्चात् आपात कक्ष से बाहर निकला। चेहरे पर तोष का भाव देख इंसपेक्टर समझ गया कि बच गया होगा। (आगे बढ़कर)

क्यों डाक्टर रोगी की हालत....? उसे तो मृत मानकर ही अपराधी छोड़ा था किन्तु..?

‘किन्तु क्या...?’

‘उस लड़की के अथक श्रम ने बचा लिया’।

साश्चर्य इंस्पेक्टर बोला ‘और आप..? ”

जो बन सका मेंने किया यहाँ की स्टाप नर्स लापरवाह हैं और रात का वक्त है मेरे अतिरिक्त अन्य डाक्टर छुट्टी पर हैं ये लड़की तो स्वयं ही डाक्टर है

इन्स्पेक्टर सोचने लगा, अजीब सा किस्सा है, किसी ने उसे हत्या करने वाली कहा तो कोई बचाने वाली, किसकी मानू भीमसेन....खुशी से उछलते हुए मेरी...।

कहो‘-‘ इंस्पेक्टर ने पूछा।’

भीमसेन–“ वह जो कुछ कर रही है अपने बचने के लिए, जो दिखावा है, नहीं मरा तो क्या करती।

इंस्पेक्टर–“ अरे मोटे दिमाग के घनचक्कर मारने वाला बचायेगा क्यों? बचने पर तो उसका भी बयान होगा ?

भीमसेन – देखो बाबा मूर्ख तो हमारी तीन पीढ़ी रही है, तभी तो लगातार तीन पीढ़ी पुलिस से इंसपेक्टर नहीं बन पा रही है

इंस्पेक्टर–“ भीमसेन! लड़की को बुलाओ?”

(भीमसेन भीतर जाता है) हे मेंम साहब, इंसपेक्टर साहब बुला रहे हैं।

सुचिता–“रोगी की स्थिति नाजुक है, कह दो घंटे बाद आये? मुँह लटकाये बाहर आया। इंस्पेक्टर ने पूँछा–“ क्या हुआ?

वह तो लाल मिर्च है साहब! बोलती है, नहीं आऊँगी, यहीं भेज दो।

इंस्पेक्टर–‘ ऐसा तो नहीं कह सकती? साफ–साफ बताओ।

भीमसेन–“ अभी रोगी की सेवा कर रही है, दो घंटे बाद मिलेगी।

गुड...वह अपराधी नहीं, कुशल डाक्टर है,

भीमसेन–कैसे?

इंस्पेक्टर – रोगी की सेवा से श्रेष्ठ कुछ नहीं होता। अच्छे डाक्टर के यही लक्षण है? यहीं रहो में आता हूँ? दिल यही रखकर जाइयेगा जनाब.. .,

शट्अप कह इंसपेक्टर भीतर उस कक्ष में गया जहाँ लड़की रोगी के देखभाल में निमग्न थी इंस्पेक्टर उलटे पॉव मुड़ने लगा तो वह बोली– एक्सक्यूज मी, इंस्पेक्टररूक गया....आप अपने कर्तव्य का पालन कीजिए, कर्तव्य के प्रतिजागरूकता देख हृदय गदगद हुआ और ....कुछ पूछँने की हिम्मत न हुई, फिर आ जाऊँगा।

सुचिता का हृदय कॉप उठा, कुछ पूँछना है फिर आ जाऊँगा। आकस्मिक सब कैसे हो गया । मेरे नीचे से ऊपर जाने में समय ही कितना

लगा होगा। इतने ही समय में पुलिस भी पहुँच गयी। विचारों के अन्तर्द्वन्द से माथा ठनकने लगा। काश मैं भी होती तो मेरा भी यही हश्र होता,

'जाको राखे साँइयां मार सके न कोय"। प्रकाश को निर्जीव समझ कर ही छोड़ गया था, यह अच्छा हुआ कि मैं सूनसान जगह पर अकेली न गयी ।

मैं तो अच्छी फँसी, सुबह के समाचार पत्र में खबर छपेगी तो घर वाले क्या सोचेगे? पढ़ने के लिए भेजा है न कि ..। ऐसी न थी किन्तु मुझे क्या होता जा रहा है? पुनः दृष्टि प्रकाश के चेहरे पर गयी जो अभी भी बेहोश था। उसकी आत्मा बोली-मूर्ख लड़की! डाक्टर बनने जा रही है और इतना भी ज्ञात नहीं, मृत समझकर छोड़े प्रकाश पर पुनः हमला हो सकता है झिझक कर उठी और इधर-इधर देखने लगी। भय से रोम-रोम खड़े हो उठे थे। मन ही मन स्मरण करने लगी कि वह इंसपेक्टर पुनः आ जाता? वह तो नहीं आया किन्तु कालेज उमड़ पड़ा था। देखते-ही-देखते मेंड़िकल छात्रों ने अपने छात्र नेता की दशा देख आक्रोश में आये और तोड़ फोड़ शुरू कर दी। पुलिस और अधिकारी भी मौके पर पहुँचे। सबने आश्वासन दिया कि अपराधी शीघ्र पकड़ा जायेगा तब कहीं हल्ला थमा, मिलने वालों के बीच मीनाक्षी भी थी, प्रकाश की हालात को देखते हुए मेरी तरफ दृष्टि डाली। और उसके मुख पर व्यंग्य भरी मुस्कान थी। शायद उसका अर्थ था यह तो छोटा सा तोफा है उसकी अपराधी शक्ल और आँखो को देख मुझमें न जाने कहाँ से इतना क्रोध आया कि मैं हिंसक सी हो उठी, शरीर काँपने लगा और यह कहते उसकी तरफ दौड़ी तुझे जिन्दा नहीं छोड़ूँगी। तभी इंस्पेक्टर बलदेव वहाँ पहुँच गया। उसके साथ महिला पुलिस थी। इसे गिरफ्तार कर लो शालिनी, महिला पुलिस आगे बढ़ी तो तभी मेंडिकल कालेज के कुछ छात्र प्रतिरोध में बोले, क्यों..? प्रकाश पर हुए कातिलाना हमले के जुर्म में, मीनाक्षी नाम की लड़की पर आक्रामक रूख अपनाने के अपराध में।

"नहीं आप सब अपराधी के सह पर उसे बचाने और अपराध को बढ़ाने का कार्य कर रहे हैं" (छात्रों ने कहा)।

इंसपेक्टर बलदेव-" मित्रो! आप सब पढ़े लिखे व्यक्ति हैं, अधिक समझाने की जरूरत नहीं, जब प्रकाश के कक्ष में मिस सुचिता के अतिरिक्त दूसरा कोई था ही नहीं, फिर उस पर जानलेवा हमला कौन किया, कमरे की

दीवारे, ईट पत्थर या खिड़कियॉं। पुलिस तो तभी अपराध के और अपराधी के मूल तक पहुँचती है जब उसके मार्ग में कोई बाधा न पड़े और राजनीति न हो, मित्रो जॉच और अपराध सिद्ध होने तक तो मैं कुछ नहीं कहना चाहता किन्तु इतना तो जान ही लो यह लड़की विष कन्या है...विष कन्या।

इंसपेक्टर बलदेव की बात पर सभी मेंडिकल छात्र साश्चर्य कभी सुचिता तो कभी मीनाक्षी का मुँह देखने लगे। मीनाक्षी आगे बढ़कर बोली साथियों! यह लड़की प्रकाश को प्रेम जाल में फँसाना चाहती थी, प्रकाश अच्छा और-होनहार डाक्टर है प्रकाश इसके बहकावे में नहीं आया तो.., 'बोलती क्यों नहीं सुचिता, ये सब क्या कह रहे हैं? तू स्वार्थी है अपना स्वार्थ सीधा करने के लिए ही तुमने हमे प्रकाश को वोट देने के लिए बाध्य किया था। उपस्थित छात्रों ने कहा।

पत्थर की बुत सी खड़ी सुचिता कुछ सोच या समझ ही न पा रही थी कि क्या कहे या करे । अब सुचिता को विश्वास हो चुका था कि अपराधी मीनाक्षी और अजय है, उन्होंने पैसे के बल पर पुलिस को खरीद लिया है तभी छात्र बन्धुओं से सानुरोध बोली-" मैं अपराधिनी हूँ या निर्दोष इसका फैसला तो प्रकाश के ठीक होने पर ही होगा मुझे विश्वास है आप सब उसकी हर संभव रक्षा करेंगे। इतना कहते ही आँखे भर आयी तभी महिला पुलिस चौकी प्रभारी के समक्ष पहुँची। उसकी दृष्टि उस युवा इंसपेक्टर को तलाश रही थी, कानो में बस वही शब्द गूँज रहा था कर्तव्य की रक्षा करो। चौकी प्रभारी ने पहले उसे धमकाया सादे कागज पर हस्ताक्षर करने को कहा।

सुचिता-"तुम मुझ पर तैश नहीं दिखा सकते इंसपेक्टर, सही मायने में अपराधी तुम हो जो सादे कागज पर हस्ताक्षर करवाना चाहते हो, जिससे मनचाहा वयान लिख सको। थू है तुम और तुम्हारी वर्दी पर, शर्म तो तब आती है जब कानून की रक्षा करने वाला ही इसका सौदा करे। तभी उसे कुछ याद आया और बोली-मुझे एक फोन करना है?

किसी नेता को ...? इंसपेक्टर ने पूछा

नहीं, प्रिसिंपल को ।

(हँसते हुए) कर लो, मैनेजर से बात करना हो तो बस आने ही वाले हैं। हैलो.., प्रिसिंपल साहब!

जी, कौन बेटी सुचिता..? हाँ सर प्रकाश की जान खतरे में है, किसी भांति उसके घर बालों को सूचित करना अच्छा होगा। मैं तुम दोनों को पहले ही रोकता रहा किन्तु नहीं माने.. अपराध की जड़ इतनी गहराई तक जा चुकी है कि शरीफ सिर उठाकर नहीं चल सकता, कहाँ से बोल रही हो? प्रिसिंपल सर ने पूछा!

सुचिता-" जी पुलिस मुझे प्रकाश के कातिलाना केस में फँसा रही है अपराधी मौज कर रहे हैं, और मुझे ....। तभी इंसपेक्टर ने ग्रामोफोन छीन कर संवाद भंग करते कहा- मेरे ही फोन से मुझे ही, सुचिता-"जो सत्य नहीं बोलते वे सुन भी नहीं सकते।

करीब पच्चास मिनट ही हुआ था कि चौकी पर सुचिता के परिवार के लोग आने लगे। लेन देन, पैरवी आदि अस्त्रों का प्रयोग प्रारम्भ हुआ किन्तु ऊपरी दबाव और नेता गीरी के चलते बात न बन सकी। मुम्बई में चकाचौंध लपलपाती सड़के, गगन चुम्बी इमारते पाश्चात्य वास्तु एवं भारतीय शिल्प के मिश्रण के प्रयोग को देखते ही बनता था। जन जीवन सामान्य था। प्रतिदिन की भाँति आज भी मेंडिकल कालेज में रोगियो के अलावाँ आवागमन बन्द था। पिछली रात्रि के घटना के पश्चात् प्रकाश को विशेष कक्ष में विशेष सुरक्षा के साथ रखा गया था। करीब दो बजे होगे, कालेज के प्रिसिंपल अभी कुछ समय पूर्व वहाँ से गये थे, मेंड़िकल के कुछ विद्यार्थी भीतर थे। दो पुलिस बाहर बरामदे में कुर्सी ताने ऊंध रहे थे आवश्यक उपकरण एवं सामान्य दवाइयों के साथ दो डाक्टर एक नर्स भीतर प्रकाश के कक्ष में घुसे, जूतो की ध्वनि सुनते ही पुलिस का एक जवान जागा और खुलते द्वार से प्रविष्ट होते डाक्टर और नर्स को देखा, पुनः ऊँघने लगा। भीतर पहुँचते ही डाक्टर ने नब्ज देखी और कहा-'हालत में सुधार है, इन्जेक्शन लगा दो। नर्स जैसे ही इन्जेक्शन लगाने झुकी तभी प्रकाश के बाँये हाथ सोया व्यक्ति ओढ़े हुए चादर को फेंक रिवाल्वर डाक्टर की कनपटी से सटा दिया, ठीक उसी वक्त शास्त्री और श्रीव्रत भी ढूढ़ते वहाँ पहुँचे। भीतर का दृश्य देख वे चौक पडे। दोनों पुलिस भी स्थिति से परिचित हुई। उस व्यक्ति ने कालेज के प्राचार्य एवं पुलिस अधीक्षक को मोबाइल से सूचित किया। इन्जेक्शन परीक्षणर्थ लैब भेजा गया। तभी वहाँ से पत्रकारो की एक टीम भी आ गयी उन्होंने मुल्जिमो की तस्वीरें ली, तब तक इन्जेक्शन के परीक्षण से पोइजन का शक प्रमाणित हुआ।

गिरफ्तार लोगों में वही थे जिनपर लोगो को संदेह था अजय सिंह डाक्टर था, दूसरा उसका मित्र रमेंश एवं नर्स मीनाक्षी थी।

सच कहा गया है पाप का घड़ा भरते-भरते भरता है फिर फूटता है। सुबह समाचार पत्र में तस्वीर के साथ न्यूज थी। पकड़ने वाले इंसपेक्टर की तस्वीर देख सुचिता चौंक उठी सोचने लगी ओह! आप के सिवा कौन ऐसा नेक कार्य कर सकता है इंसपेक्टर का रोवीला तेजस्वी वलिष्ठ चेहरा सुचिता के नेत्रों पर उतरा, सोचने लगी, धरती वीरो और कर्तव्यनिष्ठो से खाली नहीं, प्रत्येक काल में पापी और पुण्यात्मा रहे हैं। और रहेगे। यथार्थ की परिपुष्ट पृष्ठभूमि पर ही मानवता का बीज अंकुरित होता है जिसे मन की तूलिका में तोलकर कर्तव्य पंथ पर भेजा जाता है इंसपेक्टर का नाम था राजीव मिश्र, उसे धन्यबाद देने से पूर्व सुचिता चौकी प्रभारी के समक्ष पहुँची, अखवार तो आपने पढ़ ही लिया होगा?

हॉ किन्तु तुम्हारा आशय भी स्पष्ट है हॉ, जब भी मेरी जरूरत हो तो निःसंकोच मेंडिकल कालेज आ जाइयेगा। इतना कहते वह मेंडिकल कालेज प्रकाश के पास पहुँची, जहाँ प्रकाश के पिता भी आये थे उनसे मिलकर अत्यन्त खुश हुई। उसके सहयोग के सम्बन्ध में शास्त्री जी को बताया जा चुका था। उन्होंने सुचिता को ढेर-आर्शीवाद दिये। प्रकाश का स्वास्थ्य खतरे से बाहर था, शास्त्री जी उसे घर ले जाना चाहते थे। सुचिता ने कहा-" पूरी तरह स्वस्थ होने दीजिये अब चिन्ता नहीं है वहाँ इलाज अच्छा न होगा। तभी प्रिंसिपल साहब भी आ गये, उन्होंने सुचिता की बहादुरी की प्रशंसा की और शास्त्री जी को जाने से पूर्व कालेज में आने का न्योता दिया। प्रकाश के स्वस्थ होते ही शास्त्री जी श्रीव्रत के साथ कालेज गये। सिर पर गॉधी टोपी, धोती कुर्ता, पीछे श्वेत केश सामने शिखा तक सपाट ललाट, मुख की दमक को देखते ही बनती, प्रिन्सिपल साहब ने गर्म जोशी से स्वागत किया। सभागार के छोटे से कार्यक्रम में शास्त्री जी ने संक्षिप्त में कहा-" डाक्टर ईश्वर का रूप है, उसे सदैव कर्तब्य के प्रति सचेष्ट होना चाहिए । धन के पीछे दौड़ने वाला न तो डाक्टर है न तो डाक्टर की मूल आत्मा, वह ईश्वर तुल्य भी नहीं, लोलुप, धनसंग्रही से अलग सम्बोधन उसके लिए नहीं मानव सेवा से श्रेष्ठ कोई सेवा नहीं है, डाक्टर के लिए न रात्रि. है न दिन, समय मिला आराम किया, जितना उचित है पैसा लिया, सबसे पहले सभी इन्सान हैं फिर वृत्ति

परक। अपने अभीष्ट लक्षण के प्रति जागरूक और सफल बनो, मेरी शुभकामना आपके साथ है।

*****

सुचिता के हृदय में अजीब परिवर्तन हुआ। निरन्तर खुश रहने वाली, कोकिल सी चहकने वाली, विल्कुल शान्त और गम्भीर रहने लगी। सहपाठी डाक्टरों में कानाफूसी होती, कोई कहता कैसे खुश रहे जिसे दिल दे बैठी है-गाँव में है, उस पर जबसे हमला हुआ तब से बदली-बदली रहती है साथ की लड़कियाँ मजाक में कह भी देती थी सुचिता होस्टल छोड़ दी और चेम्बूर से प्रतिदिन मेंडिकल कालेज आने-जाने लगी। चम्पे की कली सी सुकोमल अंगुलियों की मुद्रिका भी बदल दी। सोने एवं मणि-नगो की जगह साधारण नगे पहन ली । मध्यान का समय, पुस्तकालय में बैठी अखबार के पन्ने उलट रही है, सहसा चेहरा खिल उठा, हठा्त मुख से निकला, बहादुरी और इन्सानियत का पाठ तुझसे सीखे। समीप बैठी एक लड़की ने पूँछा-‘ किससे सुचिता..? उसने अखबार में छपा चित्र दिखाया। अरे ! इसे जानती हो..?

सुचिता - हाँ क्यों..?

ज्योति- शहर के नेताओ गुण्डो की नींद हराम कर दी है।

सुचिता उसे धन्यवाद देने हेतु व्यग्र थी, आस्था एवं उत्सुकता पूर्ण स्वर में पूँछी-“फिर तो यह भी जानती होगी कहाँ रहता है?”

ज्योती बोली-“ नहीं, टेलीविजन, समाचार पत्रों और अक्सर लोगो को बातें करते सुनती हूँ। बाकई बॉका और दिलेर है

सुचिता -‘ कभी पाला पड़ा है क्या...?

ज्योति-‘नहीं यार अच्छा मजाक कर लेती हो।

सुचिता - मैं उसे धन्यवाद भी न दे सकी। उसी के कारण मैं बाहर हूँ। प्रकाश की हत्या का आरोप मुझ पर थोपा जा रहा था। सुचिता का चेहरा सुर्ख गुलाबी, मन भारी हुआ, और बोली-ज्योति। मैं चलती हूँ दो-बीस की ट्रेन पकड़नी है नेत्रों पर इंस्पेक्टर राजीव मिश्र का साहसी रूप था। घर पहुँची

राजीव को भूलने का प्रयास करने लगी किन्तु असफल थी। माँ ने पूछा-'बेटी! किसी ने कुछ कहा तो नहीं? गुमसुम क्यो हो।'

सुचिता -"कुछ नहीं मम्मी, बस यही सिर में कुछ दर्द है'

माँ- दर्द है तो गोलियाँ खा ले बाम लगा ले...। आ मैं बाम लगा देती हूँ। दर्द बताकर फँस गयी थी। उसे शान्त और एकान्त चाहिए था, बाम-वाम की आवश्यकता नहीं है माँ! केवल थकान है, चाय भर पीकर आराम करने से दूर हो जायेगी। जैसी तेरी इच्छा, कह माँ चाय बनाने चली गयी। चाय पीकर सुचिता लेट गयी मन और मस्तिष्क पर कभी प्रकाश तो कभी राजीव "नारी उदार हृदया होती है और मन जल से बहने वाला, भावनाओं में जीना उसे प्रिय है वीर-धीर उदात्त शौर्य सम्मान नायक के प्रति अधिक आकृष्ट होती रहती है प्रायः प्रिय के आन्तरित गुणो का गान करने से अघाती नहीं त्याग समर्पण, आस्था और विश्वास उसके मूल में निहित है यही कारण है जो राजीव के प्रति आकर्षित हुई उसके सन्दर्भ में जानने की लालसा है, प्रकाश के प्रति समपर्ण सुर्खियों में था। दोनों के मध्य प्रेम सम्बन्ध का प्रचार तब हुआ जब कालेज में अध्यक्ष चुनाव के दौरान उसने प्रकाश का खुला सहयोग किया।

"साक्षी का पत्र और प्रकाश के मुख पर साक्षी नाम का बार-बार उच्चारण स्पष्ट था कि प्रकाश साक्षी के अतिरिक्त किसी को नहीं चाहता। क्षण भर स्वयं को कोसने लगी आखिर साक्षी में ऐसा कौन सा विशेष गुण है जो प्रकाश उसे अधिक चाहता है नहीं हार तो कायर मानते है, प्रयत्नशील ही सफलता के द्वार तक पहुँचता है गम्भीर विचारो में खो गयी, साक्षी किसी और की हो चुकी है, जैसा कि पत्र में था, प्रकाश स्वयं को भी पराजित बताता था, वह तो साक्षी के ही वियोग में विक्षिप्त सा हो उठा था, उसके हाव-भाव से स्पष्ट था कि प्रेम कि नींव अत्यन्त गहरी हो चुकी है गंम्भीर मुद्रा में सोचने लगी गहराई तक गयी प्रेम की जड़ को निकाल दूसरे हृदय-भूमि में रोपना क्या उपयुक्त होगा...?

मन ने कहा-" होगा, तरूओं को खाद्य विलयन न मिले तो वैसे ही कमजोर होकर फिर सूख जाते हैं। काश तुम प्रणय-तरू की सेवा शुश्रुषा में सफल हुई तो प्रकाश पुनः प्रफुल्लित हो उठेगा। प्रेम तो समर्पण एवं विश्वास

की वस्तु है, उसके मार्ग में कपट, लोभ एवं प्रदर्शन आये ंतो वह मर जाता है”

उसका अचेतन मन स्वप्नलोक में विचरण करने लगा। श्वेत वस्त्र पहने एक युवती चली आ रही है, धीरे-धीरे पग बढ़ाती, स्वः विचारों में खोयी, मुख मलिन नेत्र उनीदित, और कोर रक्तिम थे।

अरे! मेरे ही घर, कौन हो सकती है? माथे के पुते सिन्दूर देख मैं चौंक गयी और दुखी भी हुई-देवि आप कौन हैं.... क्या चाहती है? सहसा वह रोने लगी, बेसहारा विधवा स्त्री हूँ बहन! भिक्षा एवं दया चाहिए। सुचिता ने भोजन करने को कहा, भोजन के पश्चात चेहरा सन्तुष्ट हुआ और विहंसने लगी। नाम पूँछने पर साक्षी बतायी। ‘क्या तुम वही साक्षी हो जो प्रकाश से प्यार करती है, वह उठी और चलती बनी, चिल्लायी अरे तुम जा रही हो? रूको...रूको, सुनो वह पीछे मुड़कर न देखी। अब प्रकाश मेरा है सिर्फ मेरा सुचिता खुशी से नाचने लगी तभी माँ ने भोजन के लिए जगाया।

-: तेरह :-

साक्षी के बगैर सांय-सांय करता घर, जैसे गृह की आत्मा ही चली गयी हो, आदमी लाख भरे हो विशिष्टता और शोभा एक से ही होती है चाहे सभा हो या घर। प्रकाश उसी घर में पैदा हुआ बढ़ा किन्तु आज उसी धर में एक पल वर्षो बराबर व्यतीत कर रहा था, जहाँ पहले साक्षी के साथ रहते, प्रणय अभिनय, और बातें करते दिन रात कम लगती वही बैठक में लेटा अतीत की कोमल यादों में खोया रहता प्रायः साक्षी के साथ नोक-झोंक होती, कभी गुस्सा तो कभी दिवा स्वप्न सा, उन्हीं में खोता जाता जैसे कल की बात हो मन ने डांटते हुए कहा-“ प्रेम ही सब कुछ नहीं प्रकाश! यथार्थ में जीना सीखो, तुम उसे संगिनी बनाना चाहते थे, प्रस्ताव भी रखा और वह किसी और को चाहती थी, छोड़ो भूल जाओ, जीवन रूपी हाट में कितने मिलते और छूटते हैं। न जाने कितने आत्मीय बन्धु सुदुर नील-नभ में खो गये और हम विछोह की क्षणिक पीड़ा के पश्चात् भूलते गये ।

आत्मा ने कहा-"नहीं मन सुनो, जुड़ना और विछुड़ना प्रकृति सत्य है, किन्तु विछड़ने बालो में कुछ इतने आत्मीय हो जाते है जिन्हें चाहकर भी विस्मृत नहीं कर पाते वे विशिष्ट अवसर अथवा एकाकी क्षणों में मानस रूपी अम्बर को उद्वेलित करते ही रहते हैं। जीवन के शेष पल में विछोह की पीड़ा चुभती रहती है और उनकी आवश्यकता की पूर्ति कभी हो ही नहीं सकती। साक्षी मुझमें और अन्तर्मन में निहित है, जो आत्मा की गहराई तक पहुँच चुकी है अब उसे भूलना संम्भव नहीं । मानस तल पर साक्षी का लावण्यमयी सौम्य रूप उतर आया, हिरणी सी कुलाँच भरने वाली देखते ही देखते परायी हो गयी, प्रकाश की आत्मा बोली अब भूल जाओ प्रकाश सोचने लगा।

प्रकाश को गाँव से आये माह भर हो गया था, सुचिता ने पत्र भेजा, जिसमे परीक्षा तिथि और शीघ्र आने का आग्रह था। उसने लिखा था प्रकाश तुम्हारे बिना कालेज सूना लगता है सहपाठी डाक्टर बन्धु प्रोफेसर ओर प्रिन्सिपल साहब सभी तुम्हारी तारीफ करते रहते हैं। यह सुन तुम्हें तोष होगा कि मैं अब स्वप्न नहीं देखती बल्कि स्वप्न स्वयं मुझे देखने लगा है ईश्वर तुम्हे शीघ्र स्वस्थ एवं आत्म शक्ति प्रदान करें । आत्म ज्योति में देखोगे तो ज्ञात होगा, जीवन के दो पक्ष हैं संयोग और वियोग, इन्हीं चक्रब्यूहो से जीवन गतिशील होता है, सुख ओर दुख इसके संवाहक हैं, विछोह की पीड़ा से मन आहत होना सहज है किन्तु उसी में जीने से मानसिक विलाप एवं आत्म बल का क्षरण होता है। मैं पत्थर की उस मूर्ति की उपासक हूँ जिससे अनुग्रह की अपेक्षा नहीं, मैं हृदय देव की पूजा करती रहूँगी भले ही वह द्रवित न हो। शुभाकांक्षी सुचिता।

*****

'साक्षी' और 'सुचिता' " आत्मा और आत्म-सौन्दर्य, आत्मा मूल तत्व है तो सौन्दर्य उसका विशेषण। साक्षी साधना से विलग, श्रेष्ठ एवं चिन्तन का विषय है तो सुचिता जीवन-सौन्दर्य की रंगीन दिशा उत्साह एवं जिजिविषा की शाश्वत शक्ति। जीवन वाह्य लोक में जीने के लिए सुचिता को अपनाना होगा... साक्षी महज चिन्तन है, कल्पना है और कल्पना शीर्ष.......।

विवाह हुआ साक्षी दुल्हन बनकर घर आयी। अजीब स्थिति, आत्मप्रकाश से मन और उसके शरीर की शादी हुई और आत्मा से प्रकाश की, सच है मानव स्वयं का स्वामी नहीं, समय का दास है, होनी और प्रारब्ध परिस्थितियों की अनुकूलता पर टिके हैं तभी तो शरीर का बँटवारा हुआ। प्रत्येक मानव विविध प्रकार की मनः प्रवृत्तियों के साथ पैदा होता है वह कर्ता नहीं माध्यम है कार्य करता है फिर मर जाता है"।

आत्मप्रकाश पूना के इंजीनियरिंग कालेज में प्राध्यापक है आकर्षक व्यक्तित्व, विद्धान, विशाल वक्षस्थल एवं मदिर नयन है। उसके मन-मन्दिर में साक्षी प्राण-प्रतिष्ठित मूर्ति सी है उसे पाकर स्वयं को सृष्टि का सर्वश्रेष्ठ भाग्यशाली मानने लगा है फाल्गुन की त्रयोदशी थी। गॉव के मन्दिर में भगवान शिव के जलाभिषेक करने वालों की भीड़ में साक्षी भी थी, प्रथम दृष्टि में आत्मप्रकाश खो गया, साक्षी के रूप को ईश्वर की सर्वश्रेष्ठ खूबसूरत वस्तु मान बैठा। यहाँ तक कि भगवान भूत नाथ के समक्ष संगिनी हेतु प्रार्थना भी की और हुआ भी वैसा। आखिर आत्मप्रकाश से विवाह हो ही गया। आज वह प्रकाश की यादों में खोई थी, अतीत की तमाम यादें बादलों की भाँति क्षितिज के नीचे-नीचे हृदय अम्बर से स्नेहाश्रु बरसाने लगी, नियति के प्रलयकारी संकेतो की श्रृंखला से जकड़ा प्रेम, स्मृति आकाश में ऊँघती नायक की मनस्विता, तारूण्य धमनियों में मनः प्रणीत स्नेह का शाश्वत रूप बिम्बित था। शनैः शनैः रात्रि का साम्राज्य विकसित हुआ, निर्मल चॉद की रजत रश्मियों से स्नायित तरू पर ढ़ेर सारे अतीत चित्रों को उकेरने हेतु तत्पर थे।'

पीछे से किसी ने झिझोरा-म्लान मुख की मुद्रा से स्पष्ट होता है, किसी की यादों में खोयी हो?

' जी....जी...सच......।'

किन्तु वह भाग्यशाली कौन है? आत्मप्रकाश ने पूँछा, उँ.....हूँ.... आँखों में झॉककर आप स्वयं देख लो , साक्षी बोली।

सच कहती हो साक्षी तुम्हें पाकर मैं और मेरा जीवन अमृततुल्य हो चुका है प्रेम की देवी लो! यह तुम्हारा उपहार है साक्षी की दृष्टि उस थैले पर पड़ी जो आत्मप्रकाश उसे देने के लिए हाथ बढ़ाया था। क्या है स्वामी...? उसने पूछा।

आत्म प्रकाश-" तुच्छ भेंट..., बताऊँगा नहीं, स्वयं ही देख लो। थैला उसकी तरफ बढ़ा दिया।

साक्षी-"आखिर इसकी क्या जरूरत थी? साड़ी तो मानती हूँ ठीक है किन्तु हार..., पिता जी का आपरेशन कराना है सामने खर्च है और आप हार लिए चले आ रहे हैं,

जो जरूरी होगा सब होगा, फिर वेतन तो मिल ही रहा है एक दो मॉह खर्च में कटौती करके आपरेशन करा दिया जायेगा।

साक्षी-" मेरी मानो तो हार वापस कर दो । मुझे इसकी कोई आवश्यकता नहीं है

आत्मप्रकाश- "(मन ही मन) कैसी स्त्री है नारी को आभूषण से प्रिय संसार में कुछ नहीं होता और यह....। नहीं साक्षी अब तो यह आ ही चुका है लौटाना अपसगुन होगा, पहनो तो यह तुम पर बहुत फबेगा। साक्षी कुछ न बोली कक्ष के भीतर चली गयी।

आत्मप्रकाश-" नाराज हो गयी क्या..? उसके नेत्र में प्रेम का सैलाब और वाणी में आग्रह स्पष्ट था।'

साक्षी- 'नहीं'

आत्मप्रकाश- ''फिर चेहरे पर उद्विग्नता क्यों? क्या मेरा प्रणय स्वीकार नहीं?' साक्षी-"बनावटी हँसी में-"नहीं स्वामी! यह क्या कह गये, आपका नहीं तो किसका स्वीकार होगा। आत्मप्रकाश और प्रकाश का अर्थ क्या है यही सोच रही थी। साक्षी ने मुस्कराते हुए कहा।

ह...ह...ह..हँसते हुए- कहो क्या है?

मुस्कुराते हुए साक्षी बोली-" तुम मेरी आत्मा के प्रकाश हो और प्रकाश.... जीवन का ।'

कौन श्रेष्ठ है? वाह! प्रोफेसर साहब, आप तो स्वयं विज्ञ हैं, आत्मा और जीवन में अन्तर आपसे अधिक बाखूबी कौन जान सकेगा?"

वार्तालाप के मध्य आत्मप्रकाश गम्भीर हो उठा, साक्षी ने पूँछा-' किस ख्याल में खो गये जनाब....? यही कि साक्षी..." तुम्हें प्रकाश और आत्मप्रकाश के मध्य अन्तर की अनुभूति क्यों हुई... कहीं प्रकाश..!

साक्षी-" शंका आत्म बल का क्षरण कर देती है, मेरा अभिप्राय आत्म और प्रकाश से था... अच्छा छोड़ो, अब विषय को बदलना उचित होगा। बातों ही बातों में समय का बोध न रहा और न आप को ठण्डा-गरम कुछ पिलाई ही।"

आत्मप्रकाश-" तुम भले ही न पिलाई हो, मैने पी लिया।

साक्षी- वह कैसे ?

तुम्हारी बातों में ऐसी मिठास और तथ्य होता है कि कोई भी विवेकवान क्यों न हो भ्रमित एवं मुग्ध हुए बिना नहीं रह सकता। जादू है जादू। आप मेरे लिए इतना सब कुछ लाये हैं, मुँह तो मीठा करा दूँ, साक्षी बोली। 'जी' जैसी इच्छा, वह जाने को हुई कि आत्मप्रकाश की दृष्टि उसके गुलाबी कपोल एवं शरबती नेत्र पर गयी और वह कह उठा- क्षण भर नेत्रों को झाँकने दो साक्षी शायद मुँह से अधिक नेत्र को मिठास की जरूरत है शायद यही प्रेम की पराकाष्ठा है जीवन के सर्वश्रेष्ठ आनन्द का उपालम्ब? " प्रेम का स्रोत, वह उठा और दो युवा हृदय उसकी गहराई की माप हेतु लालायित एवं व्यग्र थे। हठात् आत्मप्रकाश संयम तोड़ते परिरम्भ में आबद्ध करते बोला-शायद यही प्रेम का लक्ष्य है? अलग होते साक्षी बोली-नहीं, नहीं यह वासना का प्रथम सोपान है, असहज न बनो संयम से काम लो।

इसे न भूलो साक्षी हमारा सम्बन्ध पति-पत्नी का है, संसार में पति-पत्नी का सम्बन्ध कुछ अलग ही होता है साक्षी प्रत्युत्तर दिये बगैर अहाते में चली गयी ओर आत्मा सोचने लगा, कैसी स्त्री है? किस मिट्टी की बनी है विवाह के पन्द्रह दिन बीत गये और पति-पत्नी जैसा कोई सम्बन्ध नहीं, मानस पर वैचारिक-चिन्तन की एक रेखा दौड़ गयी...।

*****

कल प्रातः प्रकाश को मुम्बई जाना था। माँ ने कहा-'बेटा! पूना उतर कर साक्षी से मिलते जाओ। विवाह के समय तुम्हारी राह देखती रही, न आने से

निराश थी, पत्र में भी तुमसे मिलने की बात लिखती है एक बार मिल लोगें तो उसका मन हल्का हो जायेगा। प्रकाश के हृदय में भी उससे मिलने की लालसा प्रबल थी, हुआ भी वही जाते समय पूना स्टेशन उतर कर वह उसके घर पहुँचा, घण्टी बजाते ही साक्षी बाहर निकली, प्रकाश को खड़ा देख हृदय में खुशी की लहर तो दौड़ी किन्तु विछुड़न की पीड़ा से ततूक्षण नेत्र गीले हो उठे। बाहर का ताला खुला भीतर आते प्रकाश ने पूछा-आत्मा कहाँ है,? गाँव में आत्मप्रकाश को लोग आत्मा ही कहते थे।

साक्षी- कालेज गये हैं, बस आने का समय हो गया है, बैठिए चाय लाती हूँ तब तक अखबार पढ़िए। मुझे चाय की इच्छा नहीं है, न ही अधिक देर रूकूँगा, कल से परीक्षा है उसे स्मरण हुआ प्रकाश चाय का आदी नहीं, कोल्ड पेय देती हुई बोली-भोजन तैयार है?तुम्हें मेरे आगमन की पूर्व सूचना थी क्या...?

'हॉं '

किसने दी

हृदय ने, मन ने, सुबह से आँख फड़क रही थी नेत्रों पर तुम्हारी तस्वीर और मन कह रहा था तुम अवश्य आओगे।

प्रकाश-" तुम्हारा आकस्मिक फैसला अच्छा लगा।"

साक्षी समझ गयी। और बोली- पत्र तो भेजी थी, इन्तजार करती रही तुम न आये। मुझे लगा नाराज होगे और होना भी उचित था।"

"फैसला तुम्हारा, शादी तुम्हारी, मेरी नाराजगी तुम्हारा क्या कर लेती, याचक की हैसियत ही क्या..? हॉ.., अब तो यही कामना है तुम खुश रहो.. .तुम्हारी खुशी में मेरी खुशी है"

"दूसरों को रोशनी देने वाला प्रकाश कभी स्वयं को कमजोर हीन नहीं, समझता था मुझे तुम पर सदैव गर्व था।" साक्षी बोली।

मेरी भी कैसी नियति है, पतंग डोर से जुड़ी रहे या आजाद हो क्षितिज में भ्रमण करे, दोनों ही दशा में उसे शोक नहीं, मेरा मन उस कटी पतंग की भाँति है जिसे डोर से विछुड़न का दुःख तो है किन्तु अभिव्यक्ति नहीं, आत्मा भाग्यशाली है, तुम्हें पाकर सदैव खुश रहेगा। सरकारी नौकरी है,

अर्थ का अभाव न होने से तुम भी सन्तुष्ट रहोगी। एक बात सुनो मेरे न आने का मलाल न करना, बापू आते-जाते रहेगे। मेरे आने से तुम्हारा और आत्मा के मध्य कटुता आ सकती है कारण कि आत्मा जानता है कि में तुम्हें चाहता था।

साक्षी से रहा न गया और रो पड़ी, प्रवेग से गुलाबी कपोल धुल गया। हुआ वही जो प्रकाश नहीं चाहता था। वह उसे सान्त्वना और शुभकामना देने आया था स्थिति विपरीत देख बोला-" संयम से काम लो साक्षी! समय के साथ घाव भी भर जाते हैं। तुम दोनों सुखी तभी रहोगे जब मेरी छाया तुम्हारे द्वार तक न पहुँचेंगी, हम दोनों का जब भी साक्षात्कार होगा, अतीत की यादें प्रबल होगी और वर्तमान कमजोर, तब निश्चित तुम्हारे परिवारिक सम्बन्धों में कटुता आयेगी इसे यथार्थ एवं प्रकृति सिद्ध समझो। प्रकाश ने कहा।

घायल ही घायल की पीड़ा का अनुभव करता है, मेरा हृदय कॉच की तरह साफ है, मैं तुम्हारी न हो सकी इसकी पीड़ा तुम्हे कितनी है कह चुके हो और मैं नहीं कह सकती, नारी और पुरूष में बस यही अन्तर है मैं तुम्हे कितना चाहती हूँ वाणी की अभिव्यक्ति से परे है और तुम बराबर कहते रहे हो, सच है तुम्हे देख प्रेम का मुरझाया तरू हरित हो उठेगा। तुम्हारा आना न आना तुम्हारे विवेक पर " है, हॉ इतना निवेदन है कि सुचिता को अपना लो, बहुत अच्छी लड़की है साक्षी ने कहा।

'सुचिता...! तुम उसे कैसे जानती हो..?

तुम अपने विषय में जो कुछ नहीं जानते उसे भी मैं जानती हूँ, यही प्रेम की विशिष्टता है

प्रकाश सोचकर कुछ आया था हुआ कुछ, स्वयं के प्रश्न ही उसे गिराते गये और निढ़ाल सैनिक की भाँति पराजय स्वीकार करता गया। सहसा खड़ा हुआ और जाने की अनुमति माँगा।

साक्षी-" भोजन नहीं करोगे ? "

प्रकाश-"नहीं, इच्छा नहीं है"

साक्षी-'नाराज हो गये? मैने तो ऐसा कुछ कहा भी नहीं, ! कहीं कोई त्रुटि हो गयी हो तो क्षमा कीजिए।"

प्रकाश-" और शर्मिन्दा न करो, मैं तुमसे नहीं अपने आप से एवं भाग्य से नाराज हूँ। शायद तुम्हें ज्ञात न होगा, मुझ पर प्राण घातक हमला हुआ था, ईश्वर ने बचा लिया। "

मुस्कुराते हुए साक्षी बोली-"शायद तुम्हें ज्ञान नहीं है कि मैं तुम्हें देखने भी गयी थी, ईश्वर से कई घंटे मन्नतें भी माँगी। वह पुनः चौका क्या कहा " देखने ...? नहीं ...। यह झूठ है

साक्षी-" सुचिता से पूँछ लेना।"

'किन्तु तुम्हें कैसे पता चला था?

"मेरी आत्मा और मन ने बताया कि तुम घायल हो।" यही तो प्रेम की पराकाष्ठा है

मेरे होश में आने तक का इन्तजार न कर सकी? और कहते हो.... । तुम होश में थे तब आयी, मैं स्वतंत्र नहीं हूँ विवाहिता स्त्री हूँ ।

कार्य में पति की अनुमति अनिवार्य है उनके पास समय नहीं था मुझे भी लौट आना पड़ा ।

अब मैं चलता हूँ....हाँ वह चलने को हुआ तभी साक्षी बोली आत्मा से नहीं मिलोगे?

प्रकाश-" जीवन रहा तो मिलन होता रहेगा, कल से परीक्षा है....

मैं सोचा था जमाने में होगा मेरा अपना।

जिसे अपना समझ बैठे वही बस अब पराया है"

वह जाने लगा और साक्षी अपलक निहारती रही, वायु का तीव्र झोंका आया प्रकाश ओझल हो गया। साक्षी द्वार पर खड़ी अतीत के दिनों में खो गयी।

-: चौदह :-

प्रकाश के आगमन की सूचना पाते ही मिलने वालों का ताँता लग गया। होता भी क्यों न कालेज का अध्यक्ष था। लोग मिलते कुशल क्षेम पूँछतें। सुचिता को न देख आश्चर्य होना स्वभाविक था। परीक्षा के पश्चात् दोनों मिले, सुचिता ने बताया-मैने होस्टल छोड़ दिया है उचित निर्णय है अब होस्टल में रहने लायक नहीं रहा।

सुचिता-' चलो न! आज '

प्रकाश-'हॉ' तुम्हारे घर चलूँगा किन्तु आज नहीं सेमेंस्टर की परीक्षा सम्पन्न होने दीजिए।

सुचिता-" कैन्टीन तक चलोगे? "

प्रकाश-' क्या बात करती हो जहाँ कहो वहाँ चलूँ दोनों हँस पड़े सुचिता बोली-बस कैन्टीन तक। दोनों घण्टो कैन्टीन में बैठे नाश्ता के पश्चात् बातें करते रहे सुचिता प्रकाश के परिवर्तित व्यवहार एवं प्रेम के इजहार से चकित थी। प्रकाश की आँखो में झाकते हुए बोली- मुझे अब जाना चाहिए घर गयी नहीं तो घर से खोज प्रारम्भ हो जायेगी। वह अभी तक कुछ ही दूर गयी थी। राह में इंस्पेक्टर राजीव मिश्र मिल गया दोनों एक दूसरे से परिचित ही नहीं करीब होने लगे थे। न जाने क्यों राजीव का व्यवहार निडर व साहसी व्यक्तित्व सुचिता को मुग्ध करता गया, उसे लेकर नये-नये सपने देखती थी। विचारों कल्पनाओ के विविध महल बनाती थी। ऐसा कम मिलता है जब कोई डाक्टर लड़की किसी इंस्पेक्टर को दिल देने का मन बनाये। कैसी विडम्बना.....! असहज स्थिति!! 'एक फूल दो माली' नारी हृदय भी कैसा होता है, उसके हृदय में जहाँ प्रेम का अर्णव बहा करता है वही चण्डी अथवा प्रलय रूप में स्वीकार हुई है प्रेम पथ पर बढ़ती चलती है तो मृत्यु से भी नही डरती।

साक्षी का घर बस गया, सुचिता इंस्पेक्टर से प्रेम करने लगी है, वेचारे प्रकाश की किस्मत को क्या कहै कभी-कभी प्राप्त करते-करते वस्तुएँ हाथ से निकल जाती है। साक्षी वस्तु तो नहीं, लाख चाहकर प्रकाश न पा

सका। कथा की नियति ही बतायेगी सुचिता मिलती है या उससे भी हाथ धोना पड़ेगा।

परीक्षा समाप्त हुई, प्रकाश ने पूछा-'सुचिता! आज तुम्हारे घर चलूँ? वह सकपकायी किन्तु सहज होती बोली-आज! चलो..चलो क्या हर्ज है ?

प्रकाश को समझने में देर न लगी, सुचिता अनमने मन से हॉ कहती है, कुछ दिनों में उसके प्रेम समर्पण एवं व्यवहार में भी परिवर्तन दिख रहा था। मन में आया न जाऊँ फिर सोचा-'उचित तो आज ही जाना होगा। बहुत कुछ स्पष्ट हो जायेगा दोनों कैन्टीन में बैठे थे। करीब पच्चीस मिनट पश्चात कार में बैठते ही बोली चलेंगे न ...? हॉ चलूँगा। वह बगल की सीट पर बैठ गया। दस मिनट तक मौन का वातावरण था। मौन तोड़ते प्रकाश बोला-'कहीं मुझसे कोई भूल नहीं हुई। आज कल नाराज सी लगती हो।

सुचिता-'नहीं प्रकाश! ऐसा तो नहीं, बात बदलते बोली-"साक्षी कैसी है?

प्रकाश-'ऐसे पूँछ रही हो जैसे मिली हो?'

सुचिता-'तुम्हे नहीं पता तुमसे अस्पताल में मिलने आयी थी। तुम्हारे होश में आते ही उसके पति नहीं माने लिवा कर चले गये। बहुत सुन्दर है न ....?

यहाँ साक्षी का उद्धरण क्या उचित था? "बात हम दोनों के मध्य की है, बीच में, साक्षी का नाम आना कुछ कम अच्छा लगा। " प्रकाश सोचने लगा।

गाड़ी रोको सुचिता मैं नहीं जाऊँगा।

सुचिता-'नाराज हो गये क्या......?

नहीं नाराज होकर क्या करूगॉं? बस मन ही आज जाने से रोक रहा है

एक ही शर्त पर मान सकती हूँ, कहो कल चलोगे ? आज की बात तो यहीं समाप्त करो, कल-कल है गाड़ी रूकी और प्रकाश नीचे उतरा। वैसे मैं कह नहीं पा रही थी, मुझे सहेली के बर्थ डे पर जाना है ओके सुचिता, सहेली के वर्थ डे पर मेरी ओर से ढ़ेर सारी बधाई दे देना। प्रकाश ने कहा।

जैसे सुचिता की गाड़ी कुछ आगे बढ़ी तभी प्रकाश ने एक टैक्सी पकड़ी और सुचिता का पीछा किया। टैक्सी एक पार्क के बाहर रूकी, प्रतीक्षा करते एक आकर्षक युवक ने आगे बढ़कर सुचिता को रिसीब किया, हाय..हल्लो! पश्चात् कंधे पर हाथ रखते युवक पार्क के भीतर प्रविष्ट हुआ। प्रकाश के नेत्र आश्चर्य से फैल गये। पैर के नीचे की धरती खिसकती नजर आयी, यदि बाहर के वेंच पर बैठा न होता तो चक्कर खा गिर पड़ता। कुछ क्षणोपरान्त पुनः टैक्सी से होस्टल में लौट आया। एक साथ दो दुःख असहय था, रात नींद न आयी। सोचता रहा ईश्वर! क्या नारी अविश्वास की वस्तु है? नहीं कमी सुचिता एवं साक्षी में नहीं मुझसे और भाग्य में है सांत्वना देते मन ने समझाया-' परिस्थितियों से सामंजस्य ही पुरूषार्थ है निराशा और कायरता के वशीभूत होते हुए मन और नसीब को हीन मानना अनुचित है विचार उस पर करना चाहिए जिससे विश्वास उठ गया हो। बहुरंगी ससांर में लोग मिलते विछुडते हैं, जो तुम्हारा है वह विछुड़ कर भी मिल जाता है यही शाश्वत है और नियामक का नियम है कालेज का समय हुआ। प्रकाश अभी तक लेटा था उसे न देख सुचिता ढूँढ़ने लगी। किसी ने बताया अस्वस्थ और चाय पीने कैन्टीन गया है सुचिता भी उधर गयी। सोचने लगी आखिर क्या हो गया ..? हृदय धड़का कि कहीं कल मेरे अप्रिय व्यवहार से तो नहीं ..? तभी प्रकाश मिल गया। सहज होते हुए बोली-'कल के लिए मुझे क्षमाँ करना प्रकाश। मेरा मूड ठीक न था। मूड ठीक न था कि तुम ठीक न थी, खैर छोड़ो सुचिता! वास्तविकता छिपाये नहीं छिपती, सत्य को तो सत्य ही होना है मुझ पर तुम्हारे एहसान हैं। अपसोस है कि चुका भी सकूँगा या नहीं...?

'कैसी ऊँट-पटांग बातें करते हो प्रकाश!,' बेहतर होगा कि यहाँ से चली जाओ। शनैः शनैः स्वयं सहज हो जाऊगाँ प्रकाश बोला।

सुचिता-' ओह! तो आप के असहज होने का कारण मैं हूँ? मैने तो ऐसा कुछ न कहा। प्रकाश यह आवश्यक नहीं किसी को कुछ कहा जाय, बेहतर होगा की आज के बाद मुझसे न मिलो..। सुचिता "किन्तु क्यो... व्हाई नाट...?

आवश्यक नहीं कि सभी प्रश्नों के उत्तर ही दिये जॉय। जीवन रूपी हाट में क्रय-विक्रय होता ही रहता है जो वस्तुऐं मन को अधिक प्रभावित करती है उसके प्रति आकर्षण स्वाभाविक है तुम्हे और तुम्हारे नये मित्र को

शुभ कामना, इससे अधिक मेरे पास क्या है? स्वयं को भली-भाँति टटोलने से ज्ञात होता है कि प्रत्येक व्यक्ति अकेला है, पति पत्नी पिता-पुत्र, माँ-बेटे आदि सभी सम्बन्धो के मध्य स्वार्थ का झीना पर्दा है, सामाजिक मर्यादाओं का भय है अथवा जीवन रथ को किसी तरह खींचने की कला है, सामान्य का असामान्य नोक-झोंक के पश्चात् भी हमे वैचारिक मत भेदों को भूलकर सामंजस्य करना होता है वैचारिक मतभेदो की उभय दृढ़ता और जिद्दीपन से आज दूरियाँ बढ़ रही है।

सुचिता-" प्रकाश......! दोष कहाँ किसमे नहीं है? वह प्रकृति के मूल सिद्धान्तों से जुड़ा है" जहाँ ज्ञान है वहाँ भी दोष है जहाँ अज्ञान है वहाँ भी, यह हो सकता है कि आप मेरे दोष को अधिक देखें गुण-कम, गुण और दोष पर विवेकी प्रथमतः विचार नहीं करते, करते हैं तो समीक्षात्मक ढंग से अध्ययन, क्योकि उन्हें गुण ही ग्रहण करना होता है

प्रकाश-" मुझे एकान्त की आवश्यकता है, और एकान्त की अपेक्षा भी, "

सुचिता-" चलती हूँ, लेकिन एकान्त उसे चाहिए जिसका पुरूषार्थ क्षीण हो चुका हो, सत्य सुनने से भय लगता हो ।"

तुम नहीं तुम्हारा समय बोल रहा है सुचिता! हम दोनों योद्धा हैं, जीवन में तुम विजित हो, और मैं हारा हुआ।

"हार तो कायर और अकर्मण्य स्वीकार करते है, पुरूषार्थी हार कर भी जीत के लिए प्रत्यन करता है, इसीलिए वह अविजित होता है हार तो मैं तब नहीं मानी जब जानती थी आप साक्षी को चाहते हैं। और वह आपके तन मन में रची-बसी है हार तो तब न स्वीकार की जब मीनाक्षी ने कालेज में चौतर्फा जंग शुरू किया, और आज आप जो कुछ कह रहे हैं, उससे मेरा आत्मबल कमजोर नहीं हो रहा है, कुछ अलभ्य नहीं समझती, जो चाहती हूँ हासिल करके ही छोड़ती हूँ। सुचिता चली तो गयी, किन्तु प्रकाश के हृदय को असंख्य बाणों से बेधकर, निढाल करके क्योकि उसके प्रत्येक वाक्य यथार्थ से परिपुष्ट थे।

-: पंद्रह :-

एम.बी.बी.एस. अन्तिम वर्ष की परीक्षा देकर प्रकाश घर आया। रिश्ते के सन्दर्भ में लोग आ-जा रहे थे। एक-दो रिश्ते शास्त्री जी को ज्यादा पसन्द आये । देर रात भोजन के पश्चात् शास्त्री जी बोले- 'बेटा! अब घर बसा लो, प्रकाश कुछ न बोला, पुनः शास्त्री ने कहा -'बेटा' अच्छे-अच्छे सम्बन्ध आ रहे हैं, बेहतर होगा बहू आ जाय और मैं भी निश्चिन्त हो जाऊँ। पिता जी! अब अधिक इन्तजार नहीं करना होगा, कहीं नौकरी मिल जाये बस .., मैं आपके बूढ़े कन्धे पर बोझ नहीं डालना चाहता।

डाक्टर नौकरी का मोहताज नहीं होता, तुम जहाँ दवाखाना खोलोगे वहीं पैसा आने लगेगा । अब बहाने बाजी छोड़ दो बेटा! कल तुम्हारी माँ भी कह रही थी। लड़की सुन्दर और सुशील है

प्रकाश ?-"लड़की भी आप सबने देख लिया है? "

तुम्हें हॉ कहने की जरूरत है बेटा....! तुम न नहीं करोगे।

प्रकाश शान्त और गम्भीर था, उसे गम्भीर देख शास्त्री ने कहा-बेटा! मैने पूर्ण अश्वासन नहीं दिया है, तुम्हें कोई लड़की पसन्द हो मुझे कोई आपत्ति नहीं है लोग कहते हैं कि शहर की लड़कियां खराब होती है, में इसे नहीं मानता। सुचिता को ही ले लो, कितनी सुशील और समर्पित लड़की है

प्रकाश-'' मैं उसी से विवाह करना चाहता हूँ पिताजी......।'

'शास्त्री जी को सामान्य झटका तो लगा किन्तु वे असहज न हुए क्योकि जानते थे कि दुनियॉ बदल रही है, प्रकाश नये युग का पढ़ा लिखा लड़का है उसका फैसला गलत न होगा ।'

जो कुछ करना हो उसे जल्दी करना, सुचिता से बात कर लो शादी इसी वर्ष हो जाये तो विशेष अच्छा होगा, जीवन का क्या भरोसा ....? आँखो से देख तो लूगॉ। तुम्हारी माँ तुमसे न कहकर मुझसे कहती है

ठीक है पिता जी, माह-दो माह का समय तो लगेगा ही। अगले महीने मुम्बई जाऊँगा, तब तक परीक्षाफल भी घोषित हुआ रहेगा। ठीक है बेटा, तुम तो खुद समझदार हो जो करोगे सोच-समझकर ही करोगे....।

सूर्य की सिन्दूरी किरणें.... प्राची दिशा में निकली, सुदूर तक विस्तृत कटीले वृक्षों की डालों पर पक्षियों का कलरव प्रारम्भ हुआ । बचाऊ शहर से करीब २५ किलो मीटर दूर बसा कॉजीग्राम जहाँ प्रकृति का सुखद वातावरण, सम शीतोष्ण जलवायु थी। हालांकी बचाऊ के आस-पास फलदार सुन्दर तरूओं की अधिकता है जबकि कॉजी गॅाव आम-नीम अमरूद तथा अनेक किस्म के पेड़ है और अच्छी खेती की उपजाऊ भूमि है।

आज प्रकाश को साक्षीं की याद आ रही थी, आती भी क्यों न दोनों साथ खेले, पढ़े और बड़े हुए थे, घर-द्वार खेतों खलिहानों आदि में उसकी यादें बिखरी हुई थी, उन आम्र वृक्षों तले खड़ा सोचता रहा कभी बचपन में दोनों पके आम बीनते, चूम-डण्डा खेलते खलिहानों में आँख मिचौली और बड़े होने पर प्रणय-अभिनय जैसे कृत्य उसके हृदय-तार को झकझोरता रहा और वह क्षण-क्षण प्रति-क्षण अतीत की कोमल यादों में खोता गया साक्षी का मुस्कुराता खिला रूप नेत्रों पर उभरा तब तक रवि-रश्मियों का क्षेत्र विस्तृत हो चुका था, प्रकाश निरन्तर बढ़ता गया सूनसान पथ पर, विचारों में विविध भाव और मानस पर प्रिय का सौम्य रूप, खेत के उस पेड़ पर बैठ गया जहाँ कभी साक्षी के साथ बैठा उसकी अलकों को प्रकृति प्रसूनों से सजाया था , उन दिनों खेतो में हरियाली और लहराती फसलें थी किन्तु आज शुष्क ग्रीष्म से उष्ण खाली भूमि। ऐसे स्थान पर पागल कवि बैठ सकता था अथवा प्रेमी ही! कैसी विलक्षण स्थिति है? प्रेमी कवि और पागल...। क्या यही सच है कि समर्पित व्यक्ति पहले प्रेमी फिर कवि और अन्त में पागल होता है....? नहीं तीनों में बहुत अन्तर है, जहाँ प्रेम और भक्ति आस्था का विषय है वहीं कविता साधना और पागलपन-उन्माद का। प्रेमी और भक्त में सहज अन्तर है जहाँ प्रेमी ईष्ट के रूप एवं सौदर्य की उपासना करता है वहीं भक्त इष्ट की शाश्वत शक्ति एवं देवत्य का । इष्ट को प्राप्त करना ही दोनों का लक्ष्य रहता है, किन्तु दोनों के उद्देश्य अलग-अलग है। प्रेमी इष्ट या प्रिय में भोग और आनन्द की, कामना करता है वहीं भक्त ईश्वर में सुख-ज्ञान और सर्वानन्द की, प्रेम में हृदयात्मक समर्पण है तो भक्ति में भावनात्मक। प्रेम का मार्ग संकीर्णता से व्यापक होता है तो भक्ति का ब्यापक महाव्यापक और दुरूह, दोनों में हम जितना ही डूबते हैं उतना सफल होते हैं जहाँ निष्काम और सकाम प्रेम है वही भक्ति में डूबने से भक्त तत्व ज्ञान और सर्वज्ञयी तथा

समाज का पूज्य हो जाता है वहीं प्रेम मौंक्ष को तो प्राप्त होता है किन्तु कभी-कभी सामाजिक निन्दा भी मिलती है

“साक्षी मेरी इष्ट है, आस्था और भावनात्मक समर्पण मेरा लक्ष्य है भक्त ईश्वर के निराकार तत्व को अनुमान-रूप मान उपासना करता है और मैं साक्षी को प्रत्यक्ष-सगुण-शक्ति माँनता हूँ। मैं नहीं जानता कि मैं प्रेमी हूँ या भक्त ....? इसका मूल्यांकन तो सुधी पाठक ही कर सकेगें ।”

*****

परीक्षा फल घोषित होने की बात सुन प्रकाश मुम्बई के लिए रवाना हुआ, रेलगाड़ी अबाध गति से चली जा रही थी। वह सोचने लगा जीवन संगिनी का चयन हँसी खेल नहीं उम्र भर का साथ होता है मैं और सुचिता दोनों पेशे से डाक्टर हैं एक दूसरे को भली-भाँति जानते पहचानते भी है किन्तु ......वह किसी और को चाहने लगी है नहीं..., मुझसे अधिक किसी को नहीं चाहती, गलती उसकी नहीं, मेरी है, किसी लड़की के समक्ष दूसरी लड़की की प्रशंसा करना उचित था जबकि सुचिता दुखद क्षणों में मेरे साथ रही, अपमानित भी हुई भला कौन ऐसा कर सकता है.....? मैने उसे बुरा-भला कहा, मन को ठेस पहुँचाने वाली बात कही जो अनुचित थी। सुचिता ही ऐसी है जो मेरे अस्थिर मन जीवन को स्थिर रख सकती है आज जिस चौराहे पर मैं हूँ उसके प्रत्येक मार्ग प्रश्नों के चक्रब्यूह में उलझना चाहते हैं और मैं भटके दिग्भ्रमित यात्री की भाँति मंजिल की तलाश में व्याकुल हूँ।

“वह विचारों के उधेड़ बुन में डूबा था कि तभी गाड़ी रूकी लोग नीचे उतरनें और सामान समेंटनें लगे। अरे! शायद स्टेशन आ गया है वह भी नीचे उतरा और वहाँ से होस्टल पहुँचा , मेंरिट लिस्ट में मेरा अनुक्रमाँक सर्वोपरि था। खुशी से हृदय नाच उठा, सोचा सुचिता से मिलने का बहाना अच्छा है कपड़े बदला और फिर उसके घर के लिए टैक्सी ली। मन में विविध भाव उठ रहे थे, वह बड़बड़ाया मैं आ रहा हूँ सुचिता, मैं तुम्हे चाहता हूँ और तुम्हीं से विवाह करूँगा। ”

कार एक शानदार सजी हुई कोठी के सामने रूकी , ड्राइवर ने कहा-" बाबू जी यही है आपकी मंजिल.....जैसे ही प्रकाश की दृष्टि कोठी के शीर्ष पर पड़ी उसके पैरो तलें जमीन खिसकनें लगी थी, भला क्यो न खिसकती जिससे मिलने इतने उत्साह से आया था उसी की शादी थी, लिखा था'' सुचिता वेडिंग राजीव' आँखें भर आयी और पॉव कॉपनें लगे तभी मेंहमानों के आव भगत में लगी सुचिता की दृष्टि उस पर पड़ी, वह उसी तरफ दौड़ी किन्तु तब तक प्रकाश कार में बैठ चुका था ड्राइवर ने पूँछा क्या हुआ-......?

प्रकाश-" भैया, मुझे मेरी मंजिल कभी न मिलेगी, वहीं छोड़ दो जहाँ से ले आये हो, ड्राइवर ने उसके क्षुब्ध चेहरे को देखा और चल पड़ा। सुचिता की आवाज प्रकाश के कानों में पड़ी थी रूक जाओ प्रकाश............! रूक जाओ!! प्रकाश न रूका .., बाहर खड़ी कार से सुचिता ने पीछा किया और पहले चौराहे के ट्राफिक पर दोनों मिल गये।

सुचिता- " आज मेरी शादी है, आर्शीवाद नहीं दोगे...? "

प्रकाश-क्यों न दूँगा ..... इसके अतिरिक्त मेरे पास है ही क्या कहते आँखें भर आयी गला सूख गया। आँसू पोंछते हुए बोला-" सुचिता! मुझे महज इतना दुख है कि शादी के सन्दर्भ में मुझसे कुछ पूँछना उचित न समझा। तुम्हारा क्या दोष....? दोष तो मेरे भाग्य का है, जिसे दिल ने चाहा पराया हो गया, जिसे नहीं चाहा गले की हड्डी बन गया।" सुचिता ने प्रकाश की आँखों में देखा, सोचने लगी प्रकाश और राजीव दोनों ही पुरूषार्थी हैं। शर्म से सिर झुक गया और बोली-देव! मुझसे भूल हुई, आपके हृदय की गहराई न समझ सकी। आपसे यह पूँछने का साहस न जुटा सकी कि मैं आपसे प्यार करती हूँ। और विवाह करना चाहती हूँ आप यही सोचते होगें न मैं स्वार्थी हूँ। पिता जी की तरफ से दबाव पड़ रहा था कि माह भर के भीतर किससे विवाह करना है बताओ और करो नहीं तो अपनें हिसाब से विवाह तय कर दूगॉ। छुट्टी में आप घर थे, सब आकस्मिक हो गया। इतना कह वह सिसकने लगी ।"

"भावी कोई मेंट नहीं सका है जो होना था हो रहा है पतंग की दूसरी डोर भी कट गयी, और मंझॉ मुक्त पतंग से सम्बन्ध तोड़ दिशा हीन हो चुका है ईश्वर दोनों के पथ को सुखद करें ।"

राजीव से नहीं मिलोगे....?

प्रकाश गम्भीर सोच में डूब गया। इनकारता है तो सुचिता को ठेस लगेगी, उसने कहा-" मिलूँगा...।' दोनों पुनः घर लौटे, सुचिता के घर पहली बार गया था। उसे ऐसी कल्पना भी न की थी कि सुचिता इतनें बड़े परिवार से सम्बन्धित होगी। उसने प्रकाश को परिवार के अन्य सदस्यों से मिलवाया, उसी के साथ बनी रही, राजीव से जब परिचय कराने ले गयी तो राजीव बोला- इन्हें तो भलीभाँति जानता हूँ। प्रकाश सहानुभूति पूर्ण मुद्रा में बोला किन्तु मैं नहीं.........., मुझे राजीव कहते हैं पुलिस मौंहक्में में इंस्पेक्टर हूँ। आप के केस का भार मुझे मिला था। मैं यहाँ तक जानता हूँ कि तुम दोनों एक दूसरे के अच्छे मित्र हो।'

'प्रकाश की उत्सुकता का अन्त तो हुआ किन्तु आशंका का सतरंगी नर्तन नेत्रों पर उतरा और कुछ सोचने लगा।

क्यों प्रकाश ! किन ख्यालों में डूब गये, राजीव के मुख पर व्यंग्यात्मक भाव था।

प्रकाश की दशा उस हिरण जैसे हो गयी जिस पर शिकारी बन्दूक ताने हो, अचानक गोली दाग दे और हिरण घायल हो जाय। वह पुनः हृदय की मर्मान्तक बेदना को छिपाते हुए बोला-" निःसंदेह बहुत भाग्यशाली हो मित्र ....।

धन्यवाद ! परीक्षा आपने दी, उत्तीर्ण मैं हुआ, क्या सच नही है प्रकाश का मुख डूबे हुए सूर्य की लाली सा सुर्ख हो उठा, संयमित होते बोला-" किसी भी परीक्षा को उत्तीर्ण करने के लिए विषय के प्रति समर्पण की भावना रखनी होती है जिसका मुझमें आभाव था। मेरा जीवन उस रेगिस्तान सदृश है जिसकी मरीचिका में लोग महज भ्रमित होते हैं, जो आप देख रहे हैं मित्र सिर्फ इतना ही कहूँगा, संसार में पारिवारिक सुख हेतु विश्वास में जीना और रहना सीखना होता है अविश्वासी कभी सुखी नहीं रहता।

राजीव-" वाह प्रकाश! बहुत ऊँची बात कह गये । मैं भी इतना कहूँगा कि मुझे गैर न समझना।"

मेंहमानों की भीड़ बढ़ने लगी, मौका देख प्रकाश वहाँ से सीधे कमरे पर लौट आया।

-: सोलह :-

प्रकाश को रात भर नीद न आयी, विविध प्रश्नों के चक्रव्यूह में डूबता उतराता रहा। वह अपने भाग्य पर झुँझलाया, मन भारी और भावुकता से नेत्र भर आये, मेंने जिसे चाहा .... साक्षी और सुचिता दोनों ही पराये हो गये। स्वयं को ही कोसने लगा, मेरे ही प्रेम में कही खोट है.......नहीं, तो दोनों की एक जैसी नियति और स्थिति कैसी होती ...? मेरे आहलाद का सूर्य अस्त हो चुका है, प्रेम और सम्बन्धों की मरीचिका से बेहतर एकाकी जीवन है, प्रत्येक संजोये सपने और घरौदे रेत की दीवार से ढह चुके हैं...... रात्रि की नीरवता सदृश शुष्क बोझ सा जीवन व्यर्थ एवं निरीह सा लगता है सोचते ही सोचते सो गया।

प्रातः आँखें खुली, शरीर में अकड़न थी, कम सोने से माथा ठनक रहा था। सोचने लगा, यहाँ अधिक समय रूकने से मित्रों का जमावड़ा होगा। और बेसिर पैर की बातें होगी, अच्छा होगा गाँव चलूँ....... प्रातः की गाड़ी से वह गाँव रवाना हो गया। गाड़ी में झपकी लेते-लेते सो गया रोती विखलाती साक्षी को देख हृदय असंयमित हो उठा। स्वप्न में रोने भी लगा तभी समीप में बैठे व्यक्ति ने जगाया। पलकों पर साक्षी का रूदन एवं करूणामयी रूप था। गाड़ी स्टेशन पर पहुँची। स्टेशन से घर तक पैदल का रास्ता था। गाँव पहुँचते ही उसके कानों में वही रूदन की ध्वनि पड़ी और दौड़ता घर पहुँचा, सभी रो रहे थे किसी से कुछ पूँछने की हिम्मत न हुई माँ अलग बेसुध थी बापू अलग.... मुझे कुछ आभास हुआ कि चाचा श्रीब्रत नहीं रहे क्योकि कुछ दिनों से बीमार चल रहे थे, वे एक आश्रम पर रहते और हरि कीर्तन में मस्त थे। आखिर माँ ने बताया मेरा विचार सत्य निकला। आश्रम पर संत परम्परानुसार उनका अन्तिम संस्कार हुआ। पति के साथ साक्षी भी वहाँ उपस्थित थी। देर-रात्रि गाँव लौटे माँ-बापू-(साक्षी) और मैं, आत्म प्रकाश को सुबह कालेज जाना था, पूना स्टेशन पर उतर गया। सभी कांजीगाँव की ट्रेन पर थे साक्षी ऊपर की सीट पर और मैं नीचे, सामने बापू थे। मेरे मुख पर साक्षी के गर्म

आँसू की बूदें गिरी, सोचने लगा पिता के निधन से दुखी है, उसे समझाते हुए बोला

शान्त हो जाओ! मृत्यु तो परम सत्य है, उससे भला कौन बच सकता है साक्षी जोर-जोर से सिसकने लगी। शायद अतीत की यादें ताजा हो उठी हों । उम्र भर की तमाम यादे समेंटे मानव-मृत्यु की महानींद में सो जाता है, और बचता है तो व्यक्ति का कृतित्व और उसका मूल्याँकन, प्रकाश ने देखा साक्षी ही नहीं बापू भी रो रहे हैं। कैसी गाढ़ी मित्रता थी दोनों में। कारूणिक वातावरण में प्रकाश को मौन रहना ही उचित लगा।

गाड़ी कांजीगाँव पहुँची। सभी उतरे, आकाश में निर्मल चॉद था, रात्रि के अन्तिम चरण होने से वातावरण नम और वायु शीतल थी। कुछ दूर पैदल चलकर चारों घर पहुँचे। पौ फटने लगी थी, पक्षियों के समूह घोसलों से बाहर कुछ निकल कर चहचहाने लगे तो कुछ निकलने को उन्मुख थें। प्रातः भ्रमण के लिए शास्त्री जी का यही समय था। आज घर पहुँचते ही विस्तर पर पड़ गये। मैं भी उन्हीं के साथ बिस्तर पर बैठा सोचने लगा, इस उम्र में दुःख अच्छा नहीं होता। इतना दुःख तो बापू को कभी न हुआ था। प्रकाश भीतर गया, और उसने देखा कि साक्षी साड़ी के पल्लू से मुँह छिपाये रो रही थी उसके मन पर पिता का भोला-भाला रूप था, बचपन में जब माँ मरी तो बापू ने माँ बाप दोनों का प्यार दिया, बाहों के झूलों में सुलाया, कई कई रात बीमार होने पर सिरहाने बैठे रहे वह चिल्लाई बापू लोग उसे समझाने-बुझाने लगे।

साक्षी को आये करीब माह भर हो गया था आत्मप्रकाश ने फोन किया कि वह प्रकाश के साथ चली आये, छुट्‌टी न मिलने से मैं नहीं आ सकूँगा साक्षी ने माह भर और रूकने का अनुरोध किया जिसे आत्म प्रकाश ने स्वीकार कर लिया।

शास्त्री एवं सावित्री प्रकाश के विवाह को लेकर चिन्तित थे, एक दो जगह लड़की भी देखी गयी कोई कम पढ़ी थी तो कोई कम सुन्दर एक स्थान पर सब ठीक था किन्तु लडकी के भाई न होने से शास्त्री जी स्वयं विचक गये । शादी के सन्दर्भ में लड़की पक्ष के लोगो की आवाजाही चल रही थी। एक दिन शास्त्री पंचायत में गये थे और सावित्री खेत में, साक्षी स्नान कर रही थी, प्रकाश किसी कार्य से उसके कक्ष में गया , तकिया के ऊपर एक डायरी

थी जो थोड़ी सी दीख रही थी । साश्चर्य प्रकाश ने देखा और खोला। ओह! साक्षी डायरी मेंन्टेन करती है? पढ़ने लगा आश्चर्य तो तब हुआ जब उसे ज्ञात हुआ कि विवाह के दो माह हुए किन्तु साक्षी और आत्मप्रकाश में पति-पत्नी जैसा व्यवहार नहीं, है ईश्वर यह क्या........?

प्रकाश प्रत्येक पृष्ठों को पढ़ता गया, कई-कई स्थानो पर. उसके भी सन्दर्भ में उल्लेख था प्रकाश! मेरी आत्मा तक उतर चुका है, मैं स्वयं समझ नहीं पाती कि मैं उसे कितना प्यार करती हूँ। सोते- जागते उठते-बैठते प्रकाश की यादें मेरे उर-तरू को झकझोरती रहती है मेरी भी कैसी नियति? सर्वस्व सुलभ तो है फिर भी आहलाद के नामों निशान नहीं, जीवन सामंजस्य की आहलादिक प्रक्रिया में उदासी......। संवेदनशील परिकल्पना....।। क्या नारी-जीवन का यही दृष्टि कोण है प्रकाश मुझे ढोंगी समझता है वह ज्योतिष ज्ञान को मिथ्या एवं ढोंग मानता है? मुझे और मेरी आत्मा को जो विश्वास है मैं वही करती हूँ।

अन्तिम पृष्ठ के अक्षर अस्पष्ट थे लगता है अश्रुकणो से धुल गये हैं लिखा था-" है ईश्वर कैसी अनहोनी, प्रेम-रूपी दीपक पर शलभ का मड़राना, जलने की नियति, विवेक शून्य सशक्त वासना-तन्त्रों के सम्मुख यौवन का शाश्वत-समर्पण, ओह! कैसी विगलित परिस्थितियाँ.... कैसा... संयोग..? प्रणय कामना के झंझावाती तूफानों की महाधारा में बहते गये । यह होनी का कुचक्र नहीं तो क्या.......? आत्म प्रकाश मेरा पति है, पति के चिरायु की कामना ही मेरी तमन्ना है। प्रेम में जब आत्म तृप्ति एवं भोग मार्ग का अनुशरण होता है तो विवेक-शून्य हो जाता है। मेरा लाख प्रयास विफल रहा. ......देखते-देखते आत्म प्रकाश के हृदय की आग शीतल हो गयी और मेरे हलचल की तीव्र ....। उसके जीवन के सम्बन्ध में भाँति-भाँति की शंकायें अन्तर मन में उतर आयी, और मेरा मन दुःखी रहने लगा है अहर-निशि ईश्वर से आत्म प्रकाश के लिए जीवन की भीख माँगती हूँ।

डायरी रख प्रकाश बैठक में आ गया , शंका जन्य रोग का कोई उपचार नहीं , किस मनहूस घड़ी में तांत्रिक ने उसे बताया कि जिससे विवाह होगा, वह जीवित नहीं रहेगा, होनी, अनहोनी को कौन जानता है, टुच्चे, ढोंगी लोगो को किसी के जीवन को नर्क बनाने में क्या मिलता है...? वाहवाही भी तो नहीं मिलती होगी। जहाँ पति-पत्नी जैसे सम्बन्ध पर भय है वहीं पिता के

निधन पर शोक उभय स्थितियॉं बन रही तो साक्षी पागल या जिद्दी, हीन विचारों से ग्रसित हो जायेगी, आवश्यकता है समझाने की । कैसे समझाऊँ ? काश उसे पता चला कि डायरी पढ़ चुका हूँ तो क्या सोचगी... दु:ख कम भी हो सकता है और बढ़ भी सकता है

स्नान एवं उपासना के पश्चात वह बैठक में आयी, कुछ कहने का अच्छा मौका था, मौन तोड़ते हुए मैं बोला "कुछ कहना चाहता हूँ....... आदेश है..? "कहने के इच्छुक को आदेश की आवश्यकता नहीं होती, कहो-" साक्षी बोली।

"जीवन का यथार्थ क्या है शायद तुम नहीं जानती, तभी तो निरन्तर भविष्य ज्योतिषी के कथन को लेकर चिन्तित रहती हो। सच तो यह है कि नश्वर संसार में प्रत्येक वस्तु या व्यक्ति नाशवान है यह जानते हुए भी हम किसी की मृत्यु पर चिन्तित होते हैं। सभी संस्कारो में मृत्यु भी एक संस्कार है। जन्म पर, विवाह पर तोष तो मृत्यु पर विषाद क्यों....? भविष्य के प्रति वर्तमान में चिन्तित अकर्मण्य होते है, कृतित्व शील नहीं।"

सुनो प्रकाश....., हर किसी कि अलग-अलग चिन्तन और जीवन शैली है, तीक्ष्ण ताप का बोध तो उसी को होता है जो उस ताप से प्रभावित हो,। जाके पैर न पड़ी विवाई तो का जाने पीर पराई। " सुख क्या है साक्षी-प्रकाश ने पूँछा। "

साक्षी-" जिसने सुख का कभी अनुभव ही न किया हो उससे सुख की परिभाषा का कहाँ बोध....? सुख शायद मिथ्या है! स्वप्न है!!!

दोनों में बाद-संवाद चल ही रहा था कि तभी शास्त्री जी आ गये। चेहरा निस्तेज और मन पर गहरी उदासी, कोई कुछ पूँछता की उससे पूर्व उन्होंने कहा-" बेटी! तैयार हो जाओ पूना चलना है।

"साक्षी और प्रकाश का हृदय धड़क उठा। साक्षी के मुख से चीख निकली और प्रकाश निस्तब्ध बापू का वेदना ग्रस्त चेहरा देखता रहा फिर बोला-आखिर बात क्या है बापू...? आत्म प्रकाश के घर सूचना आयी है, वह बीमार है, पूना के एक अस्पताल में भर्ती है।"

गहरी सॉंस छोड़ते हुए प्रकाश बोला-" साथ मैं भी चलूँगा बापू ....। सावित्री भी आ गयी थी।

शास्त्री जी आहिस्ता बोले-‘ चलना तो सबको होगा। आत्मा के घर से रिजर्व गाड़ी चल रही है, उसके परिवार के लोग भी जायेंगे। साक्षी सिसकने लगी शास्त्री ने ढाँढ़स देते हुए कहा-इतना कमजोर न बनो बेटी ! शीघ्र ठीक हो जायेगा ।

गाड़ी रवाना हुई और रात्रि के दस बजे तक पूना पहुँच गयी, अस्पताल एवं वार्ड का पता न होने से लोग पहले कमरे पर गये फिर वहाँ से ज्ञात हुआ कि मेंडिकल कालेज में हैं सभी मेंडिकल कालेज पहुँचे। आत्मा कोमा में था जहाँ किसी को जाने कि अनुमति न मिली वह मस्तिष्क की नस फट जाने से बेहोश है, डाक्टर ने आपरेशन की सलाह दी, प्रकाश की इच्छा मुम्बई ले जाने की थी किन्तु स्थिति नाजुक होने के कारण संभव न था। साक्षी का रो-रो कर बुरा हाल था आँखे रोते-रोते सूज आयी थीं, प्रकाश डाक्टर से बातें कर रहा था, डाक्टर होने से उसे भीतर जाने की अनुमति मिली, साक्षी को साथ लेकर भीतर गया। उसी समय आत्मा को होश आया, डाक्टर ने कहा- दवा के प्रभाव से ठीक है। साक्षी की आँखों में आँसू देख, मुस्कराहट पूर्वक मुद्रा में हाथ से खुश रहने का इशारा किया। नर्स के रोकने पर भी शास्त्री भीतर चले गये । आत्मा ने दोनों हाथ जोड़कर प्रणाम किया , आकस्मिक की इस वीमारी से शास्त्री जी का हृदय असहज हो उठा और गमछे से मुँह छिपाये रोते बाहर निकल आये। तभी आत्मा ने साक्षी को इशारे से करीब बुलाया, और हाथ पकड़ लिया, सरल तेजस्वी मुख पर लेश मात्र भी वेदना न थी, बोला-“ पगली..! तुम रो रही हो... नहीं! जीवन एक यात्रा है.. .! सभी यात्रा पर हैं किसी को आज जाना है किसी को कल....., फिर तुम्हें तो ज्योतिष का पूर्ण ज्ञान है... मैं तुम्हारा अपराधी हूँ... इन्द्रिय सुख के लिए तुम्हें कहीं का न छोड़ा मुझे माफ कर दो साक्षी मैं तुम्हारा ....।

अरे......! ‘आप कैसी बातें करते हैं। वह सिसकने लगी।’

प्रकाश आगे बढ़ा -मित्र! साक्षी आपकी पत्नी है, उसमे त्याग है, सौन्दर्य है और समर्पण, वह आपको ईश्वर तुल्य मानती है

नहीं प्रकाश! नहीं!! में जानता हूँ तुम उसे बेहद प्यार करते हो किन्तु......, किन्तु.....क्या...?

यदि मुझसे भूल न हुई होती तो आज तुम्हे वेश कीमती तोफा देता मित्र! सहसा अश्रुकण कपोल से होते कंठ तक लुढ़क आये । मैं आज

भिखारी....हूँ, भिखारी!! गुनहगार हूँ, हे ईश्वर कैसा अनर्थ कराया था मुझसे .....।

प्रकाश -" आखिर बात क्या है मित्र......?

साक्षी अब अनाघ्रात नहीं रही........ जिसे तुम्हें सौप कर चैन से मर सकता था। तुम्हें कुछ न होगा भैया........।

सहसा आत्मा के मुख से रक्त की उल्टी हुई, प्रकाश समझ गया कि आत्मा नहीं बचेगा वह बोला-" साक्षी आपका प्रसाद है, मैं उसे ग्रहण हेतु तैयार हूँ, साक्षी मुँह ताकने लगी तभी आत्मा ने साक्षी का हाथ प्रकाश के हाथ में सौप दिया । साक्षी चिल्लाई बाहर से सभी भीतर आये, अभी भी तीनो हाथ एक साथ थे। आत्मा की आत्मा परमात्मा को प्रिय हो चुकी थी।

आत्मा की अन्तिम इच्छा के अनुरूप उसे समझाया गया, वह विवाह हेतु किसी तरह तैयार न थी ।

शास्त्री ने कहा-" बेटी...! अभी तुम्हारी उम्र क्या है? फिर तुम्हारी माँ को मैने वचन दिया था कि अपने बेटे से विवाह कर बहू बनाने का किन्तु तुम्हारे हठ के कारण मौन रहा। तुम्हारे पिता की भी यही इच्छा थी, तुम्हारे फैसले पर उन्हें ठेस लगी थी, अतीत को भूलकर वर्तमान को सँवांरने में लग जाओ....., ईश्वर को जो मन्जूर था हुआ और जो होने वाला है वह भी ईश्वर की मर्जी है

साक्षी सिसकने लगी। शास्त्री ने देखा उसकी आँखों के कोर रक्तिम थे मन भावुक। सोचने लगे चलो अभी तीन ही माह गुजरा है.....घाव भरने दो फिर धीरे-धीरे पिछली बातें भूल जायेगी।

समय बीतता गया एक दिन पुनः शास्त्री जी ने कहा-वैधव्य का बोझ सहज नहीं होता...., बेटी..! अब न तो तुम्हारी माँ रही न बापू मेरा भी चादर भर जीवन है.....कब चलता बनूँ, तुम मेरी इच्छा पूरी नहीं करोगी ... ..? वह मौन रही, पर्णहीन शुष्क तरू की भाँति ......गन्धहीन प्रसून की तरह कोमल कपोल पर अश्रु कण ढुरके किन्तु पुनः शास्त्री ने प्रश्न दुहराया।

बापू ....! आप जो चाहें करें मेरी अपनी कोई इच्छा नहीं है न आवश्यकता ही। मुझमें न आपसे प्रत्योत्तर की सामर्थ्य है न आदेश ठुकराने

की हिम्मत .....वह भीतर चली गयी...., उसके निस्तेज मुख पर कभी हँसी दिखाई ही न दी।

शास्त्री जी की इच्छा पूर्ण हुई । सामान्य ढंग से साक्षी और प्रकाश का विवाह हुआ। साक्षी ने कहा –" प्रकाश! किसी जीवित लाश से विवाह कर क्या पाये ...एक मात्र तुम्हारी जिद्द पूरी हुई। यही न ......? नहीं साक्षी! मुझे क्या नहीं मिला यह पूँछो .....? वह भीतर चली गयी ।

चॉदनी रात थी, दोनों छत पर थे, प्रकाश बोला-" चॉद की कालिमा को देखो...उसके पश्चात् भी वह मुस्करा रहा है मुस्कराना ही जीवन है अरे.. .! देखो तो उस बादल की टुकड़ी को कितनी तीव्र गति से दौड़ी आ रही है.. .. चॉद को ढँक ली... यही जीवन की नियति है, हृदय-तन्तु को स्पन्दित करने सा दृश्य....., साक्षी! कुछ बोलो कैसी मनस्विता है सोचने लगा, प्रसन्न हिरणी सी कुलाँचे भरने वाली साक्षी मर चुकी है उसकी नारी सहज शक्ति को जैसे लकवा मार गया हो। वह सहज भी होगी या नहीं सोच रहा था तभी शास्त्री ने बुलाया-प्रकाश! बाम्बे अस्पताल में इन्टरब्यू देने कल जा रहे हो? हॉ बापू उस में तो हुआ समझो ।

शास्त्री-" बेटा हो जाय तो अच्छा होगा। चाहो तो साक्षी को भी साथ ले जाओ।"

प्रकाश- पहले पूछ तो लूँ......वह चिल्लाया साक्षी.....! साक्षी के साथ सावित्री भी उपस्थित हुई....क्या बात है? माँ ने पूँछा।

शास्त्री-" प्रकाश कल मुम्बई जा रहा है, बेटी साक्षी के साथ तुम भी चली जाओ तो मन बहल जायेगा। प्रकाश की भी इच्छा है

सावित्री-" नौकरी नहीं मिली और....।

प्रकाश-" अरे माँ! इंटरब्यू तो फारमेंल्टी है, खुशामद करके रखेंगे।

सावित्री- बेटी! तुम्हारी क्या इच्छा है?

साक्षी-" आप सब की सेवा करूँ इसी में सुख है, और यही इच्छा है

प्रकाश-' साक्षी ! कुछ ही दिन की बात है फिर छोड़ जाऊँगा।

साक्षी-" समझने की कोशिश करो प्रकाश, मैं हरगिज नहीं जाऊँगी।

-: सत्रह :-

आखिर प्रकाश का चयन बाम्बे अस्पताल में हो गया। फोन पर बापू से बात हुई तो उन्होंने ढ़ेर सारे आशीर्वाद देते हुए कहा-बेटा" माह दो मॉह काम करके आना, यहाँ सब ठीक है घर में पैसों की सख्त आवश्यकता है, घर की स्थिति तुझसे छिपी नहीं है ठीक है बापू वैसा ही करूँगा।

करीब दो माह बाद उसे हफ्ते भर की छुट्टी मिली वह अपनी प्रथम तनख्वाह बापू को देना चाहता था, कितने संघर्ष के पश्चात् उन्होंने मुझे पढ़ाया। उम्र भर की गाढ़ी कमाई लगा दी, उन्होंने अपना सबसे प्यारा खेत बेच दिया। मुझे बराबर याद है वह दिन जब खेत बेचकर लौटे थे तो उस रात न कुछ खाये न पिये, बस बिस्तर पर ही पड़े रहे वे जब उस खेत को देखते तो बरबस आँखें भर आती थी। दुःख के दिन कट गये बापू वह बड़बड़ाया। गाड़ी चल रही थी और वह घर आ रहा था। अपने समान को बीच-बीच में देख लेता सुना था चोर उचक्के पलक झपकते नौ दो ग्यारह हो जाते हैं माँ के लिए साड़ी अटैची, साक्षी के लिए सलवार समीज और घड़ी, बापू के लिए छड़ी, परमसुख की धोती कुर्ते का कपड़ा टोपी थी। माँ बराबर कहती बेटा जब कमाने लगना तो अटैची लाना, बापू की ऐनक खराब है पहुँचकर बनवाऊँगा।

माँ. पायल के लिए बापू के जान खाती रहती हैं बापू टस्स से मस्स होने वाले कहाँ, अच्छा ठीक है जी ला दूँगा...., सोनार से बढ़िया बनाने का आदेश कर दिया है वे साले सुनते कहाँ है...? सोने और जरी के काम से फुर्सत मिले तब न...? मैं कल ही धौंस देता हूँ उसे।

माँ-" बहाने बाजी तो आप से सीखे।" कंजूसी की भी हद होती है, पायल जब तक टूट कर कही खो नहीं जायेगी तब तक कहाँ लाने वाले। तन पर तोला भर आभूषण नहीं है

अरे भाग्यवान! कैसी नासमझी की बातें करती हो पैसों के पेड़ तो है नहीं पेन्शन भी इतनी थोड़ी है कि किसी तरह माह भर गुजर जाये तो ही जानो फिर बेटे को डाक्टरी पढ़ाना कोई हँसी खेल था। उसे ही अपना गहना समझो। गहनो से मात्र तुम्हारे शरीर की शोभा बढ़ेगी योग्य संतान से तुम्हारी, गाँव की, समाज की और देश की शोभा बढ़ेगी।'

बात करना तो कोई आपसे सीखे ।

माँ और बापू में ही छोटी-छोटी बात पर नोक झोंक हो ही जाती है माँ जब पायल और सोने की चैन देखेगी....गदगद हो उठेगी। साक्षी सोने की नगदार अँगूठी पसन्द करती है या नहीं, गाड़ी अबाध गति से चली जा रही थी। सहसा चरमरा कर रूक गयी, लोग कारण पूँछने लगे तो ज्ञात हुआ भुज एवं उसके आस पास भूकम्प से तबाही हुई है जान माल की छति का कोई अनुमान नहीं। गाड़ी में कोहराम सा मच गया प्रकाश का हृदय धड़कने लगा, भाँति-भाँति की आशंकाएँ मन -मानस पर उमड़ने लगीं। न जाने कैसे होगे परिवारी जन हे नाथ! उनकी रक्षा करना । आगे का रास्ता खराब होने से लोग पैदल ही जाने लगे ।

गाड़ी से नीचे उतर प्रकाश ने देखा-" लोग पैदल ही जा रहे हैं। उसने टी.सी. से पूँछा तो ज्ञात हुआ कि गाड़ी बचाऊ स्टेशन के करीब है, किन्तु जिन्हें बचाऊ के आस-पास जाना है वे जा रहे है किन्तु जिन्हें गॉधी धाम तक जाना है पटरी सही करने तक इन्तजार करना होगा ।

प्रकाश को बचाऊ से करीब तीन-चार किलोमीटर दूर काजीग्राम जाना था। अटैची हाथ में लिया और चल पड़ा। रास्ते में गाँव के गाँव साफ थे। सगे सम्बन्धियों की चित्कार सुन उसके हृदय की धड़कन तीब्र हुई और मन निराश, अब सामने ही उसका गाँव था। आतुरता से जहाँ पॉव की गति तीव्र थी वहीं गाँव में प्रविष्ट होते ही पॉव सूज आये। सहसा अटैची हाथ से छूट गयी और चक्कर खाकर गिर पड़ा। पुनः उठा तो चीखने चिल्लाने से अधिक कोई विकल्प न था।

हाय! मेरा तो सब कुछ चला गया। सिसकते हुए बोला -"बापू कहाँ खो गये बापू!! माँ ...साक्षी!! मेरा तो सर्वस्व लुट गया ...मैं अनाथ हो गया । सुदूर तक गिरे घर मृत मानव पशु ...मन में आशा की किरण जगी और घर के मलवे को हटाने लगा तभी स्वयं सेवको की टोली भी पहुँच गयी। तीन

शव बाहर निकाले गये । माता-पिता के शव की पहचान थी किन्तु साक्षी अस्पष्ट प्रकाश पागलों सा बापू के शव से लिपट रोने लगा। तभी अटैची खोलकर बापू का सामान बापू और माँ का सामान माँ के निश्चल शव पर रख रो पड़ा-" बापू के चरणों पर सिर था, मुझे छोड़कर क्यों चले गये देव ! मुझे काबिल बनाने हेतु जीवन की गाढ़ी कमाई और खून पसीने लगा दिये आज जब सुख के दिन आये तो ....मुझे तनहा छोड़कर चल दिये...! आँखे खोलो बापू ...! आपकी आँखों का प्रकाश रो रहा है माँ (सिसकते हुए) तू सदैव देवी माँ से यही माँगती थी न कि मेरा लाल कमाने लगे तो मेरे भी दिन लौट आयेगे। तुमने कहा था माँ ! पहली पगार में मेरे लिए अटैची लाना । आँखे खोलो माँ ...अब मैं जीवित भी रहूँ तो किसके लिए....मैने तो सुना था देवी देवता नहीं मरते ...मेरे देवी-देवता तो आप दोनों थे......यदि साथ ही छोड़ना था तो मुझे मुम्बई क्यों भेजे ....पुनः रो पड़ा। लाशों के अन्तिम संस्कार का दौर प्रारम्भ हुआ। गाँव के गाँव चिता भूमि में परिवर्तित हो चुके थे। शास्त्री, सावित्री और साक्षी का शव लकड़ियों के ढेर पर रखा गया । प्रकृति की क्रूर व्यवस्था और माँ बाप और प्रिया साक्षी के असमय निधन से प्रकाश अधीर था चिता को मुखग्नि देने हेतु बढ़ा किन्तु पिता के निश्चल तेजस्वी मुख को देख चिल्लाया -बापू....! विछोह की सघन पीड़ा वर्छियों सी उर में चुभी थी, नहीं..बापू। नहीं !! मुझे छोड़कर नहीं जा सकते।" वह सिसकने लगा। लोगो ने समझाया बुझाया। पिता को अग्नि देते ही जल पड़ी, उसका आत्म संयम टूटा और नेत्रो से अश्रु धारा प्रवाहित हो चली पिता की जलती चिता देख, उनका पुरुषार्थ याद आया जो प्रायः ही कहा करते थे कि संघर्षशील व्यक्ति प्रयत्न करता है हारते अकर्मण्य और कायर हैं। जो प्रायः ही कहा करते थे " माँ का पार्थिव शरीर जो धू...धू कर जल रहा था उन्हें अन्तिम प्रणाम करते हुए कहा-" यदि कोई पूँछे तुम संसार में सबसे अधिक प्रेम किसे करते हो ..? मैं कहँगाँ माँ को, ममत्व की प्रतिमूर्ति को मैं आज अकेला हो गया माँ ...तभी उसकी दृष्टि साक्षी की जलती चिता पर गयी ... " वह बोला-" प्रेम... का रूप जहाँ फूल सा कोमल है, वही धोखे और छिपाव उसकी नियति को क्रूर एवं पाषाणवत् बना देते हैं। साक्षी मेरी आत्मा है.....।आत्मा!! आत्माहीन शरीर तो निष्प्राण होना चाहिए....किन्तु ...यदि ऐसा नहीं है तो ...यह शव साक्षी का नहीं हो सकता...। मेरी आत्म-निर्भरता एवं प्रेम की पवित्रता में चूक...., भ्रम! नहीं नहीं ! यह साक्षी नहीं हो सकती।

सिर दोनों हाथों के मध्य रख वहीं बैठ, सोचने लगा-“शनैः शनैः अतीत की कोमल यादों में खो गया। पत्थरों के कोमल मलवे में परिवर्तित इसी घर में जन्मा, साक्षी के साथ खेलते-खेलते सिर के ऊपर से बचपन सरक गया। गाँव के विद्यालय में पढ़ना ...बरसाती मौसम में भीगने और पोखरो में कागज की नाव चलाने का अजीव आनन्द। दुर्गा पूजा, डांडिया एवं रस-भरी होली के रंगीन दिन, दीपों का त्योहार काश इस गाँव में आया भी तो मैं और मेरा परिवार ....!! वह उच्च स्वर में रोने लगा। इस गाँव की समस्याओ का निष्पक्ष निस्तारण कौन करेगा........ बापू! कौन करेगा? (वह चिल्लाया)

प्रकाश...!वह चौक कर इधर-उधर देखा, अरे.......! यह तो बापू की आवाज है नहीं, मेरा भ्रम है, आस-पास कोई है भी नहीं '....शायद बापू की आत्मा हो....वह सदा कहते- होनी प्रबल होती है, जो हो रहा है वही सत्य है, हममें विषाद इसलिए होता है क्योकि हमारी आत्मा मोह माया से लिप्त है बापू द्वारा बतायी एक-एक बात याद आने लगी। यही स्थान था जब बापू ने कहा था-' बेटा! परिस्थितियो से सामंजस्य कर लक्ष्य पर दृष्टि रखे रहना ही पुरूषार्थ है जहाँ दुःख है वही सुख, दोनों मन के विकल्प एवं जीवन की रथ की चक्रिकाएँ है, जिन्हें खीचता है अश्व रूपी मन.......।

नहीं.....! यह सत्य नहीं...प्रकाश सोचने लगा-दोनों जीवन के पहिए हैं। तो कभी-कभी एक बल दूसरा क्यों निर्बल हो जाता है...? दोनों में समता होनी चाहिए । दोनों प्रतीक हो सकते हैं सत्य नहीं! हम दुख में सुख को याद करते हैं किन्तु सुख में दुख को नहीं....।

ललाट पर हाथ रख सोचने लगा, कहाँ जाऊँ ...? संसार में जब किसी का कोई अवलम्ब न हो तो उसे जीना क्या उचित है......सोचने लगा। शायद नहीं..., जिसका जीवन 'चिता-भूमि ' की तरह जलता रहा हो उसे जीवित नहीं रहना चाहिए । वह चिल्लाया -कौन है मेरा! आत्मा चला गया चाचा श्रीव्रत चले गये साक्षी बापू माँ नहीं हैं, सुचिता परायी हो गयी अब मुझे किसके लिए जीना है...? कौन...पोछेगा मेरा आँसू ....कौन बचा है मेरे साथ रोने वाला ......?।

म...य ...मैं..., तुम्हारी आत्मा......! स्वार्थी प्रकाश!! डा० प्रकाश!!! इतने बुजदिल एवं कमजोर हो सकते हो...सोच भी नहीं सकती,

किसी डाक्टर का संसार में रिश्ता है तो सिर्फ रोगी का, डाक्टर रोगी का भगवान होता है उसका यही सम्बन्ध है जो भक्त और ईश्वर का, गुरू और शिष्य का ..., तुम्हें जीना है अपने लिए नहीं...परमार्थ के लिए, अपने लिए तो सभी जीते हैं, दूसरों के लिए जो जीता है वही जीता है वही श्रेष्ठ मानव है,....देव तुल्य है..., जो निराश नहीं होता वही सफल होता है, संसार रूपी हाट में बहुत कुछ खो जाता है और मिलता है घाव होते हैं भरते हैं....यही नियामक का नियम है

नहीं, असम्भव है......, मेरे हृदय का घाव, विद्दड़े आत्मीय जनों की पीड़ा कभी समाप्त नहीं होगी......, मैं इस तर्क से सहमत हूँ कि डाक्टर रोगी के लिए जीवित रहता है तो मैं भी रहूँगा.......किन्तु चेहरे पर न हँसी होगी न हृदय में अहलाद 'अबूझ चिता' की भाँति सुलगूँगा नहीं जलता रहूँगा. .... प्रकाश के लिए ...रोशनी के लिए पुनः कुछ सोचने लगा।

वह उठा और निरन्तर आगे बढ़नें लगा कहाँ जॉऊ....? पीछे मुड़कर गाँव को प्रणाम किया नेत्र भर आये और बड़बड़ाया शायद इस गाँव में कभी न आ सकूँ.......आँखों से आँसू भूमि पर टप-टप गिर पड़े थे, समीप ही अन्य मृत लोगों की चिताऐं जलने वाली थी सभी अपने थे, परिचित थे...... कोई पड़ोस का चाचा कोई भाई......। प्रकाश पुनः आगे बढ़ा और देखने लगा रेलवे स्टेशन पर अच्छी खासी भीड़ थी , कुछ वेघर हुए लोगों की तो कुछ सहायता में आये स्वयं सेवको की । कारूणिक रूदन एवं चित्कार का वातावरण था। मिलने वाले सुदूर के नाते-रिश्ते दार सान्त्वना में लगे थे।

बैठने के सभी स्थान पूर्ण थे, वह समीप के घास पर बैठा गाड़ी की प्रतीक्षा करने लगा, वह यही स्थल था जहाँ साक्षी और बापू के साथ घंटो बैठ सुबह होने की प्रतीक्षा किया था। कितना उत्साह और घर पहुँचने की आतुरता थी । कितने सुखद थे एक-एक क्षण और आज बोझ बन गया है जीवन, वह सोच ही रहा कि तभी गाड़ी आने का संकेत हुआ और गाड़ी आ भी गयी। अहमदाबाद एक्सप्रेस हाथ में न कोई अटैची न सामान, खाली हाथ गाड़ी में बैठा और गाड़ी चल पड़ी। शाम की धुँधलिया धीरे-धीरे काली चादर ओढ़ चुकी थी। ट्रेन में अच्छा खासा सन्नाटा था जिसे तोड़ते हुए कभी-कभी सिसकियाँ उभर आती। प्रकाश भी एक सीट पर बैठा ऊँघ रहा था। न जाने

कब नींद आ गयी। अरे बापू.......! आप.........वह खिलखिला उठा था। माँ जी वह दौड़कर माँ की गोद में नन्है बच्चे सा समा गया।

प्रकाश-" मुझे छोड़कर कहाँ चली गयी थी माँ? "

माँ-" ईश्वर के दर्शन करने"

प्रकाश-" वादा करो अब नहीं जाओगी।"

माँ-नहीं जाऊँगी बेटा! तू अब बड़ा हो गया और कमाने लगा है, आत्मनिर्भर

प्रकाश-" यदि ऐसा है मैं कहीं न जाऊँगा माँ तुम्हारे चरणों में जो सुख है अन्यत्र कहाँ?

शास्त्री-"समय का चक्र परिवर्तनशील है मेरे भी बापू थे माँ थी , समय के साथ

उन्हें भूलना पड़ा, तुम्हे भी वैसा करना होगा क्योकि सृष्धि की प्रत्येक

वस्तुएँ एवं प्राणी जिसका जन्म हुआ है मृत्यु होगी।

प्रकाश-" (सिसकते हुए) तो आप मर चुके हैं......?

शास्त्री-" हाँ " वही तो परम सत्य है, जीवन भर मानव तीन-तेरह के चक्कर में दौड़ता रहता है....माया और अज्ञानता उसे विश्राम करने नहीं देती, वह इच्छाओं की पूर्ति करना चाहता है जबकि यह जानता है इच्छाएँ अनन्त होती हैं जिसकी पूर्ण हुई वह मुक्त हो गया ।"

प्रकाश-"आप वे शिक्षाएँ बापू कि....... बेटा खूब कमाओंगे तो नाम होगा। अच्छे लोगों में उठो खूब पढ़ो ...। हमेंशा ही कहा करते थे।"

शास्त्री-"कर्तब्य बुरा नहीं है... कार्य करो परिश्रम से कमाओ, कार्य की भी नियति होती है वह कमाई अच्छी नहीं होती जहाँ किसी की आत्मा को ठेस पहुँचा कर कमाई जाती है

माँ - "अपना ख्याल रखना बेटा।"

प्रकाश-"माँ ....तू जानती है..........'ममता मयी जननी के हृदय में विद्योह की लेश मात्र भी पीड़ा नहीं ....?

माँ-" जीव जब तक अशरीर रहता है तब तक मोह नहीं व्याप्त होता। रात्रि के करीब दो बजे थे अहमदाबाद जक्सन पर गाड़ी रूकी उतरने वालो का शोर गुल सुन वह उठा और नीचे उतरा, अब उसे मुम्बई की ट्रेन पकड़नी थी। गाड़ी तीन बजे के करीब आयी यात्रियों के उतरने के पश्चात् प्रकाश ट्रेन में घुसा और सामने की एकल सीट पर बैठ गया। गाड़ी में मायूसी थी। गुमसुम बैठा हथेली पर सिर टिकाए कुछ सोचने लगा और बैठा अतीत में खोने लगा। बसन्त का सजीला मौसम हिरणी सी कुँलाछे भरने वाली साक्षी ..., मुझे बेहद प्यार करती थी, कई-कई बार तो मैने उसके अलकों को प्रसून कलियो एवं सरसों पुष्पों से सजाया, उसकी बड़री आँखें , निश्च्छल रूप, बरबस ही किसी को मोह लेती थी, तभी तो आत्मा उसपर मुग्ध हुआ और दिल दे बैठा, मेरी आत्मा ही आत्मा ने छीन ली। आत्मा के मरने के पश्चात् उसके चेहरे की हँसी ही जैसे मृत हो गयी हो। हालांकि मैं मानता हूँ कि वह इस दुनियाँ में नहीं है फिर भी मेरी आत्मा इसे स्वीकार नहीं करती, उसका दावा है की साक्षी मर ही नहीं सकती। काश ऐसा होता ..? नहीं मेरी आँखे धोखा नहीं दे सकती माँ और बापू के अलावॉ शव साक्षी के अतिरिक्त किसका था, शव दो महिलाओ के थे एक माँ थी और दूसरी साक्षी। ओह...! साक्षी मर गयी टप-टप आँसू चूँ पड़े ....प्रकृति का कैसा क्रूर नियम ..? संसार में सबसे पवित्र एवं श्रेष्ठ सम्बन्ध माँ-बाप का होता है, वे कितने भाग्यशाली है। जिन्हें माँ का प्यार और पिता की छाया मिलती है बापू .....! मेरी पढ़ाई पर आपको कितना गर्व था, कहा करते थे न कि मेरा बेटा नाम रोशन करेगा। बापू..! क्या इसी दिन के लिए अपनी समग्र खुशियों का बलिदान कर मुझे पढ़ाये कि जब सुख के दिन आयेगे तो में नहीं रहूँगा। शरीर के एक-एक जेवर बेच मेरी माँ इस आशा से पढ़ाई थी कि बेटा जब कमाने लगेगा तो गहनो से जड़ देगा..., मैं अपने माता-पिता की इच्छा कैसे पूरी करूँ.......कैसे करूँ.......पुनः वह सिसकने लगा। आस-पास के लोगो की भी दृष्टि उस पर पड़ी वे भी दुखी हो उठे। पुनः प्रकाश सोचने लगा इस विशाल संसार में कौन है आँसू पोछने वाला ...? मेरे भीतर का आत्मबल, जिजिविषा शक्ति क्षीण हो चुकी है। मैं कौन हूँ..? एक मात्र मानव .., किसके लिए जीवित रहूँ एक माँत्र मानवता के निमित्त।

"मृत्यु शाश्वत एवं परम सत्य है..., वह नियत है अटल है... घटनाऐं घटित होती है........जो सृष्टि का नियत-क्रम है। जीवन महासागर है

सम्बन्ध नाव, नाव एक कृत्रिम सहारा है, विषम परिस्थितियों में जब नाव साथ छोड़ दे तो, पुरूषार्थ एवं आत्म बल से ही हम अपनी रक्षा कर पाते हैं हिम्मत से काम लो प्रकाश! तुम्हे तैर कर सागर पार करना है, मनुष्य के लिए कुछ अलभ्य नहीं...असम्भव को सम्भव तो मानव ही कर सका है यह उसकी अचेतन अवस्था थी, स्वप्न था।

एक जोरदार झटके के साथ तीव्र ध्वनि हुई, महाविनाशकारी ध्वनि, विपत्ति पर विपत्ति! वेग से गतिशील गाड़ी पटरी छोड़कर एक गड्डे में जा गिरी, भीषण हादसा........मृत्यु एवं काल का पुनः नग्न-नर्तन....सूरत के समीप का एक स्थल जहाँ ऐसी हृदय-विदारक घटना घटी थी बचाओ-बचाओ भीषण चीख-पुकार-हाहाकार मृतको की संख्या अगणित थी घायल विलविला रहे थे, उन्हें आस-पास के नर्सिंग होम एवं अस्पतालो में भेजा जा रहा था।

छोटे बड़े अस्पतालो एवं नर्सिंम होम में जगह न थी, जो गम्भीर रूप से घायल थे, उचित निदान के आभाव में दम तोड़ रहे थे। जहाँ अन्य घायलों को सामान्य दृष्टि से देखा जा रहा था वहीं राजीव नर्सिंग होम के एक घायल यात्री को बचाने हेतु मुम्बई के बड़े से बड़े नामी डाक्टर एवं विशेषज्ञ बुलाये गये थे। धन के नाम पर सम्पूर्ण कोष खोल दिया गया था। उत्तम से उत्तम व्यवस्था दी जा रही थी, नर्सिंग होम के कर्मचारी चकित थे, उनकी दृष्टि में सभी घायलो की भाँति वह भी था।

तीन दिन अथक परिश्रम के पश्चात् बेहोशी समाप्त हुई, मैं कहाँ हूँ. ..? " अरे सुचिता तुम! कहीं स्वप्न तो नहीं ...?

नहीं यथार्थ है प्रकाश! आत्म सम्बन्धो की छुवन एवं घनिष्ठता को दूरियॉ नहीं मिटा सकती। मेरी आँखों में झॉककर पढ़ सकते हो कि अतीत के एक भी चित्र धूमिल

नहीं हुए हैं, उन्हें जीवित रखने के लिए न जाने कितनी स्फूर्तिमयी संध्या सागर तट पर एकाकी रहकर गँवाना पड़ा है स्मृति के गवाक्ष से मैं जिस देवता को तलाशती रही वह आखिर मेरे पास आ ही गया।

नहीं..,सुचिता यह वह देवता नहीं, उसका सब कुछ और वह मर चुका है, बचा है तो पत्थर का एक धुँधला प्रकाश...जिसमें न स्फूर्ति है न जीवन... मृत्यु के मुँह से उबार कर तुमने उसके साथ अन्याय किया है।

अन्याय! चौंक कर सुचिता पूँछी?

'जी' मुझे मृत्यु की प्रतीक्षा थी और तुमने जीवन दे दिया..? यह कैसी ईश्वरी विडम्बना है, जिसे जीवन की लालसा उसे मृत्यु और जो मृत्यु चाहता है उसे...जीवन...थू..... ऐसी व्यवस्था पर ....।

सुचिता-" तुम्हारा मानसिक संतुलन ठीक नहीं है प्रकाश, तुम्हें अभी विश्राम की आवश्यकता है नर्स इन्हें हाइजोपाम ग्रुप का इक्जेक्शन लगाओ।

नहीं..! मुझे मुत्यु चाहिए मेरा कल मर चुका है आज उसका स्थल खोज रहा है जहाँ लोग सुलग-सुलग कर नहीं, बल्कि क्षण भर में राख हो जाते हैं।

दिन भर घायलो एवं रूग्णों की सेवा के पश्चात् सुचिता थकी माँदी विस्तर पर गयी, अथक प्रयास के बाद भी नींद न आयी, सोचने लगी उस प्रकाश के सन्दर्भ में जो कभी मेंडिकल कालेज का नायक था। गठीला तेजस्वी चेहरा बाँकी चितवन मदिर नयन जिस पर सभी फिदा रहते, बाद-विवाद प्रतियोगिता हो या कोई खेल सब में आगे और आज बिल्कुल थक सा गया है...,वह जो कह रहा था यथार्थ है, साक्षी का विवाह आत्मा से हो गया, मैने राजीव से कर लिया ओह..! उसका ह्दय पूरी तरह से टूट चुका है प्रेम और सहानुभूति न मिली तो पागल भी हो सकता है वह उठी और सीधे उसके कक्ष में प्रविष्ट हुई। प्रकाश गहरी नींद में सो रहा था, चेहरा बुझा, शरीर कमजोर और थका था, ओह! मैने उसकी हालचाल तो पूछी ही नहीं, ठीक ही किया जब तक गम्भीर दुर्घटना से आहूत शरीर का घाव और पीड़ा समाप्त नहीं होती तब तक कुछ पूँछना उचित भी न होगा। प्रकाश को सामान्य होने में दस दिन लगेंगे। सुचिता की सेवा ने उसे विचार करने पर विवश कर दिया कि वह इस संसार में अकेला नहीं है, ईश्वर की भी कैसी माया ..किसको कहाँ मिला दे, किसी का सब कुछ छीन ले किसी को बहुत कुछ दे दें । काश मुझे सुचिता के नर्सिंग होम न लाया जाता तो मैं भी साक्षी के पास होता, मन में साथी का स्मरण होते ही आँखे आर्द्र हो उठी, सोचने लगा संसार में स्त्रियों की संख्या कम नहीं फिर साक्षी में ऐसा क्या है.....? जिसे विधवा होने पर भी अपनाया, सामाजिक विरोध की परवाह न की, आत्मा से आत्मा का तादात्म्य किसी-किसी से होता है मेरी आत्मा नहीं स्वीकार करती कि साक्षी मर चुकी है, काश ऐसा होता.? नहीं ...ऐसा सम्भव नही, घर छोड़कर

कहीं जाती भी नहीं थी, फिर विकृत शव भी तो मिला है, उसके मृत्यु का उससे बड़ा प्रमाण क्या हो सकता है?

वह गम्भीर चिन्तन में था कि तभी सुचिता आयी। "अरे डाक्टर साहब! आप किस दुनियाँ में खोये रहते हैं?"

'कहीं नहीं सुचिता, ।'

कहीं तो.....।

यही सोच रहा था कि दस दिन आये हुआ और राजीव से भेंट न हुई। वह इस समय कहाँ पोस्टेड है..? पुलिस मौहकमें का क्या भरोसा...? मुझे तो उस विभाग से बहुत डर लगता है सोच रहा हूँ अब ठीक हो गया तो चलता बनूँ....तो बेहतर होगा।

आँसू पोछते हुए सुचिता बोली-'कहाँ जायेंगे....?

"जहाँ किस्मत ले जायेगी। वैसे मुम्बई अस्पताल में नियुक्त हूँ।

हृदय करूणा एवं व्यथा से द्रवीभूत था, गम्भीर साँस छोड़ते हुए सुचिता बोली-" क्या ऐसा नहीं हो सकता कुछ दिन इस नर्सिंग होम को संभाल दें।"

सुचिता...! क्या मुझे स्वस्थ करने की फीस लेना चाहती हो?

सुचिता की आँखो में आँसू चमके, आहत् मन बोली-" ऐसा तो अभिप्राय नहीं था प्रकाश! सब कुछ पैसा नहीं होता, तुम्हारे पास इतना रह चुकी हूँ कि मन् भावुक हो उठा, आगे न बोल सकी और दुपट्टे से मुँह छिपाये सिसकते वहाँ से चली गयी।

हे ईश्वर! इस संसार में कोई सुखी भी है, मैं तो समझता था दुःख का पहाड़ मेरे हिस्से में ही है किन्तु जिसे देखता हूँ किसी न किसी बहाने वही दुःखी है, ये सुचिता की बच्ची... इसे तो रोना ही है, इसे अपने पेशे वाले किसी डाक्टर से विवाह करना था और दिल दे बैठी उस इंस्पेक्टर को जो इस पर घौंस जमाताा होगा। मैं जब से आया हूँ उसके चेहरे पर कभी मुस्कान न देखी। क्या हो गया है इसे, ये तो लगता ही नहीं वही कालेज वाली सुचिता है सदैव मुस्कराती रहती थी।

रोगियों का निरीक्षण कर सुचिता लौटी। तीन तल तक नर्सिंग होम था जो आधुनिक ढंग से बना था। चौथे तल पर स्वयं रहती थी। नाश्ते का समय हुआ, रसोइएँ ने नाश्ता लगाया। नाश्ता करते प्रकाश ने कहा-" अरे भाई..! इतने बड़े घर में कब तक अकेली रहोगी..? इंस्पेक्टर साहब से कहो पारिवारिक विकास पर भी ध्यान दें.., सुचिता का चेहरा फक पीला पड़ गया। हृदय में ऐसी पीड़ा जैसे उस पर खौलता हुआ जल डाल दिया गया हो। नारी हृदय में असीमित संयम होता है, वह बहुत कुछ सहने की क्षमता रखती है

पुनः प्रकाश बोला-" मैं आज शाम की गाड़ी से चला जाऊँगा। मेरा और रूकना तुम्हारे व्यक्तिगत जीवन के लिए कलह का कारण बन सकता है फिर पुलिस वाले शक्की होते हैं।

"चुप रहो प्रकाश..। पुलिस वाले!! पुलिस वाले!!। वह चीखी।" संसार की समस्त वस्तुएँ एक सी नहीं होती अच्छे बुरे सब जगह हैं। तुम सही तो संसार सही है नहीं सुचिता मैं नहीं रूक सकता, पुलिस मौहकमें का स्वभाव तुम नहीं जानती, बड़ी बेहूदा कौम है...।

प्रकाश की बात से सुचिता का हृदय तड़प उठा और आँखें क्रोध से रक्तिम हो उठी शट-अप प्रकाश यू गेट आउट..। जाओ ..तुरन्त चले जाओ. ....। ......आई हैट यू। प्रकाश को जैसे हजारो बर्छियाँ एक साथ चुभी हों, जो कुछ कहा था सच था फिर ...यहाँ तो पल भर रूकना सम्मान के विपरीत होगा। सुचिता से कुछ कहना उचित न समझा वह कक्ष से बाहर निकल आया। सीढ़ियो से नीचे उतरते समय वह नर्स मिली जिसने दुर्घटना के वक्त उसकी सेवा की थी। नर्स ने अभिवादन किया तो प्रकाश भावुक हो उठा...बोला-चलता हूँ सिस्टर...।

नर्स-" किन्तु सर...। संभव नहीं।'

नर्स-" फिर कब तक लौटेगे......? उसके चेहरे पर क्रोध की रेखा थी।

प्रकाश-" कभी नहीं....। इतना कहते वह आगे बढ़ा।

सुचिता सोच में पड़ गयी, मुझे ऐसा नहीं करना चाहिए था। हे भगवान ! अब क्या करूँ। वह सीधे बालकनी से नीचे झाँकने लगी। आँखे अश्रुपूरित थी। प्रकाश जैसे ही आगे बढ़ा उस पर आँसू की कुछ बूँदे जा

गिरी, उससे रूठ कर जा रहे हो जिसने तुम्हें नया जन्म दिया, नई राह और जीने की जिजिविषा शक्ति दी। मत जाओ प्रकाश...उसकी आत्मा ने कहा। पुनः सोचने लगा, लौटे तो तुम्हारी जमीर का क्या होगा...? कुत्ते को भी इतनी घटिया तरह नहीं डाटा जाता। जजवात में आगे बढ़ने लगा और वह गेट पर था, तभी उसकी दृष्टि अस्पताल के मुख्य द्वार पर पड़ी। उसने देखा, ' राजीव हास्पिटल का बोर्ड उसी के सामने राजीव की बुत।......पत्थर की होते हुए भी सजीव लगती थी। उसे देख वह चौका...ये लोग कितने मूर्ख ... जीवित व्यक्ति को बुत....। कैसा पागलनपन है। दरवान ने नमस्ते किया तो प्रकाश ने पूछा-" साहब कब लौटते हैं....?

दरबान-" मतलब नहीं समझा बाबू जी।"

प्रकाश -" मैं पूँछ रहा हूँ कि राजीव साहब कब आते हैं...? "

दरबान-" (गहरी सॉस छोड़ते हुए) कभी नहीं आते, बाबू जी न ही कभी आयेंगे।

प्रकाश-" पहेलियॉ बुझाते हो...?"

दरबान-" वे संसार में नहीं हैं।"

प्रकाश- 'क्या बकते हो दरबान ।'

दरबान-" जी सत्य है, वे मर चुके हैं।

प्रकाश के पग तले जमीन खिसकती नजर आयी, यह क्या? मैं कितना अभागा हूँ, जिसे चाहा वही विधवा...साक्षी...। फिर सुचिता!! साक्षी को ज्योतिषी ने बताया था सुचिता को तो नहीं किन्तु....। सुचिता को इस हालत में छोड़ना उचित न होगा। वह पुनः उसके कक्ष में लौटा, वह सिसक रही थी। प्रकाश भी भावुक हो उठा, बोला-" तुम मुझसे इतनी बडी़ बात छिपाती रही, क्यों .....आखिर क्यों....? आखिर क्या हुआ था उन्हें? एक साथ कई प्रश्न सुचिता ने संयमित होने का प्रयास किया किन्तु अश्रु आवेग से कण्ठ रूँध गया, सिर से अश्रुकण आँचल पर गिरने लगे। अश्रुविगलित कंठ से बोली-"उनके उत्तरोत्तर बढ़ती छवि और ईमानदारी से लोग हैरान थे, उन्होंने भ्रष्ट नेताओं और लोगो की नींद हराम कर दी थी, तभी उनका सर्किल आफीसर पद पर प्रमोशन हुआ। भ्रष्ट नेताओं ने उनके पीछे

अपराधियों को लगा दिया। मैने उन्हें समझाया कि क्यों बखेड़ा मोल लेते हो अकेले दम पर भ्रष्टाचार खत्म कर सकेगे। कहीं आपको कुछ हो गया तो....

मैं मृत्यु से नहीं डरता सुचिता, आखिर .. (वह पुनः रोने लगी) जो भय था वही हुआ। राजीव के सर्विस और फण्ड के जो पैसे मिले सुचिता उनसे उसके गाँव में कालेज और चिकित्सालय बनाने में खर्च की।लोकहित के कार्य के साथ राजीव के परिवार पालन का उत्तम साधन भी सिद्ध हुआ राजीव के माँ बाप और उसके छोटे भाई संजीव सुचिता के इस कार्य की भूरि-भूमि प्रशंसा करते न थकते और उसे देवी समझते थे, संजीव को पुलिस मोहकमें में भी नौकरी का बुलावा आया किन्तु माँ बाप की सेवा के नाते इनकार कर दिया।

विवाह के लिए परिवार के लोग जब संजीव से कहते तो नकारते हुए कहता भाभी की भाँति मैं भी अपना जीवन गुजार दूँगा। प्रत्येक माँ-बाप की हार्दिक इच्छा होती है कि उसकी संतान वंश वृद्धि करे, नाती-पोतों के साथ उन्हें जो सुख मिलता है वह अन्यत्र नहीं'।राजीव के पिता अपनी बड़ी बहू सुचिता को देखते तो हृदय गर्भ में असीम वेदना उमड़ पड़ती, वेचारी इतनी कम उम्र में बैधव्य बोझ कैसे सहन सकेगी ..? हे ईश्वर! यह कैसा न्याय..? मेरे होन-हार पुत्र को असमय छीन कर अच्छा नहीं किया। किसी युवा नारी की हृदय-पीड़ा तू क्या जानेगा। प्रस्तर की पूजा करते-करते तो तेरा अन्तस भी पाषाण हो चुका है सिखाता है कि कोई तुम्हारे रास्ते में कांटे बोये तो तू फूल बोना। संसार के समस्त प्राणियो को पुत्र मानता है फिर अपनी संतान को वैधव्यता का बोझ एवं पीड़ा क्यों देता है आखिर बच्चे गलती करते हैं पिता क्षमा करता है। सदा लोगों को प्रारब्ध बता कर ऐसी गलती करता रहा तो फूल और कांटे की बात कैसे चरितार्थ होगी? लोग कहीं तुम्हारे ईश्वरत्व पर संदेह न करने लगें सुनो तुम सफाई में यह कह सकते हो कि जब विद्यार्थी गलती करता है तो अध्यापक सजा देता है और जब कोई अपराध करता है तो पुलिस दण्ड देती है

इसका तात्पर्य यह तो नहीं अध्यापक मृत्यु दण्ड देता हो, मृत्यु दण्ड की सजा हमारा कानून संगीन अपराध पर देता है यह कहाँ तक उचित है स्वयं विचार करो.! अरे! करहि, करावई,' भंजई सोई, जब तू ही सब कुछ करता कराता है फिर किसी के मन में बुरा भाव क्यों भरता है, सद्बुद्धि

उत्तम विचार क्यों नहीं भरता ...? इन्हीं प्रश्नों के चक्रव्यूह में राजीव के पिता उलझे थे कि 'तभी सुचिता की कार आयी। वह नीचे उतर सास-ससुर के पाँव छूते बोली-" बाबू जी कोई तकलीफ तो नहीं?

बेटी! है किन्तु कैसे कहूँ ....?

सुचिता-"बाबू जी! आप सब दुखी रहेगे तो राजीव की आत्मा को दुखः होगा मैने उसे आप सब की सेवा का बचन दिया है। आप अपनी पीड़ा मुझसे नहीं कहेंगे तो समझूँगी आप को मुझ पर विश्वास नही, निः संकोच कहो बाबू जी। वे...बेटी, नाराज नहीं होगी..? उन्होंने धीरे से कहा ।

'कैसी बात करते है बाबू जी।'

किस माँ-बाप की इच्छा नहीं' होती कि वह दादा बनें? उसके घर में किल कारियों के स्वर ध्वनित हो, दादा-दादी की अँगुली थामें बच्चे विविध क्रीड़ा करें, संजीव की शादी धूम-धाम से होगी बाबू जी, आप शीघ्र दादा बनेंगे।

किन्तु बेटी! उसका कहना है कि भाभी की भाँति मैं भी जीवन व्यतीत कर दूँगा।

किन्तु क्यों' बाबू जी ...?

बेटी, यह तो वही बता सकता, हॉ इतना जरूर है कि तूही उसे समझा सकती हो, वह हमेंशा तुम्हारी बात मानता है और तारीफ किया करता है

'संजीव और राजीव की उम्र में महज दो वर्ष का अन्तर था। राजीव इंस्पेक्टर बन गया,राजीव की मृत्यु के पश्चात् संजीव को भाई के स्थान पर नौकरी मिल रही थी किन्तु यह कहते ठुकरा दिया कि मुझे माँ-बाप के चरणो में एवं समाज सेवा में जो सुख है अन्यत्र नहीं,।

संजीव एम०एस०सी० पास गोरे चटट्रे छरहरे बदन का आकर्षक युवक है, उसमे त्याग-समर्पण का अच्छा भाव है यही कारण है कि उसे जनता ने नगरीय चुनाव में मेंयर पर खड़ा कर चुनाव जिताया। जीत का सर्वाधिक श्रेय सुचिता को था। उसने धन की कभी-कमी न आने दी चुनाव में वह संजीव के साथ प्रचार करती...दोनों प्रायः साथ रहते। भीतर ही भीतर

संजीव सुचिता को हृदय-मंदिर की देवी बनाने के सपने देखने लगा जबकि सुचिता कभी स्वप्न में भी न सोचती थी।

आज सास श्वसुर की बात सुनने से वह सोच में पड़ गयी। उसने कहा-" संभव नहीं...., मानती हूँ संजीव बहुत भला है उसे अपनाने से उसके जीवन में पुनः बसन्ती बहार का आगमन तो शायद हो उठेगा.. राजीव के प्रेम मेरे उर से निकल न सके और कहीं मैं संजीव की अंक शायिनी होने पर यह न महसूस करने लगूँ कि राजीव के अंक में हूँ और संजीव के प्रेम समर्पण में सदैव राजीव की तस्वीर न उभरती रहे तब संजीव के साथ अपराध होगा, जो नारी के लिए उचित नहीं शायद इसी लिए विधवा प्रथा बनायी गयी हो।

"पुनः सुचिता सोचने लगी...कैसी बात करते हो एक बार तो ऐसा कर चुकी हो राजीव के होने पर ऐसा लगता था प्रकाश के साथ हो.क्या अपराध नहीं था..? उसके मन ने कहा।"

" उसी अपराध का दण्ड ही तो भोग रही हूँ। राजीव का प्रेम धमनियों में उतर चुका है... मैं उसी प्रेम के सहारे जीवन गुजार देना उचित समझती हूँ। वह उसी उहापोह में थी कि तभी संजीव उसके कक्ष में .. प्रविष्ठ हुआ-अरे भाभी आपका जवाब नहीं'..दिन-रात तारीफ किया जाय कम है...अहर्निश छाया मेरे साथ रहती है

सुचिता बस यही करोगें ..?

संजीव-भाभी! "जी तो नहीं करता आप कहती है तो ....।"

सुचिता ने कहा- " संजीव! अब तो मेंयर हो गये क्या पूँछना? शादी के तमाम आफर आ रहे हैं.. मैं देखूँ या कोई पसन्द है..?

संजीव-" भाभी जो पसन्द है ..उसे आपसे कहने का साहस नहीं, वैसे मैं शादी का पक्षधर नहीं हूँ।

सुचिता-अपनी पसन्द...मुझसे छिपाते हो?....मुझसे....।

संजीव- ऐसा नहीं कभी! तुम शायद न सुन सको...।

सुचिता- तुम्हें मेरी सौगन्ध सच-सच कहो भला तुम्हारी पसन्द तो जानूँ..हृदय धड़क रहा।

संजीव- वह आप है भाभी....आप....आपके शिवा मैं किसी को ....। संजीव एक विधवा से यह कहने की हिम्मत कैसे हुई ...? तुम पागल हो गये हो,

संजीव- अतीत की चादर ओढ़े क्यो जीना चाहती हो भाभी! जीवन कोई खेल तमाशा नहीं, विधवा नारी की कोई जाति नहीं, काश कोई संतान होता तो देख कर जी लेती किन्तु.

सुचिता-"नारी जीवन की विवशता तुम क्या जानोगे? संसार उस की सहज त्रुटि पर उंगली उठाना जानता है उसके हृदय की संवेदना पर ध्यान नहीं देता, सजल नेत्र की अश्रु पोंछ सात्वना देना उचित समझता है"

संजीव- मुझे जो कहना था कह दिया चिन्तन के लिए वक्त है विचार कर लीजिए..जब आप एकाकी जीवन जी सकती तो मैं क्यों नहीं जी सकता? संजीव बाहर चला गया।

प्रकाश को आये डेढ़ माह हो गया, मन और स्वास्थ धीरे-धीरे सामान्य हुआ और ओ०पी०डी० में बैठने लगा, अस्पताल बहुत अच्छा चलने लगा। रोगियों की बैठने की जगह न होती । दूर-दूर तक प्रकाश के जादुई दवा की शोहरत होने लगी थी। प्रकाश के प्रति सुचिता का आकर्षण स्वाभाविक था। दोनों एक व्यवसाय के थे इस लिए अधिक समय तक साथ रहते बातें करते। शाम का वक्त था लान में प्रकाश और सुचिता बैठे चाय पी रहे थे तभी संजीव की कार सामने रूकी। उसके लिए भी कुर्सी आयी। वह कुर्सी पर नहीं बैठा, कहा-" कुछ काम है भाभी अन्दर आइए। सुचिता कक्ष में गयी। संजीव ने पूछा-" नये डाक्टर वही है? हॉ सुचिता बोली किन्तु क्यों सुचिता ने पूछा-"नगर में जहाँ उनके नाम की सोहरत है वहीं आप के नाम पर उंगली उठ रही है भाभी ! बेहतर होगा..आप! चटाक्....चाँटा देवर ....अर्थात् नगर के मेंयर के गाल पर पड़ा था। संजीव हँसने लगा। सुचिता को अपने कृत्य पर पश्चाताच हुआ। वह बोली- ऐसा कुछ नहीं संजीव विधवा हूँ न इसलिए आसानी से अंगुली उठ जाती है। भाभी! सांस छोड़ते संजीव बोला-" क्या ऐसा नहीं हो सकता आप दोनों समाज के मुख पर तमाचा मारें ...आदेश हो तो डाक्टर साहब से पूँछू...? नहीं संजीव नहीं, तुम्हारी बात बुरी लग सकती है। डाक्टर साहब तुम्हारे भैया के दोस्त थे, हम दोनों बाम्बे मेंडिकल कालेज में साथ पढ़ते थे, दोनों एक दूसरे को भली भाँति जानते थे।

विवाह से पूर्व तुम्हारे भैया जब मेरे जीवन में आये तो उन्हें हम दोनों के प्रेम का बोध था। उन्होंने भी हमे जीवन साथी बनने को कहा किन्तु ...इनके जीवन में साक्षी नाम की लड़की थी और तुम्हारे भैया के आकर्षण और कार्य शैली पर मैं मुग्ध होती चली गयी थी। उनसे विवाह होने का यही कारण था।

संजीव-" डा० साहब का क्या नाम है भाभी...?

सुचिता- प्रकाश! भूकम्प में उनका सर्वस्व नष्ट होगया..है

संजीव-"साक्षी भी ...?"

सुचिता-'माँ बाप और सब कुछ...।'

ओह! अच्छा हुआ मैने उन्हें कुछ कहा नहीं.....तुम्हे मेरी कसम भाभी..! उन्हें अपना लो....फिर आप जिससे भी कहेंगी.. मैं विवाह कर लूँगा।

सुचिता-" तुम बहुत अच्छे हो संजीव...,तुम्हारी आत्मा तुम्हारे भैया से भी निर्मल और श्रेष्ठ है संजीव बाहर आया...डा० प्रकाश के पॉव छूकर अभिवादन किया और चला गया। सब के चले जाने पर प्रकाश ने कहा-"सुचिता! अब मैं जाना चाहता हूँ कहाँ..? सुचिता ने पूछा। जहाँ किस्मत ले जायेगी प्रकाश ने कहा। प्रकाश मेरे लिए कुछ दिन और नहीं रूक सकते.. ..प्लीज प्रकाश ...? उसकी झील सी सुघर आँखो में झाँक कर प्रकाश ने देखा सजल थी।

नारी-हृदय की पीड़ा नेत्र मार्ग से बाहर होना सहज है, नेत्रों में यौवन की गहराई और चेहरे पर आकर्षण, वह लोभी भ्रमर की भाँति ममता स्वार्थ एवं यथार्थ के द्वन्द में डूबने लगा और डूवता गया।

सुचिता के दोनों हाथ अभी भी जुडे थे। प्रेम के देवता के समक्ष, प्रकाश की दृष्टि सीप सी सुकोमल अंगुलियों पर पड़ी, सरसिज वर्णी कपोल शर्म से नत थे, सहसा प्रेम के उद्रेक से रोम-रोम सिहरित हो उठा। और मर्यादा का बाँध ध्वस्त होने लगा। वासना तन्त्र बर्फ की वह सिला जिसपर मानव मन चाहे जब फिसल जाय आशा की सतरंगी किरण दोनों के नेत्रो में उतर आयी, शायद यही मृत प्रेम का जीवन्त रूप था। कई वर्षो के पश्चात् दोनों प्रेमी एक दूसरे को प्रेम की मुद्रा में देखे थे।"संसार की समस्त वस्तु एवं

धन वैभव से श्रेष्ठ प्रेम है, दोनों ने ही महसूस किया होगा कि एकाकी जीवन-नीरस एवं मूल्य हीन है वे एक दूसरे को अपलक ऐसे देखने लगे जैसे कई दिनों का भूखा स्वादिष्ट व्यंजन को देखता है दोनों युवा प्रेम के बहाव में भूल गये कि हम शादी शुदा हैं। भूलते भी क्यों न एक विधवा थी। दूसरा बिदुर! मौन भंग करते प्रकाश बोला-"सुचिता.. ! तुम्हारे अपार धन-दौलत है, पति के अभाव में दुखी हो, पति के विना नारी की नियति ज्योति के बिना वाती की भाँति होती है क्या मैं दीपक ओर वर्तिका के मध्य तेल नहीं' बन सकता।

'सहसा सुचिता का माथा ठनका' किसी विधवा के लिए क्या उचित है..? मन ने कहा-"अतीत में जीना कायरता है, फिर दूर तुम्हारे कालेज जीवन में प्रकाश देता रहा है...धोखा तो उसे तुमने दिया था। दोनों एक दूसरे को बेहतर जानते पहचानते हो, इसके साथ रहने से तुम्हारा वर्तमान कल से अधिक श्रेष्ठ शाश्वत हो उठेगा। उसे संजीव की बात याद आयी...भाभी ! मैं तुम्हारी तरह-ही जीवन गुजार दूँगा...सास ससुर ने कहा था-बेटी! दादा दादी बनने की इच्छा किसे नहीं होती वह पुनः सोचने लगी कहीं सामाजिक निन्दा की पात्र तो नहीं बनूँगी...बेहतर होगा..सास-श्वसुर से इस बिन्दू पर विचार कर लूं संजीव भी यही चाहता है काश ऐसा नहीं करती तो राजीव की आत्मा को ठेस लगेगी। सुचिता! हृदय में प्रेम का ऐसा अर्णव उमड़ रहा है जिसके तीव्र प्रवेग में हम इतनी दूर बह जायेंगे । जहाँ हमारे अतीत की दुखद छाया न पहुँच सके। हम प्रेम का ऐसा नगर बसायेंगे जो वर्तमान पीढ़ी का आदर्श होगा। नहीं..! मुझे सोचने समझने के लिए वक्त चाहिए प्रकाश नारी की विवशता पुरूष से अधिक होती है, पुरूष अपना निर्णय स्वयं कर सकता है... उसका न समाज कुछ विगाड़ सकता न परिवार...., मैं नारी हूँ... मेरे साथ माँ बाप, भाई-बहन सास-श्वसुर देवर आदि का संम्बन्ध है उन्हें विश्वास में लेकर कोई कार्य करुंगी मैं मानती हूँ बाधा किसी तरफ से नहीं आयेगी किन्तु प्रतीक्षा करना होगा। ठीक है सुचिता, मुझे तुम्हारे उत्तर की प्रतीक्षा रहेगी।

*****

-: अठारह :-

सुचिता को सब तरफ से हरी झंडी मिल गयी सबसे अधिक खुशी मम्मी. डैडी को हुई वे प्रकाश को अच्छी तरह जानते थे यहाँ तक कि उसके डैडी ने दोनों को घर बुलाया ।अच्छी पार्टी दी ।विवाह कोर्ट में होना था, समय निश्चित हुआ। सुबह से ही न जाने क्यों प्रकाश के मन और मस्तिष्क पर साक्षी छायी थी, साक्षी उसकी पत्नी थी , आत्म प्रकाश के मरने के पश्चात् साक्षी के जीवन को खुशहाल बनाने हेतु उससे विवाह कर लिया था । वह नहीं चाहता था। उम्र भर साक्षी बैधब्य का भार ढ़ोए। आज ही कोर्ट में विवाह होना था और प्रकाश के कानों में जैसे साक्षी कह रही हो प्रकाश..! तुम विवाह करो और सुखी रहो किन्तु कम से कम मुझसे तो पूँछ लेते ..? प्रकाश की आँखे भर्रा आयी थी।

बोला-" साक्षी! तुम कहाँ हो, लोग कहते हैं तुम मर चुकी हो मुझे विश्वास नहीं होता। (गहरी सांस छोड़ते हुए) मैं लाख शादी कर लूँ साक्षी तुम बिन अधूरा और अपूर्ण रहूँगा। प्रकाश और सुचिता दोनों अतिथि कक्ष में थे। सुचिता की दृष्टि उस इन्विटेशन कार्ड पर पड़ी जो अनाथाश्रम कालेज की तरफ से आया। उसने बताया कि आप को मुख्य अतिथि हेतु कालेज के प्रिसिंपल ने अनुरोध किया है, साथ ही छात्रो की विशिष्ट उपलब्धि पर उन्हें मेंडल भी आप से ही बंटवाना चाहते हैं

महोदय, उसके लिए तो मैं क्षमॉ चाहती हूँ। क्योंकि आज मेरे यहाँ कार्य क्रम है सुचिता ने कहा।

किन्तु..,(गहरी साँस छोड़ते हुए) आपके नाम की घोषणा हो चुकी है खेद यही कि आपसे संस्तुति नहीं ली गयी, इंविटेशन कार्ड तो आपने देखा ही होगा, उसमे भी आप का नाम है फिर अनाथाश्रम पर आपकी विशेष कृपा भी रहती है

सुचिता-' आपका कार्यक्रम कब तक समाप्त होगा?

'सर' आप पर है, आदेश हो तो एक या डेढ़ घंटे में आपको छोड़ दें वैसे लोक संगीत एवं सांस्कृतिक कार्यक्रम तो चलता ही रहेगा। ठीक है मैं दस बजे तक पहुँच जाऊँगी।

ठीक दस बजे प्रकाश और सुचिता कालेज पहुँचे । प्रिंसिपल ने उनका स्वागत किया और यथा स्थान पर बैठाया। कार्यक्रम प्रारम्भ हुआ। बच्चों ने स्वागतगान से अतिथि का स्वागत करते हुए मन मोह लिया। कालेज की उपलब्धि के संदर्भ में वक्ता का वकतब्य हुआ तथा प्रिंसिपल के संभाषण के पश्चात् मुख्य अतिथि का भी भाषण हुआ और पुरस्कार वितरण कार्यक्रम प्रारम्भ हो गया। वरिष्ठता सूची मैं सर्वश्रेष्ठ अंक पाने वाला विद्यार्थी बुलाया गया जिसका नाम संयोग था। उसके नाम पर विद्यार्थियों ने ताली बजायी ।मेंडल का वितरण डा० प्रकाश को करना था। प्रकाश का हृदय गद्गद एवं अभिभूत था बच्चों को देख उसका बचपन नेत्रों पर उतर आया । प्रतिवर्ष उसे भी मेंडल मिलता। एक दो बार तो साथ साक्षी भी थी। कालेज से घर के रास्ते में वह मेरा मेंडल ले लेती। वह क्षणभर अतीत मैं खो गया, तभी एक तेजस्वी छात्र मेंडल प्राप्त करने की लालसा से समक्ष उपस्थित हुआ।

प्रकाश से रहा न गया तो उसने पूँछा-'बेटा! क्या नाम है...?

जी...' संयोग'। पिता का क्या नाम है?

डा० प्रकाश, किन्तु मैं उनके पास नहीं रहता।

फिर किसके पास रहते हो सविस्मय प्रकाश ने पूछा।

माँ के

माँ का क्या नाम है?

'साक्षी' .....। माँ ने अपना असली नाम किसी को न बताने की हिदायत दी थी....किन्तु आपको बता देता हूँ।

वे यहाँ क्यों नहीं आयी? प्रकाश ने पूँछा।

बच्चें की आँख भर आयी? सख्त् बीमार है। प्रकाश का हृदय धड़कनें लगा, उसने बच्चें को खींच कर गले से लगा लिया वहाँ का दृश्य ही कुछ अजीब सा हो उठा प्रकाश के हृदय में साक्षी से मिलन की आकुलता प्रबल हो उठी सुचिता ने कहा-" धैर्य से काम लो...डाक्टर साहब, आपको स्थान और मंच की मर्यादाको नहीं भूलना चाहिए।

मैं स्वयं को संभाल नहीं पा रहा हूँ सुचिता ..., कृपया मेरा सहयोग करो प्रकाश उठा और मंच से नीचे उतर कर संयोग के साथ चलने लगा।

एक साथ सभी उसे देखने लगे। सुचिता स्थिति को सामान्य बनाते हुए बोली-" आज का कार्यक्रम सफल हो गया। भूकम्प में बिछड़े संयोग को बाप मिल गया। वहाँ उपस्थित अन्य बच्चों को परितोष प्रदान कर सुचिता की कार भी वहाँ पहुँची जहाँ साक्षी रहती थी गन्दी बस्ती, धुप अन्धेरा कोने का कमरा था, तब तक रिक्शे से संयोग और प्रकाश भी पहुँचें। दरवाजे पर दस्तक हुई । गन्दें फटे कपड़े में एक कमजोर बुझे चेहरे वाली औरत ने दरवाजा खोलकर सामने बेटे के साथ प्रकाश को देख वह अन्दर भागना चाही, किन्तु प्रकाश उसे पकड़ते हुए कहा-" अब तुम कही नहीं जा सकती साक्षी । नहीं प्रकाश!' ईश्वर के लिए मुझे छोड़ दो, मैं तुम्हारे योग्य नहीं'

तुम मेरी पत्नी हो, अर्द्धांगिनी, पत्नी का दायित्व पत्नी की रक्षा दुख-सुख में साथ देना। तुम्हारे अभाव में मेरे जीवन का क्षण प्रतिक्षण अवुझ चिता की भाँति अहर निश जलता रहा है उत्साह एवं शक्तिहीन पीत मुख पर दुख की बदली उमड़ी और नेत्र बरसनें लगे । साक्षी किसी यातना प्राप्त मुल्जिम की भाँति शान्त खड़ी रही।"

प्रकाश-" क्या जीवन का यही मूल्य है...? प्रेम की यही परिभाषा पारितोषक है? ज्योतिषी के मिथ्या भाषण पर तुमने अपना जीवन नर्क बना डाला। मुझे भी कहीं का नहीं छोड़ा। यही कहती थी न कि मुझसे जिसका विवाह होगा वह कभी सुखी नहीं रह सकता, उसका जीवन नर्क हो जायगा। मैं पूछँता हूँ, तुमसे विवाह न करके मैं कितना स्वर्ग में रहा यह मेरी आत्मा जानती है तुम्हारे बहम और नासमझी के कारण दो परिवारों का सुख-चैन चला गया। मैं एक डाक्टर हूँ किन्तु मेरे पास क्या है...? एक भिखारी से भी अधिक गरीब और दुखी जीवन जीता रहा, प्रकाश के पॉव पकड़ वह सिसकते हुए बोली-तुम्हारी गुनाहगार हूँ प्रकाश! मैं तुम्हारे योग्य नहीं, तुम मेरे पति नहीं हो, सभी चौक गये, प्रकाश चिल्लाया...तुम पागल हो चुकी हो ... मैं तुम्हारा पति नहीं तो (बच्चे को सामने कर) कालेज में इस बच्चे के पिता का नाम क्या है?

प्रकाश...।" विवाह में मेरी सस्तुंति नहीं थी, मैं मानती हूँ तुम साक्षी के पति हो किन्तु जीवित नहीं मृत....साक्षी के।"

आज तुम अपने को कौन सी साक्षी मानती हो.....?

साक्षी सकते में पड़ गयी , उसके पास जैसे शब्दों का अकाल पड़ गया हो मूक-स्तब्ध प्रस्तर-बुत सी खड़ी रही।

प्रकाश पुनः चीखा... जीवित साक्षी तो उसी दिन मर गयी थी जिसदिन उसका आत्मा से विवाह हुआ था...तुम मृत से भी घटिया कोई सम्बोधन हो वह साक्षी हो..., बस इतना समझो मृत से मृत साक्षी मेरी आत्मा है उत्साह और आत्मबल है

साक्षी नहीं....। कह दो जो आप ने कहा वह झूठ है, वह दौड़ी और अन्तःकरण से सुलग रही क्रोधित सुचिता जो साक्षी के आकस्मिक मिलन से नाखुश थी का हाथ पकड़ प्रकाश के हाथ में देने को बढ़ी तभी प्रकाश का थप्पड़ साक्षी के गाल पर जा पड़ा। संयोग रोता बाहर निकल आया।

सिसकती साक्षी ने कहा-" मैं आत्मा की जूठी थाली हूँ प्रकाश, और संयोग..., उसका ...फिर वह रोने लगी। मैं तुम्हारे योग्य नहीं थी, आत्मा के बच्चे की माँ बनने वाली थी विवाह होते ही तुम बाप बन जाते तो बापू को समाज और तुमको .....कैसा लगता...विचारों के अन्तर्द्वन्द में जलती हुई... हृदय पर पाषाण रख घर से भागने को विवश हुई....।

प्रकाश की आँखें नम हो गयी..टप..टप आँसू भूमि पर गिरे उसकी आँखों के समक्ष माँ और बापू का चेहरा उतर आया वह जोर-जोर से बच्चों सा रोने लगा।

सुचिता के हृदय में साक्षी के प्रति आस्था जगी, उसके त्याग और महानता के समक्ष उसका प्यार बौना प्रतीत हुआ। बह आगे बढ़ते हुए बोली-'बहन...भूकम्प में इनका सब कुछ समाप्त हो चुका है, न बापू बचे न माँ! इन्हे सहारे की आवश्यकता है मुझे विश्वास है कि तुम्हारे सहयोग से इनका घाव धीरे-धीरे भर जायेगा। उसके पीतवर्णी मुख पर आत्म गौरव की सहज कांति उभरी ..., मन और हृदय गर्भ में श्रद्धा की निर्झरणी फूट पड़ी.. अहलाद का मूर्त रूप प्राप्त हुआ, तभी वह आँचल से अश्रु-कणो को पोंछ डाली। बापू के निधन से हृदय को ठेस तो लगी किन्तु उसकी नारी-सहज गम्भीरता का अर्णव उसे आत्मनिर्भर कर लिया। श्रद्धा आरोपित करते बोली-" बहन! आप सब डाक्टर हैं यह जानकर कि क्षणरोग से मेरा फेफड़ा समाप्त हो चुका और कुछ ही दिनो की मेंहमान हूँ मैं नहीं चाहती प्रकाश को कोई और झटका लगे। मुझे मेरे हाल पर छोड़ दीजिए आप दोनों डाक्टर हैं...बहन

प्रकाश का हाथ थाम लो उसे समग्र सुख तुम्हीं दे सकती हो...मेरा बेटा होनहार है उसे अपने साथ रखें तो मैं निश्चिन्त होकर मर सकूँगी।

प्रकाश- "साक्षी.....! कहाँ गये तुम्हारे वे शब्द......जब तक साँस है आत्मबल कमजोर करना उचित नहीं होता मृत्यु के पूर्व मृत्यु पर कायर और भीरू विचार करते हैं

नीति एवं प्रेरणा पद वाक्य तब तक बोले जाते हैं जब तक आत्मबल एवं शरीर बल हो , मुझमें अब दोनों नहीं है।

जीवन जीने की लालसा किस शरीर में नहीं होती... तुम मेरी आत्मा एवं आत्मबल हो साक्षी ! तुममें मैं वही साक्षी देख रहा हूँ जो कल थी। मेरी आस्था और विश्वास को स्वीकार कर लो साक्षी...मुझे विश्वास है, हमारे जीवन में बसन्त का पुनः आगमन होगा। प्रेम की गहराई के समक्ष दुःख की भित्तिका कमजोर होते-होते गिर जायेगी। तप्त धरती को सावन की फुहार से जो सुख मिलता है उससे अधिक सुख...तुम्हारी सामीप्यता से मुझे प्राप्त होगा। तुम मेरी ईष्ट हो साक्षी...। साधक का लक्ष्य ईष्ट को प्राप्त करना होता है, ईष्ट के तादात्म्य न होने की स्थिति में साधक. उपासना से विमुख नहीं होता बल्कि प्रयास करता है हम दोनों के मध्य क्षय रोग कोई जटिल समस्या नहीं......, प्रेम में वह शक्ति है जो क्षय रोग क्या महा रोग को क्षण भर में राख कर दे ।

साक्षी का मुख हरित तरूसा खिल उठा....और हृदय में एक नवीन स्फूर्ति उदित हुई। तत्क्षण नेत्रो से स्नेह का नवांकुर फूट पढ़ा दोनों हाथ उठे किन्तु गंदे दुर्गन्ध पूर्ण वस्त्रों का स्मरण होते रूक गये। प्रकाश समझ गया कि वह स्वयं को हीन समझ रही है। प्रेम वह पुष्प है जिसके समक्ष संसार का प्रत्येक व्यक्ति एवं वस्तुएँ सामर्थ्य एवं मूल्यहीन हो जाती है वह न वस्त्र देखता है न गुण, न व्यक्ति न जाति स्वयं में पूर्ण एवं श्रेष्ठ है प्रकाश ने कहा

दोनों एकात्म हो उठे तभी सुचिता जाने लगी। प्रकाश ने रोका वह जैसे ही गाड़ी से उतरी तभी राजीव का भाई संजीव ढूँढ़ते, ढूँढ़ते वहाँ पहुँचा संजीव अरे भाभी, किसी को समय का स्मरण है वह गम्भीर एवं मौन रही। तभी प्रकाश ने संजीव की आँखो में झाँककर देखा ... प्रेम की सात्विक सरल रेखा थी। उसने पूछा, सुचिता तुम्हे कैसी लगती है अच्छी बहुत अच्छी किन्तु संजीव, तात्पर्य नहीं समझा । प्रकाश ,उसे सुखी देखना चाहते हो ?

संजीव-हॉ....,किन्तु ....?

प्रकाश-किन्तु और परन्तु का वक्त नहीं, भीतर से तैयार रहो। दोनों का जीवन सवँर जायेगा। और आप!

अरे पगले ...मेरी तो बल्ले....बल्ले

www.ingramcontent.com/pod-product-compliance
Lightning Source LLC
LaVergne TN
LVHW100247051026
849517LV00006B/2019

* 9 7 8 9 3 9 5 4 8 2 3 6 3 *